魔眼之匣殺人事件

魔眼の匣の殺人

今村昌弘
IMAMURA MASAHIRO

詹慕如—譯

目錄

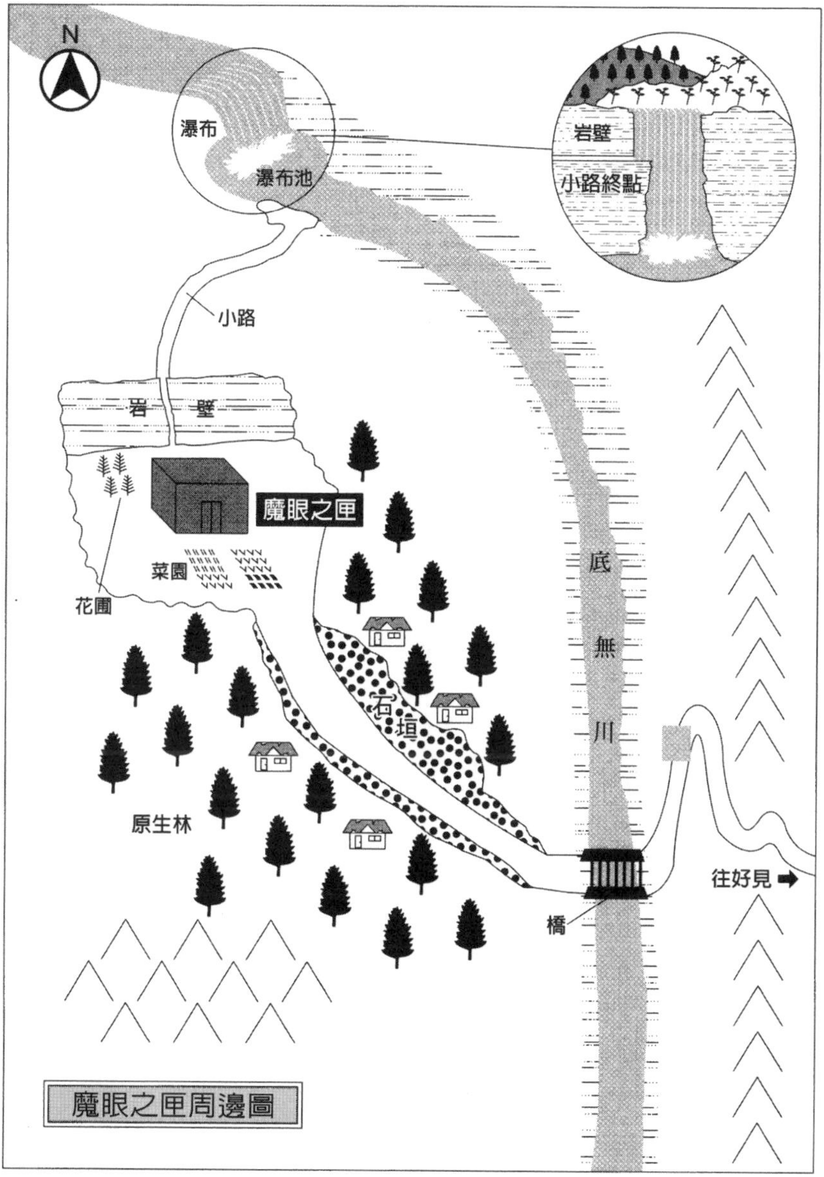
N
瀑布
瀑布池
岩壁
小路終點
小路
岩　壁
魔眼之匣
菜園
花圃
石垣
底
無
川
原生林
往好見
橋
魔眼之匣周邊圖

魔眼之匣平面圖

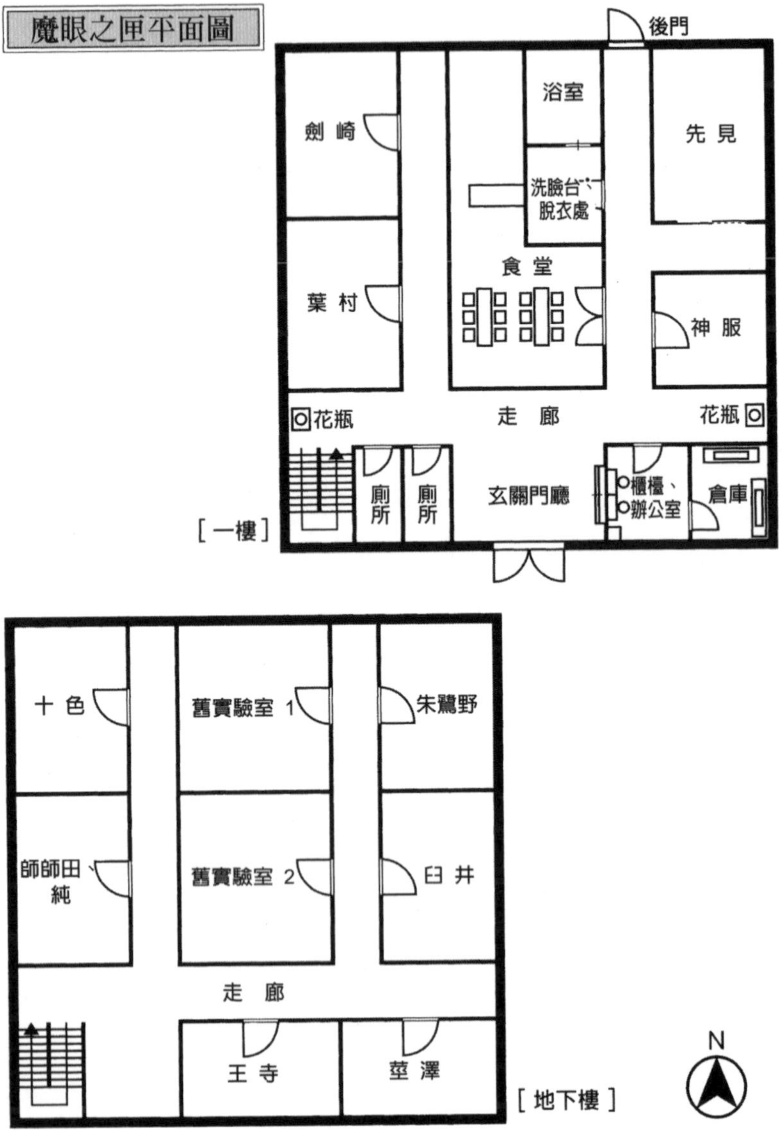
後門
浴室
劍崎
先見
洗臉台、
脫衣處
食堂
葉村
神服
花瓶
走廊
花瓶
廁所
廁所
玄關門廳
櫃檯、
辦公室
倉庫
[一樓]
十色
舊實驗室 1
朱鷺野
師師田、
純
舊實驗室 2
臼井
走廊
王寺
莖澤
N
[地下樓]

敬啟者　劍崎比留子小姐

前略

遲遲沒問候您新年好，實在抱歉。近來可好？報告比原定計畫晚，還請見諒。目前狀況跟半年前已經截然不同。

去年夏天閣下被捲入的娑可安湖集體感染恐攻事件。該事件的發生顯示，已遭湮滅的班目機關研究可能藏在某處，公安也已經加強警戒。

事件發生後，閣下失去聯絡的友人資訊目前尚未取得，難以斷言是公安下的手。但可以確定，您不應該繼續執著於班目機關上。

但竟然又發生了這次的事件。閣下跟班目機關似乎緣分不淺。這一切都要歸因於閣下的「特殊體質」吧。不、還是言歸正傳。

如前所述，班目機關據點設於岡山縣〇市，調查中發現幾所類似分部的研究設施——關東地區一處、近畿地區兩處、中國地區一處。每所設施都進行不同研究。

其中一處所在地正是這次閣下被捲入事件的舞台、W縣I郡舊眞雁地區。附近一帶公安已經搜遍，並沒有找到值得一提的線索。但幸運的是找到了二十年前爲止住在舊眞雁地區附近的人物。當事人已經過世，但是獲得遺屬同意下看了遺物中的日記，發現一段很有意思的記載。

這些內容足以佐證各位在這次事件中掌握的資訊眞實性——在舊眞雁地區的設施中，過去進行過超能力研究……

序章　新生的推愛會

照燒鯖魚才是本格推理。

我瞪著前面的人，深深確信。

這裡是關西知名的私大神紅大學校園中最大的學生餐廳，中央聯合食堂。大片玻璃牆面包圍的寬闊餐廳裡，擺滿了淺色木紋的餐桌餐椅。

早上的課即將結束，剛剛還三三兩兩的學生談笑聲逐漸充滿室內。躲避喧囂，我坐在最角落的位子上整理功課，但我已經停下動作好一陣子，直盯著在點菜櫃檯附近端著托盤的一個學生，密切注意著她的舉動。

這女學生個頭嬌小，根據她稚氣未脫的長相，可能跟我一樣都是一年級。稍帶咖啡色澤的頭髮在肩上剪齊，服裝和五官都很低調。假如在學校裡擦身而過，我一定記不住。陌生的她等待主菜時在旁邊取餐區拿了白飯和味噌湯。

好，她點什麼呢？我立刻開始推理。

她拿了白飯，首先應該剔除丼飯、麵點或披薩這些碳水化合物多的西式料理。拉麵和烏龍麵一樣可以排除。還有其他資訊嗎？

她眼前的餐櫃裡擺著沙拉和燉煮類的附餐小菜，但她並沒有伸手的意思。年輕女性不太可能完全不攝取蔬菜，可見她點的主菜裡已經包含蔬菜。看來能拿掉炸豬排或漢堡這些以肉為主的菜色。

這麼說來，也許是單點炒蔬菜或薑燒豬肉，或者除了主菜還搭配副餐的本日套餐。

值得注意價錢。單點比較適合體育社團或男學生，份量較大，量也多，要價五百圓稍貴一些；如果再追加六十圓白飯跟三十圓的味噌湯，總共將近六百圓。這不太像女學生午餐份量，就算她是體育社團的成員，平日上午時間也不太可能做什麼激烈運動。相較之下，本日套餐就算加上白飯和味噌湯也只要四百三十圓，價格合理。

我確認本日套餐的菜色，可以選豆腐漢堡或照燒鯖魚。兩種主菜都各有搭配的蔬菜。嗯，我想女孩子應該選擇套餐。那麼，她會選豆腐漢堡還是照燒鯖魚呢？應該很受女性歡迎的低熱量豆腐漢堡嗎？還是……

「咦？」

她在我眼前走向餐具區，從盒子裡拿了筷子，沒有碰刀叉。所以不是豆腐漢堡？不、等等。她當然可能用筷子吃豆腐漢堡啊。應該說，在學生餐廳裡拿刀叉的人反而少見。二選一，我猶豫了一陣子，但想起一開始她拿了味噌湯。味噌湯裡已經有豆腐。不管再怎麼講究健康，會挑選有兩樣豆腐的菜色嗎？

一定是照燒鯖魚！假如她具備一般味覺常識的話！

我對自己導出的結論很滿意，泰然等待結果揭曉。

在櫃檯接過點購的菜色後，她往這裡走來。托盤上放的究竟是什麼？

以褐色液體調味，冒著白色蒸氣——

炒麵。

我呆呆目送她經過的背影。

不、我的確知道這個事實。這是來自東北的我難以理解的味覺，不過聽說大阪附近這一帶以碳水化合物爲配菜，搭配白米進食的文化向來被根深蒂固地支持著。走在街上不時會看到菜單上出現炒麵定食或大阪燒定食等。

但是，我萬萬沒想到這個乍看內向文靜的女學生竟然會是硬派關西人。

我沉浸在這股失敗的落寞中。

「——好像沒那麼簡單呢。」

我用只有自己聽得到的聲音，說出再怎麼等也聽不到的這句話。

在我品嘗敗北餘味時，大批學生已經源源不斷地湧入學生餐廳。有人鎖定景色好的玻璃牆面附近座位，有人幫朋友占好桌子一角。再過不久應該會有更多手持托盤找空位的人。我迅速收好攤在桌面上的筆記本和文具，趕在被午餐時段眞正的喧鬧掩埋前離開座位。

我已經好一陣子不在學生餐廳吃午餐。

那會提醒自己，以前每天坐在眼前的男人現在不在了。餐廳裡的其他人都沒發現他消失，這讓我難以忍受。回過頭，剛剛的座位上已經有一組男女融洽入座，就像在告訴我「這裡已經沒有你能待的位子了」，我加快了離開的腳步。

明明是和煦晴天，校園裡往來的學生個個都瑟縮地裹緊外套前襟、縮著脖子。時節已經進入十一月。這個國家不由分說地被帶入冬天的腳步之中。

「時間快到了。」

我逆著進入學生餐廳的人潮走，準備完成例行工作，掏出智慧型手機。通話紀錄一整排都是相同電話號碼。今天我一樣按下這個號碼，聽著單調的通話等待音，安靜稍待。大約十秒，聲音斷了，經過一段宛如在跟巴西通話一樣的時差，終於聽到極盡慵懶的一聲「……嗚唉。」

我好比航空管制官般冷靜開口。

「比留子，起床了嗎？妳再不出門下午的課就要遲到了。」

聽到好幾聲極不情願在棉被裡掙扎的聲音。

「起不來。」聲音聽起來比剛剛更悶。

該死，又蓋上棉被了。

「妳今天現代宗教學的出席日數快不夠了。」

「葉村讓先生，所謂的幸福就算不被時間追著尋找，驀然回首就會發現可能近在身邊……」

「那不叫幸福，叫墮落。墮！落！」

「過分……」

看來已經給她帶來了適度的精神打擊，我毅然掛斷電話。我習慣了。

下午的課結束，我正往老地方走。

從學校到最近的車站路上，有一條便利商店、餐飲店、學生出租公寓等林立的熱鬧街道，路旁兩側種著行道樹，出了正門往右邊，就是寧靜的住宅區。

沿著這條路往前進的第一個小十字路口，街角那棟住辦混合大樓的一樓，就是我常拜訪的老咖啡館。這裡總有客人進進出出，但奇妙的是絕對不會客滿。

我在習慣的四人桌坐下。常打照面的女服務生聽到我點了不合季節的冰淇淋汽水，臉上沒有一點狐疑。

我一個大男人獨自小口啜飲著冰淇淋汽水好一會，彷彿看準喝完的一刻，店門上的鈴鐺輕響。光是聽到踩在地板上腳步聲的特徵，就知道來者是我等的人，我轉過頭。

「嗨，葉村。」

眼前的嬌小美女疊起披在身上的風衣、掛上椅背，坐在我對面微微一笑。她清澈莊重的聲音讓人聯想到高級木管樂器。我察覺到周圍客人的視線都集中在她身上。

誰都不會想像到這位美女不僅爆睡到中午，還在電話上鳴哀亂叫。

劍崎比留子。跟我一樣就讀神紅大學，在文學院裡高我一屆、現在二年級。是除了我以外推理愛好會唯一的會員。

「我喝咖啡好了，葉村你喝可可亞行吧？」

比留子沒管桌子一角那孤零零的空玻璃杯，逕自加點。坐在這個位子上點冰淇淋汽水，她知道這是我很重要的習慣。

認識比留子是今年夏天，就在這間老咖啡館。

當時推理愛好會還有創立者明智恭介這位高我兩屆的學長，他跟我兩個人正有一搭沒一搭地聊著暑假計畫時，她出現了。之後發生了許多事，比留子取代明智學長成爲會員，推愛再次啓動。才一年級就挑起會長大任的我，起步雖然緊張，卻也有預感跟比留子一起應該不會有問題。

而我萬萬沒想到……

新生推理愛好會固定在每週星期二、五的午休跟放學後展開活動。比留子竟然在第一次活動就翹了社團。

被放鴿子的我試著打電話給她，但午休都快結束，她竟然還窩在家裡棉被中。平時把自己打理得乾乾淨淨、儼然家教良好千金大小姐的比留子，是個重度賴床犯。

我一問才知道，她過去因爲這樣經常缺席，去年已經有三科被當，正面臨留級危機。我一直覺得奇怪，爲什麼很少在校內看到她，眞沒想到是這種理由！

「但夏天合宿的時候妳不是都好好起床了嗎？」

聽我這麼問，比留子立刻不高興地瞪著我。

「拜託好嗎，我可沒有遲鈍到連在『那種狀況』下都能貪睡。」

話是沒錯啦。

「要是留級，妳就跟我同年級了。」

「沒想到你這個人講話還挺毒的。」

本人似乎難以完全一笑置之，比留子煩惱地玩弄著自己的黑髮髮梢，終於，她眼睛一亮，彷彿想到什麼好點子般一拍掌，說出了「那句台詞」。

「我們來場交易吧，葉村。」

於是，我們放棄在午休時展開社團活動的念頭。訂下契約，我像經紀人一樣仔細掌握比留子選的課，準時打電話叫醒她避免上課遲到，她則在放學後請我喝飲料當成回報，持續至今。

「其實追根究柢，我會睡過頭也是因爲要完成你給的功課。」

比留子拿出兩本文庫本。阿嘉莎．克莉絲蒂和橫溝正史。這兩位家喻戶曉的國內外推理巨匠書籍，是我前幾天借給她的。

比留子擁有連警察也刮目相看的推理能力，還曾經獲頒警務協助章，腦袋相當聰明，不過她幾乎沒讀過推理小說。於是我替比留子隨便找了幾本，跟她交換讀後感想，這就是目前為止推愛的主要活動。

奇怪的是，她在實際事件現場可以從些微線索輕鬆找出真相，可是面對創作出來的推理作品時，卻絲毫無法發揮。尤其是並非書中犯人、而是由作者設下捉弄讀者的敘述性詭計，她總是很輕易就上鉤，每次我手機裡都會接到很直率的讀後感。

看完了，火大。

這次她也一樣被克莉絲蒂某本名作玩弄於股掌之間。

「我看得那麼擔心！沒錯，我又上當了，想笑就笑吧。推理小說裡怎麼淨是這些壞心眼的東西！」

倒豎著她美麗的眉毛，火冒三丈。

打死也不能承認我就是想看到她這種表情才故意挑這類作品。

「妳要記得站在全知視角啊，全知視角！太入戲就容易掉進陷阱裡。」

我說得事不關己，嘴裡細細品味著甜膩的可可亞。

眞是一派和平。跟長相美麗精緻的學姊隔著桌子分享對推理小說的看法，現在我應該正享受著如夢似幻的校園生活吧？不過——

痛。

每當我想盡情沉浸在這寧靜時間中，腦袋就會竄過一股刺痛。刺進腦中的冷槍正在宣示，它還在這裡。

沒錯。

那個奪走許多生命的夏天。犯人揭曉，事件落幕，我活了下來。但是我們並沒有查出最想知道的謎——釀成事件的組織眞相。這個謎有好一段時間都是我們話題的中心，但最近沒有半點進展，持續了一陣子無言的報告，漸漸失去在這個場合出場的機會。就好比是夏天的燠熱製造出的一場噩夢。

被推到桌子一角的玻璃杯，冰塊匡啷一聲融解落下。

或許這種令人心焦的日子，會永遠持續下去吧。

「這說不定會成爲重要的線索。」

我坐在同樣的位子上向前推出一本雜誌，是在下次社團活動的那日。比留子剛到，舉起手正要點餐，看我略顯亢奮，她似乎感覺到些什麼，放下手看著那本雜誌。

「《月刊亞特蘭提斯》？」

封面畫著旋卷暗雲下一棟類似巴別塔的建築，還有「精彩瞬間!?霞浦巨龍」、「眞實存在的三頭隧道詛咒」、「政府主導的信長復活計畫」幾個張揚斗大的可疑標題。

這是一本在UFO、靈異事件、都市傳說等超自然現象、神祕相關題材上受到狂熱支持的月刊。雖然是很小眾的雜誌，但創刊將近四十年歷史，電視的超自然現象特輯上經常看到雜誌主編現身。比留子揚起眉，示意我進一步解釋。

「今天跟我修同一門課的同學跟我說了一件很有趣的事。」

我跟那個同學平時沒什麼交流，不過在班上向來沒什麼異性緣（好，應該說沒朋友）的我在這間店裡跟一個令人驚艷的美女親密交談，偶然被這個同學撞見，於是他罕見地主動來找我攀談。

「他很感嘆地說，『沒想到你女朋友那麼漂亮，眞看不出來。』」

說這些話時，我的聲音好像很不自然。

「他眞的這樣跟你說？」比留子半瞇起眼睛追問，我只好坦白招認。

「其實他很擔心我，『你是不是被什麼惡質推銷纏上、被逼著買東西？要不要我幫忙？』」

比留子沮喪地頹首。我刻意不說，就是知道一說出來我們兩個都會受傷啊。

總之，我向那個同學說明推愛的活動內容，結果他提起娑可安湖的事，「對了，聽說那次恐攻事件的被害者裡有你認識的人？」

我們學校的電影研究社和戲劇社被捲入娑可安湖發生的空前恐攻事件，有一段時間在校內蔚爲話題。但他們在事件中遭遇的淒慘連續命案，還有我跟比留子也是其中一員這些事都沒有對外公布。由於恐攻事件本身具備足以撼動世界的特殊性質，以及比留子家——橫濱知名世家、擁有龐大企業集團的劍崎家——封鎖了報導。

「這個同學是《月刊亞特蘭提斯》的忠實讀者，他說在恐攻事件前，《月刊亞特蘭提斯》就已經做出預告。」

「你是說出版社收到犯案聲明？」比留子聲音一冷，往前探出身子。

新聞節目中經常報導恐攻事件首謀濱坂智教這個男人的來歷，不過目前爲止還沒聽過案發前曾經有過犯案聲明。

「不，正確來說不是預告，而是預言。」

我翻開雜誌遞給比留子。這是六月底出版的七月號。

震撼紀錄！寄至《月刊亞特蘭提斯》編輯部的詭異書信！

大樓火災早已出現預言!?

事情要從今年四月說起，編輯部收到一封寄件人不明的來信。內容是一篇寫滿不祥文字的預言式文章，筆者感嘆，怎麼又來了。這類惡作劇的信件或電子郵件並不稀奇。幾位編輯輪流看過後並未納爲報導，也根本遺忘了這封信。

不過大約兩月後的六月上旬，讀到報上某篇報導，編輯不禁覺得奇怪。

「咦？這跟之前寄來的信很類似呢。」

報導內容是關於大阪南區繁華鬧區發生的一起大樓火災。或許很多讀者還記憶猶新，大樓二樓廚房發生的瓦斯爆炸引發火災，火勢一發不可收拾，鬧區特有的狹窄路寬和擁擠人潮拖延了滅火過程，總共有十二人罹難，災情慘重。而最讓世間震撼的是大樓中顧客令人毛骨悚然的慘狀。成爲火球的他們一一從窗口跳下，緊抓著圍觀群眾企圖求援，引發嚴重恐慌。

我們急忙找出當初那封信，結果看到了這樣的內容。

「六月第二週的星期五，大阪將有許多人身纏烈焰、慌忙逃竄。」

編輯部不禁一陣悚然。怎麼會有如此可怕的巧合？假如只是單純的火災，那麼在大阪或許稀鬆平常，但除了日期之外，竟然連「許多人」、「身纏烈焰、慌忙逃竄」等事件特徵都一致。

事情沒有就此結束。這篇預言還有後續。

「八月最後星期日，許多死者將會甦醒。在S縣湖邊，瘋狂樣態宛如地獄圖景。」

凝重的沉默籠罩著編輯部。這封信該不會眞的預言了未來？那麼距今約兩個月後的八月，即將發生宛如「地獄圖景」的驚人事件。

這封信的寄件人是何來歷？爲何能預知未來？又爲了什麼寄信到編輯部來？

我們正傾全力追查寄件人，同時虔心祈禱八月能平安無事。

我再強調一次，這是六月底發行的雜誌內容。

雖然不知道《月刊亞特蘭提斯》編輯部有多麼認眞看待這些預言，不過他們一定打著如意算盤，覺得今後如果再發生類似事件肯定會成爲一條大新聞。

比留子迅速瀏覽著寫滿誇張用詞的頁面，半信半疑地抬頭看我。

「確實有很不可思議的巧合，但是這跟我們又有什麼關係？」

我沒回答，又遞出另一本雜誌。

這是娑可安湖事件隔月發刊的十月號。

預言成真！本刊獨家資訊

娑可安湖恐攻事件——確實應驗的「地獄圖景」

編輯部再次接獲預言信！

八月底，發生一起撼動世界的重大事件。如今已經無須多說明，那就是娑可安湖的集團感染恐攻事件。不過這跟《月刊亞特蘭提斯》編輯部內的衝擊可說難以比較。

本刊預言這起前所未見的重大事件。原因可以追溯到四月時編輯部收到的寄件人不明來信。信上除了預言六月在大阪發生的大樓火災，還寫到「八月最後的星期日，許多死者將會甦醒。在S縣湖邊，瘋狂樣態宛如地獄圖景。」（詳細請參見七月號報導）

編輯部判斷事態嚴重，除了著手開始尋找寄件人，也對相關各機構發出警告，很遺憾，預言依然成眞。

然而事情還沒有結束。正當我們因自己的無能爲力而沮喪時，疑爲相同寄件人又寄來第二封信。信封和筆跡跟第一封完全一樣，郵戳也同樣來自W縣。看了內容之後我們啞然失語。

信上表示，幾十年前一群陌生男子來到W縣的偏僻村落，他們自稱爲M機關，以不打探內情、不走漏消息爲條件，提供村人高額酬勞，在村中深處建造了一處實驗所。據說這個實驗所裡聚集來自各地的人，進行著超能力實驗。

我們所收到的預言，是否就是這超能力實驗的成果？M機關又是什麼樣的組織？

編輯部正傾全力調查，敬請期待後續報導。

比留子的臉色大變。

「——M機關。」

娑可安湖事件中，我們有機會得知疑爲首謀濱坂私人筆記本的內容。其中就出現了「班目機關」這幾個字。根據比留子熟識偵探的調查，戰後確實有這個組織存在，並且享有充沛資金、進行過許多項研究。機關研究成果很有可能遭到濱坂的惡用。但是目前爲止政府只公布恐攻事件是濱坂及其同夥犯行，媒體上並沒有出現班目機關之名。跟我們一起被捲入事件、持有濱坂筆記本的朋友在事件後下落不明，由此看來，這個組織很可能藏有一般人難以想像的祕密。

我激動地建議。

「我不是全盤相信這些報導。但如果牽涉到班目機關，那至少可以解釋爲什麼寄件人能正確預言恐攻事件。因爲班目機關就是恐攻事件背後的黑幕。」

「假如不是『預言』而是單純的『預告』，那就表示大阪的大樓火災也跟這個機關有關……」

比留子白磁般的手指纏捲起一綹髮絲又放開。這是她思考的習慣。

「我們不能放過這條線索。除了這篇報導可能還有其他資訊，問問編輯部說不定可以知道些什麼。」

長久以來都找不到線索，竟然從意料外的地方出現跟組織相關的蛛絲馬跡，這讓我感到久違的活力。不過比留子伸手一擋、試圖要我冷靜。

「去編輯部打聽這我贊成，但我希望你把這件事交給我。」

「交給妳？」

「對編輯部來說，事關報導題材，像我們這種學生拜訪很可能吃上閉門羹。我們起碼有娑可安湖恐攻事件當事人這張王牌，但是對方會出什麼招還很難說。我想跟平時一樣，先請人調查再說。」

比留子有熟識的偵探。說是偵探，其實對方專做大企業要人或內閣成員、政府官員的生意，身分特殊，跟劍崎家有些淵源。娑可安恐攻事件後，蒐集班目機關資訊的就是這個人，比留子的提議確實很合理，不過……

「這樣沒問題嗎？」

「啊？」

比留子睜著大眼睛回看我。被這麼一看，我也不知道自己爲什麼會這麼問，嘟囔一句：「也沒有啦。」

最後我們什麼都沒點，比留子起身，留下一句：「那我得快通知對方。」我還不怎麼能接受，她颯爽披上外套轉過身時，我忽然想起剛剛沒說完的話。

妳還需要我的幫忙嗎？

夏天那椿事件中，儘管那麼絕望，她依然查出眞凶。她優異的觀察力和推理能力，非平時自稱推理迷的我所能及。而我卻連跟明智學長建立起的助手位置都無法守住。

這樣的我，還有必要留在比留子身邊嗎？

之後，我每隔幾天就會問問她調查進展，但比留子始終沒回覆重要消息，時間就這樣一天天過去。

十一月最後一週。我靠著薄毛毯奮力對抗著日與俱增的寒冷天氣，難以熟睡，「汪！」洪亮的吼聲喚醒了我。往窗外一看，一位高齡男子牽著一隻大型犬散步。

手表顯示上午七點。今天第一堂沒課，現在起床還有點早。

這時我的手機震動起來。是比留子的電話。我深呼吸一口氣，按下通話鍵。

「怎麼了？這個時間妳竟然醒著。」

「不好意思這麼早打給你。我好像感冒了，今天打算請假。怕你多花時間叫我，所以想先通知你。」

健康的時候起不來，感冒了卻這麼懂禮貌？

「喔，那眞是辛苦妳了，不過也許不是睡眠惺忪的狀態，妳的聲音聽起來反而比平時清晰？」

「是、是嗎？」比留子突然有些鼻音。

「不是流感吧？去醫院了嗎？」

「不要緊不要緊，睡一覺就好了。總之不用擔心啦。」

很奇怪的反應，不過現在不是在意的時候。我一邊打理自己準備出發，視線直盯著窗外。

等了約十分鐘，前方建築物入口出現一道人影。那是一棟貼著優雅磁磚外牆的十層樓高華廈。專供獨居女性入住的物件對學生來說有點高級。從自動門鎖保護的玄關走出來的人揹著一個大後背包。我急忙開門，追著背影，打開手機。

眼前這個人物也拿出手機，電話接通了。

我沒等對方回應就直接說。

「我是葉村，現在在妳後面。」

前方這個人——比留子轉頭過，慘叫了一聲「呀！」，我沒理她，逕自猛然抓住揹包上方拉把。她擅長合氣道，要壓制她的動作，這比起身體接觸更有用。

「葉、葉、葉村！你怎麼會來！」

「這句話應該是我說的。妳不是感冒躺在家裡嗎？」

「這……」

垂下頭的比留子並非穿風衣而是防寒性高的羽絨外套，還有後背包、運動鞋，一身方便活動的打扮。哼哼，果然不出我所料。我早就懷疑，比留子掌握了班目機關的新資訊，一定會瞞著我獨自調查。

「但你怎麼知道我今天會外出？」

「喔，因爲……」

我轉頭望向後方，路肩停著一輛休旅車。直到剛剛爲止，我一直在那輛車裡待命。

我豎起大拇指示意作戰成功，車子方向燈閃爍三次象徵祝福。

「那誰？」

我帶著驕傲向滿臉狐疑的比留子介紹。認識偵探的可不只她一個。

「推理愛好會的重要客戶，田沼偵探事務所。這幾天我拜託他來支援，監視妳的動向。今天已經是第七天跟監了。」

委託費適用合作夥伴折扣、相當便宜，而且還能等我賺了錢再分期繳付。休旅車發動引擎，車影功成身退漸漸遠去。同時我手中的手機接到訊息。

任務結束。繼續加油啊，第二代

第二代。

對，跟他們的緣分是上一任會長替我牽起的珍貴資產。

目送車子離開，比留子呆呆地輕聲說。

「跟、跟蹤狂。沒想到葉村你竟然變成跟蹤狂……」

我跟比留子在附近大型連鎖咖啡廳面對面坐下。

「沒想到我被監視了一星期。你早就知道我的住址、房間號碼？喔，原來如此，這就是被偵探調查的感覺啊，真是個不錯的經驗。」

比留子杵著臉頰、左手拳頭叩叩敲著桌面，露出讓人發冷的笑。她的長相與其說可愛，不如說是屬於冰山美人的類型，這可能是我第一次覺得人的笑容這麼可怕。

「對了，我昨天晚上好像穿著睡衣站在窗邊。假如那也被你看到了，只好請你強制消除記憶，要不然就得讓我看到你一樣丟臉的打扮。」

「等等！我只有確認大廈出入口而已！」

平常邋遢慣了，比留子非常討厭被別人看到她生活感的一面。但這次我也有話要說。

「誰叫妳聽了我說那篇預言報導就形跡詭異。問了妳也不說。」

比留子避開我的眼神。

最近——尤其是在愛好會活動時，她比平時更頻繁玩弄頭髮，跟她說話往往心不在焉。甚至開始重新計算哪些課的出席天數還夠用，我當然會懷疑她最近可能行動。

「關於班目機關和預言者，妳一定知道了些什麼吧？」

我直接切入正題。比留子放棄掙扎，端正姿勢，老實點頭。

「我大概知道報導上提到的實驗所地點了。我打算直接去確認。」

「爲什麼要一個人？」

「因爲你可能送命。」

她銳利地用一句話封住我的嘴，然後往下說。

「我以前說過吧？我有被詛咒的體質。」

她生來就有吸引奇怪事件的體質，連自己的家族見到她都退避三舍。這種體質隨著年紀增長愈來愈強烈，最近每隔三、四個月就會被捲入某些事件。

「距離紫湛莊事件已經過三個多月，差不多要發生『下一次』了。明明知道，我怎麼能帶著你呢。」

這或許是她的體貼，但我覺得很不滿。她也沒跟我商量，擅自讓我從共同奮戰的戰友變成被保護的角色。

「比留子一樣會遇到危險吧！以前都一個人埋頭掙扎，不喜歡這樣才找我當華生不是嗎？憑什麼只有我得在安全的地方空等啊！」

比留子瞬間一臉愕然，但她馬上猛烈搖頭，一反剛剛的冷酷，滿臉通紅地反駁。

「等一下等一下，是你拒絕當華生吧！我向你開口後，你明白跟我說『沒資格』。被拒絕的我可是記得清清楚楚，現在又要我帶你一起去，你這太狡猾了吧？」

這次輪到我說不出話來。

我確實拒絕了。我只能拒絕。對我來說福爾摩斯不是那麼容易換人做做看，或者說，我做出那種事之後已經沒有臉冠上華生這個頭銜。

「可是比留子妳是推理愛好會成員吧？我是會長。」

「所以呢？」

對啊，所以呢？

我們兩人都虛脫無力，不約而同拿已經變涼的飲料。

幸好咖啡廳裡客人三三兩兩，沒有人注意我們的對話。

「我並不是討厭你的善意。」

比留子盯著自己小巧的雙手，絞盡腦汁挑選字句。

「我很害怕自己的體質。我不想死。老實說，你在身邊確實比較安心。可是紫湛莊事件讓我知道找人幫忙會帶來什麼結果。」

短短幾個月前的夏天。我跟明智學長前往紫湛莊追尋日常生活中沒有的謎團，比留子則為了尋找她的華生。結果我們面臨超乎想像的發展，比留子最後揮下冰冷長槍。假如說是比留子的體質引來那樁事件，那麼今後再發生一樣的事也不奇怪。

「跟我在一起，你可能會跟明智學長走上同一條路。明知道這個事實，我怎麼能帶你一起走。抱歉了。」

我懂。比留子選擇這樣行動，背後有深思熟慮後的深沉理由。可是……

「就算這樣，我還是非去不可。」

我看著她的眼睛，篤定地說。

「假如是去年的我，一定會就這樣目送妳離開。我不可能明知危險還特地一腳踩進去。但現在的我——」

我是推理愛好會會長。我不會眼睜睜看著面前有謎團卻躊躇不前。我不會對處於困境的人視而不見。他就是這樣的人。

「我或許無法跟明智學長一樣。但唯一一位會員需要我，我當然要伸出援手。」

比留子睜大了眼，似乎感到很疑惑：「你腦子沒毛病吧？」

我也不認輸地瞪回去。

比留子在我的進逼之下低垂視線。「該怎麼辦。」她低聲輕喃，拉過桌上的砂糖壺，往冷透的杯裡丟進高高一茶匙。

「喂、妳幹麼。」

沒聽我的制止，她攪拌幾下含進嘴裡，肩頭微微抖了抖。

「比、比留子？」

「不好意思，突然想這樣喝。」

比留子扭曲著她秀麗的五官，花了一段時間，開心地將那甜膩到刺喉的液體喝得一點不剩。

第一章　魔眼之匣

一

我急忙回自己公寓整理行李，跟比留子一起搭上電車，加上換乘約三小時，終於在午後到達W縣，再搭上路線公車前往目的地。

離開雖是轉運站也實在說不上繁榮的市區，眼前就是大片農田和空地。途中數度有乘客按鈴下車，但沒有新乘客。漸漸地，公車駛進單向一線道的道路，在開始入山的上坡，發出嘎嘎古怪軋聲，不斷繞著彎前進。

窗外可見的建築變少，乘客也變少。車裡最熱鬧的逐漸剩下報出下一站站名的廣播。在陡急斜度和彎道下晃呀晃，心彷彿跟著搖擺不定。

比留子說，那個偵探署名KAIDOU，她沒有問漢字怎麼寫。約三天前，這個人寄來一份關於目的地的調查報告。因爲目前的線索只有那份雜誌報導，就連KAIDOU也蒐集不到太多資訊，據說費了一番工夫。

「只知道在W縣深山進行祕密研究，這樣的線索實在太籠統，再加上如果跟班目機關有關，資訊一定受到嚴格管控，我早有心理準備這事沒那麼簡單。」

確實。就算想逐步踏實查訪，眼前的線索也太少。

「不過眞不愧是KAIDOU，他特別注意到報導裡的一句話。」

比留子在搖晃個不停的車裡翻開那本《月刊亞特蘭提斯》。緊盯著文字容易暈車，不過她指的似乎是自稱M機關的男人們「在村中深處建設了一座實驗所」這個部分。

「這句？」

「他並沒有往組織的方向查，而是到處打聽有沒有可疑的設施。」

「打聽？跟誰打聽？」

比留子得意地笑起來，好像是自己的功勞。

「能夠經常出入任何有人居住的地方，對任何建築瞭如指掌的職業——郵差啊。」

原來如此。郵差每天往來數個村落，熟知誰住在哪裡。假如有機會看到用途不明的建築物，一定會留下印象。

「也要多虧了鄉下地方特有的開放隨性，跟都會地區比起來沒那麼注重隱私。KAIDOU以郵局為主進行查訪，終於掌握可靠消息。但前往前忽然接到緊急委託，所以先把現階段完成的報告送來給我。我想不如自己直接來確認比較快。」

因此我們現在正在前往目的地「好見」這個地區的路上。本來考慮過租車，但我雖有駕照卻沒上路過，還是避免無謂危險為上策，選擇搭乘公共交通工具這個安全的方法。不過考慮到公車班次相當少，又不禁懷疑起這個選擇到底正不正確。即使不習慣，是不是應該開車，機動性比較高呢？

時間快到下午三點。

狹窄的道路突出於陡峭峽谷的斜面上，行駛在這條路上的公車速度始終快不起來。望著深秋已過、一片蕭瑟單調的群山，我忍不住又說出負面的想法。

「就算能平安到達目的地，萬一沒搭上回程公車就糟了。」

「我帶了好幾套換洗衣物，但那附近沒有民宿，得回到市區才有地方住。希望快點找到目的地。」

比留子搓著雙手輕聲說。空蕩的車裡開著暖氣，但除了我們之外只有一組乘客，或許也是令人發冷的原因。

而且那組乘客也不太尋常。

「來旅行的嗎？」

「來這種地方旅行——但這話也輪不到我們來說啦。」

比留子也很在意。

那是跟我們在同一個轉運站、發車前衝上車的乘客。隔著肩頭往後望，兩個年輕人並肩坐在最後一排長椅上。兩人都比我們年輕，五官看起來應該是高中生。

坐在走道最後方中間位置的是披著褐色斗篷的少女。及肩短髮，宛如銳利鋼筆勾勒出的臉部線條俐落爽朗。我想起國中時代，田徑社短跑王牌女孩就是這種類型。

另一邊坐在窗邊的是高她一個頭的少年。雖然裹著黑色羽絨夾克看不太出來，不過男孩身材偏瘦，每當公車轉彎就會跟著左搖右擺。和少女恰成對比的一頭雜亂長髮給人懶散印象。

我們坐在他們前面四排位置，耳裡不時傳來對話。少年叫少女「學姊」，大概是同一所高中的學生。但他們的關係沒有男女朋友的親密，不只是因爲少女將背包和托特包放在兩人間宛如架起封鎖線，更因爲他們的對話總是單向。

「學姊，妳屁股不痛嗎？今天從一早就一直坐車。」

「嗯。」

「要是椅背可以傾斜還好一點，像新幹線那樣。我喜歡那種座椅。可以往後躺的那種，不覺得很讚嗎？」

「嗯。」

少女原本就敷衍應個一兩句，但漸漸連回嘴都嫌麻煩，只是望著窗外，重複著比手機語音助理更冷淡的回應。比本來嗓音低八度的聲音裡透露出「別跟我說這些無謂廢話」的不耐。少年本人沒有察覺，接連換了兩三個話題。

「剛剛開始這附近就都是山。對了，小學時不是有去過郊區校外教學嗎？」

「嗯。」

「我有不好的回憶，被老師罵得很慘，我跟妳說，當時我們在河裡抓魚來烤，其他組從零開始生火搞得手忙腳亂。但我偷偷帶了打火機，馬上就能點火烤魚。」

少女沉默不語望著另一邊車窗，少年依然滔滔不絕。

「本來覺得串燒很噁心，一咬下去才知道超好吃。學姊，妳們當時有這種活動嗎？」

話題忽然急轉往意外的方向。我面向前方不經意聽著，卻忍不住開始懷疑自己的耳朵，往旁邊一看，比留子同樣露出困惑的表情看著我。後排座位的少女心情似乎跟我們一樣。

「……你說什麼？」隔了兩秒左右的空檔，她只發出這個聲音。

「啊？」少年聽起來顯得狀況外。

「不是啊，你本來不是在說被老師罵的事嗎？」

「那是回宿舍後的事啦，被老師發現我偷帶打火機。」

「……那你應該把事情講完吧。」

少女好像深深嘆了一口氣。

該怎麼說呢，這少年說話的方式太散漫，讓聽的人很有壓力。他總是說著說著就失焦，可能在距離起點極遙遠的地方落地，或者不斷丟失重要訊息。長時間跟他一起行動的少女一定被弄得很疲憊。

「學姊，妳臉色不太好？」

「可能暈車了，你安靜一點。」

「學姊，妳會暈車啊？像我啊——」

「閉、嘴。」

不懂日文的外國人都察覺得出她的怒氣。少年的聲音終於停止。

「逃家嗎？」我小聲地問比留子。

「剛上車時我聽見他們在商量回程公車，應該不是逃家。」

不像感情融洽一起外出旅行，難道跟我們一樣，也是同一個社團的學姊學弟？不過今天是平日，感覺不像一般社團活動。

「該不會……」比留子語氣凝重。

「該不會什麼？」

「說不定是那男孩單方面在糾纏女孩？」

「被纏上？」

「這樣一來就可以解釋他們不友善的氣氛。女孩想一個人靜靜，他卻一直圍在旁邊死纏爛打，簡直像個跟蹤狂。」

「……」

「對，就像個跟蹤狂。」

咦？她該不會還在記恨？轉移話題，我拿出手機想確認到目的地的距離。不過看到畫面才發現沒有訊號。這麼偏僻啊。

「目的地手機能通嗎？」

「誰知道。最近比起陸地裡偏僻的地方，反而是孤島或船上設備比較完善。還是做好電話不通的心理準備吧。」

形勢有點詭異起來。

依照計畫，再過十分鐘到達的這站就是KAIDOU報告中提到的「好見」地區入口。進一步的詳細地點只能自己找。今天能查到什麼地步呢？還是該租車來的。

這時，視線再次朝向後方的比留子發現了什麼，她停下動作。

我也跟著她轉過頭，坐在後排座位中間的少女抱著一本素描簿。

應該是從旁邊那個托特包裡拿出來的。仔細看看，少女腰帶上掛著一個小袋，袋口露出了幾隻色鉛筆。好像是用這些筆畫畫。

在公車裡？現在？

我腦中同時浮現出好幾個疑問，少女奇妙的舉動勾起了我的興趣。

少女眼睛直盯著用左手和肚子固定住的素描簿，手開始猛烈滑動。就好像管理她的系統發生異常，那種衝動式的行動甚至讓人有點發毛。

剛剛還吵個不停的少年見到她這樣的舉動卻不慌不亂，好奇地望著她手邊。

這兩人到底怎麼回事？

總覺得時間過了很久，但實際上可能不到五分鐘。少女突然停下動作，像解除封印般重重頹下肩膀，抬起黑色的頭。

「好了嗎？學姊，讓我看看。」

少年馬上隔著行李從旁邊伸手拿那本素描簿。從我們的位置看不到她畫了什麼。

呈現虛脫狀態的少女手上掉下一根褐色鉛筆，沿著走道滾到這裡。

「啊！」少女正要起身，坐在靠走道的我也探出身子想替她撿。

就在這個瞬間。

整輛公車裡迴響著尖銳煞車聲和「咚」的衝擊聲，我跌在走道上、頭撞上座位角落。更糟的是後排座位中央的少女從半空中撲倒。仰躺的我只有雙手能自由活動，但又不能推開往我撲來的少女臉部或胸部，只能以極尷尬的姿勢接住她。

「啊！」

一聲短短的慘叫。幸虧少女體重輕，我沒被壓垮，但一回神，她的臉跟我靠得很近，耳朵與耳朵幾乎相貼。

「等、等一下！你在幹什麼！」

慌忙出聲的是倖免於難的少年。他拿著素描簿，走向跌撞在一起的我們。雖然說是不可抗力，尷尬的接觸還是讓我膽顫心驚，不過少女本人倒一起身就猛低頭。

「不好意思！你還好嗎？」

禮貌道歉的語氣一反跟少年對話態度，一見到我的臉就尖聲說道。

「啊！都變色了！有沒有可以冰敷的東西……」

她急忙要打開背包，旁邊有人出聲制止。

「不要緊，那應該是舊傷。」是比留子。

少女看到的不是我撞到的後頭部，而是太陽穴。那裡有我震災時受的舊傷，現在已經暗沉變色。是她誤會了。

「喔？那個、我……」

少女跟比留子四目相對，結結巴巴，眼神游移。應該是被比留子的美震撼了。她頻頻摸著自己紊亂的瀏海，挑著眼再次道歉：「那個，總之眞的很不好意思！」

不知道是不是我多心，比留子望著我的視線好像有點不高興？

「非常抱歉，你們有沒有受傷？」

約年過五十的司機，微黑的臉上寫滿緊張，連忙確認我們平安。

知道大家都沒事，他再次爲緊急煞車道歉，望著前方氣惱地說。

「竟然跑出一隻山豬！」

我們跟著司機下了公車，車子正前方有隻橫倒在血泊中的動物。是隻體長約一公尺的壯碩山豬。

道路左邊是處處露出岩壁的陡急斜坡，山豬似乎是從這裡衝下來跳上馬路。

「附近本來就常有動物出沒。像鹿、山豬，有時候還會看到帶著孩子的熊橫越馬路。我已經盡量小心，但太突然了，還是沒能完全煞住車。」

司機頻頻道歉，不過這條路彎彎曲曲，本來就看不太清楚前方路況，實在不能怪他。比留子望著馬路另一邊的峽谷，輕聲說道：「幸好沒有反射性地轉方向盤呢。」假如撞破路邊護欄，現在大家都沒命了。

「成功了！太厲害了，學姊！」

我轉頭望向這突如其來的歡呼聲，剛剛那個少年正在車門口亢奮地對少女這麼說。少女注意到我們的視線，連忙訓他。

「不要這麼興奮，說話太沒神經。」

「可是妳看看，這太完美了啊。」

「知道啦，你安靜一點。」

少女壓低聲音訓斥少年，一邊低頭向我們道歉，回到車內。少年好像有話想說，但還是跟著她回去了。

司機套上棉布手套將山豬拖到路旁，我大大伸個了懶腰，將久違的戶外新鮮空氣吸入肺中。長時間坐在有暖氣車裡，覺得這裡的空氣比山下鎮上清冷多了。

在一般道路上如果撞到野生動物，是不是需要聯絡警察或公所？不管怎麼樣，會比預定時間晚到了。這時我才發現比留子一直盯著公車車門。

「怎麼了嗎？」

「剛剛緊急煞車時，我瞄到一眼那女孩的畫。」

比留子壓低聲音，僅讓我聽見。

「她畫了一個像褐色動物的東西，流血倒地、形狀粗短，說不定就是山豬。後面還畫了輪廓方正的公車剪影，還有幾個黑色人影。」

我花了幾秒鐘嘗試了解這些話的意思。

流血的山豬、公車、人。

不就是眼前意外現場嗎？但那張畫是在發生意外的一、兩分鐘前繪製。因為緊急煞車跌倒，比留子才見到那張畫。

預言者。

腦中掠過這個重要關鍵字。比留子大概知道我的想法，謹慎說出看法。

「我不太確定。司機先生說過，這附近經常有動物出沒，可能常常發生這類意外。說得更白一點，可能是他們自導自演。」

「怎麼可能？要怎麼樣才能故意讓山豬被公車撞？而且他們怎麼能預測到公車上還有其他乘客、還會對畫感興趣。」

我馬上否定，但比留子相當認真在思考可能性。她離開公車，仰望起進逼到路邊的崖面陡坡。

「假如有人幫忙也不是不可能。抓一頭山豬躲在崖上，看準公車通過的時機放出來。畢竟公車應該會定時經過這裡。」

「山豬真的會乖乖聽話嗎？這又是為了什麼？」

「這個誰知道。我只是覺得不無可能啦。」

我們交頭接耳地說著，只見那兩個人拿著行李從公車上下來，跟司機說了幾句話，然後簡單交談後往前走。

「那兩個人怎麼了？」

我連忙問司機，他亮出剛剛從少女手中接過的車資。

「他們問我下一站在哪裡，我回答就在前面不遠，他們說要走過去。我說其實公車再簡單檢查一下就能開動，但他們好像很急。」

比留子急忙跳上公車。

「葉村，走！看來我們的目的地是一樣的。」

從下公車的地方沿著山繞過一個大彎，就是一段徐緩下坡，不到五分鐘就看見公車站。那裡是個Y字路口，左邊是繼續通往北邊的道路，沿著右邊的山路前進，則是通往目的地好見地區。山路兩旁是茂密的樹林，能見度很差，但是從樹葉間隙中隱約可見剛剛離開的兩人身影。他們果然要去好見。

事前已經調查過，但保險起見還是確認回程公車時間。

「三小時後貞的就是今天最後一班車。」

「可別忘記了。電視上經常看到有人突然去陌生民宅敲門要求住宿，我可沒有那種能力喔。」

別擔心，我也沒有。現任的推理愛好會成員缺少了「厚臉皮」這項身爲偵探或許最需要的能力。

前往好見的山路最初還鋪了水泥，但大部分都被落葉和山上沖刷下來的土覆蓋，很快就變成沒有鋪裝的砂石小徑。

我強撐著運動不足的身體爬上山路，路寬漸漸狹窄，變成只容一輛車通過的窄路。兩人呼吸開始有些紊亂時，上坡路段終於結束，約二十公尺前方可以看到剛剛那兩人的背影，像在休息，不過往前方一看，才發現其實有個橘色障礙物擋住他們的去路。那是經常在工地看到、有橘黑斜線和「安全第一」字樣的圍欄。怎麼會出現在這裡呢？

我們一走近，那兩人發現腳步聲轉過頭來，臉上寫滿驚訝，沒想到在這裡再次見到公車乘客。

「咦?這麼巧？」比留子主動開了口，完全沒表現出在跟蹤人家的樣子。

瘦弱的少年微偏著頭，有些困惑，不過短髮少女一跟比留子對上視線就露出緊張神色，挺直背脊。

「剛剛在公車上眞是不好意思！」

她背著後揹包向我們低頭，一下子失去平衡又慌忙踏穩。

「該說不好意思的搞不好是葉村。」

我察覺到比留子話中帶刺，連忙開口：「幸好我們都沒有受傷。」隨即把話題轉移到眼前的圍欄上。「這裡不能走了嗎？」

接連兩片圍欄封住去路，上面用油漆寫著「禁止進入」。

「可是……」

少女不解地指向路邊。圍欄前方有一塊讓對向來車待避用的小空地，上面停著一輛轎車，車裡沒人。她可能想告訴我們，開車來的人應該已經徒步進入了。

「到底怎麼了？我們要到前面一個叫好見的地方，你們呢？」

聽到比留子的問題，少女忸忸怩怩搓磨著雙手卻表情一亮：「我們也是，方向一樣呢！」另一方面，瘦弱少年卻用打量的眼光直盯著我們。

「你們不是這邊的居民吧？高中生，還是大學生？」

「莖澤，有點禮貌！」少女馬上低聲斥責。

「……請問你們是大學生嗎？」

少年垂頭重問了一次。兩人的權力關係完全由少女居上風。這樣面對面一看，他身高雖然比我高，但體型單薄瘦弱，眼神有些憤世嫉俗地略往上挑，難以親近。

「我叫劍崎，他是葉村，我們上同一間大學。你們還是高中生？」

「我叫十色。他是……」

「我是莖澤，跟十色學姊念同一所高中，我……」

「我們就是一般的學姊學弟。」

少女打斷莖澤的話，笑著強調。看樣子她是想說，別誤會，我們沒在交往。比留子歪著頭，露出訝異的模樣。

「我們是社團活動才來好見，你們到這種地方來旅行嗎？就你們兩個？」

「就你們兩個」說得有些刻意。比留子大概覺得這兩人有某些特殊隱情才會這麼問，刻意不讓他們用「只是單純來旅行」敷衍。

果然，他們跌入了陷阱。

「不是！」十色斷然否定。

「對！」莖澤點點頭。

說謊的是莖澤，但失敗的是十色。

兩人互看一眼，知道壞事了，莖澤故作不經意。

「只是……來調查點東西啦。我們掌握到一些這個地區不能告訴別人的資訊。」

學弟說得這樣得意洋洋，十色訓了他一聲：「莖澤！」

我內心響起警報。明明握有必須保密的資訊，卻故意表示「不能告訴別人」，哪有這種笨蛋？這個少年顯然刻意想勾起我們的好奇心，或者是對於亮出引以爲傲的資訊這種行爲產生優越感。不過比留子乾脆地擺出從容態度：「看來我們都挺辛苦的。」莖澤聽了表情有點僵。

接著比留子將視線轉移到十色右手提著的托特包。

「對了，十色妳是美術社團的嗎？」

十色緊抿著唇。我們知道素描簿就在裡面，她也知道在車裡畫畫的模樣被我們目睹。

「——對。畫得還不好，平時盡量多練習。」

「這樣啊，妳好認眞喔。」

比留子沒再追問。雖然很想問問畫的內容，但是從剛剛的對話聽來，她應該判斷無法問出更多資訊吧。

「現在怎麼辦？」

總之該想想下一步怎麼走。我望向眼前的圍欄。繩子綁著路邊的樹、避免被風吹倒，但是有許多空隙可以穿過。爲求保險，我察看圍欄，不過沒見到任何公所或建設公司的字樣。眞不知道爲什麼設置，但既然不是私有地，沒道理擅自限制通行。我跟比留子互看了一眼。

「只好這樣了。」

「嗯，只好這樣。」

我們對彼此點了點頭，從圍欄旁邊穿過，十色和莖澤緊隨在後。

往前走了一陣，右手的雜木林至此視野一片開闊。這裡能夠從山腰俯瞰盆地。盆地中有幾座小山和丘陵、地形複雜，平地少。這少數平地上零零星星看見田園和房舍的屋瓦，那似乎就是名為好見的地區。

肉眼能見的人家不到十戶，我們目前還無法掌握好見的全貌。不過終於到達目的地，讓人鬆口氣。

「要是能找到當地居民問問就好了。」

比留子輕聲這麼說，十色點頭同意。我們並不清楚她們的目的，不過我們的行動很可能一致。跨越圍欄一事也許會被居民質問，但我們幾人說好了到時一定要理直氣壯回答，別給人懷疑機會，就這樣踏進好見。

但就結果來說，剛剛的擔心完全是杞人憂天。

因為我們找遍放眼可及的區域，連一個人都沒看見。

二

「喂，年輕人啊，不好意思，我們先休息一下、整理一下目前的狀況吧。我的腳開始痛了。」

在山區裡走了一個多小時，比留子罕見示弱，她在盆地正中間一個老舊郵筒前，坐在自己的背包上。

她圖方便走路而難得穿運動鞋。伸長雙腳時，鞋底圖案有等間隔的鋸齒紋路，看來是適合運動的款式。儘管如此，她的腳還是不太習慣這雙剛買的新鞋，在山路上上下下又消耗太多體力。

「年輕人？我跟劍崎小姐沒差幾歲啊。」

十色也筋疲力盡地笑著，當場蹲下來。天一陰，加重幾分寒氣，口中吐出的氣息很快化為白煙。

我們四個人分頭走遍附近的山路和田埂路，總共拜訪十二戶人家。有些人家被山坡阻隔、得迂迴繞路才能到達，也數度遇到岔路讓人迷失方向，但是應該已經拜訪過所有找得到的人家，不過毫無成果。不只按門鈴，我們還敲了玄關門、大聲呼喊。可是家家戶戶都嚴密上鎖，落地窗外加裝了防雨門，一點人聲都沒有。

當然，沒看到我們想找的設施。

「該不會冬天期間都外出工作了吧？」

之所以這麼想，是因為見到好幾戶人家的車庫空著，表示住戶開車外出。但要外出就得經過禁止進入的圍欄。每次出入都要移動圍欄、重新綁好繩索也太麻煩，這樣想來，開出去的那些車短時間應該沒打算再回來。

高中生十色他們聽了點點頭：「原來是這樣啊。」但比留子手插在蓬鬆的白色羽絨外套口袋裡，臉埋進大塊黑色披肩直到蓋住鼻子，以一種「雪人造型」反駁。

「農地和家庭菜園看起來直到最近都整理得很好，也有些還沒收成的農作。不太可能放著不管。」

「那是正巧有事外出了嗎？」

「這一帶居民同時外出嗎？就算是這樣，也沒必要緊鎖門窗成這個樣子吧。」

十色望著比留子的眼眶似乎有些水潤潤的。那是尊敬的眼神嗎？

「妳連這個都想到了啊。不像我們，滿腦子只想著要找人。」

「不管是什麼天馬行空的想像，找不到人也沒有意義啦。」

莖澤沒好氣地說完後，被少女一瞪就安靜下來。這女孩厲害！

總之，在我們發現要找的建築物前，先遇到了一樁神祕的集體失蹤事件。說到集體失蹤，我馬上想到瑪麗·賽勒斯特號事件，所有船員跟家屬都消失，逕自漂流的離奇事件。不、這次的狀況應該比較像北加拿大的安吉庫尼湖村將近三十個因紐特人消失的那樁事件？假如是推理小說，這時候很想來一句「一個都不留」……

這時，十色瞪大眼睛指著我們走來的山路。

「你們看！村民一號出現了！」

疲倦的眾人同時轉頭過去。她指向的前方出現一道正在下山的小小人影。

來者身穿黑色騎士夾克，應該是男的。

我們相距約一百公尺，得趁他躲進家門前攔住。

「不好意思，請等一下！」我們一邊叫一邊跑過去。

抱著行李的四個人往自己衝過來，對方一瞬間畏怯起來，但馬上開口。

「你們是住在這裡的人？」

假如這一幕畫成漫畫，此時我們一定都錯愕到摔個倒栽蔥。出乎意料的話讓我們停下了腳步。

「比、比留子！」

只有比留子一個人因爲太過震驚，不堪背包重量整個人往後仰而跌倒了。

我一邊扶她起來一邊問這個男人。

「您該不會是第一次到好見來吧？」

「是啊，怎麼了？」

這時十色立刻露出滿臉失望表情：「什麼嘛。」莖澤刻意地嘆著氣。這男人環視我們幾個，誠實說出他的心情。

「我、我就這麼讓人失望？」

這個身穿騎士夾克、年紀約二字頭後半到三字頭前半的男人自稱王寺，他撩起被安全帽壓扁的頭髮。個子稍微比比留子高，以男人來說算嬌小。白色肌膚和在風中輕柔搖擺的稻穗色頭髮還有不太像日本人的高挺鼻樑，都呈現出優雅氣質，長得很英俊。

「騎車跑山途中忘記加油，現在沒油了。這種深山找不到加油站，想來找人要點油。」

他把機車停在山路入口，跟我們一樣穿過了那道禁止進入的圍欄。

我們告訴他完全沒看到居民，他狐疑地皺起眉。

「這就奇怪了，這樣該怎麼辦……」

大家陷入一片沉默，這時莖澤忽然冒出一句。

「感覺好像杉澤村喔。」

又是這種冷知識。

「葉村，什麼是杉澤村？」比留子戳戳我的手臂。

「很久以前流行的都市傳說。有個村子被一個村民屠殺，最後廢村，那個地方從地圖上消失了。不過後來有人在山裡迷路偶然找到那個村子，這是網路上流傳的故事。」

當然，實際上並沒有這個村子，據說這只是以某部小說舞台為藍本的虛構故事。

大概覺得大家對話題很感興趣，莖澤乘機補充。

「聽說村子現在變成惡靈棲息之處，試膽誤闖的人都會被詛咒發狂或失蹤。」

「好了，不要再說了！」不知道王寺是討厭這類怪談還是真心不舒服。

「莖澤，別再講那些有的沒的。」十色厭煩地打斷他。

離公車發車還有將近兩個小時。我們繼續一起尋找村人，不過比留子和十色他們似乎認為不太可能有新發現，顯得腳步沉重。而王寺發現丘陵上一戶民宅車庫裡留有一輛機車，不斷拍打著玄關門叫喚，發現還是沒人應門時一臉不甘。

「要是沒鑰匙就打不開油箱蓋啊。」他戀戀不捨地摸著機車。

「你在幹麼！」身後突然一聲怒罵，王寺和我們都嚇到跳起來。轉過頭，剛剛我們走來的路上有三個人正往這裡來。一男一女跟一個孩子。

「你們不是這裡的人吧？鬼鬼祟祟在別人家做什麼？」

咄咄逼人、出言責問的是個穿濃豔深紅色外套的年輕女人。她的鞋同樣是紅色，仔細一看連頭髮也是紅色。唯一她手上用報紙包起來、看似供花的菊花是較收斂低調的顏色……

不過手上的指甲又塗成大紅色。

「別誤會啊，我只是想分一點汽油。妳是這家的人嗎？」王寺尷尬解釋。

比留子大概也判斷，與其告訴對方「我們是來找預言者的。」還不如搭上這個話題的順風車才是上策，在一旁幫腔。

「我們一直在找這裡的村民，但大家好像都不在家，正頭痛呢。」

身後的十色和莖澤頻頻點頭附和。

「我以前住過這裡，今天正巧回來掃墓，老家早就賣了。不過你說大家都不在是怎麼回事？那個擋路的圍欄是你們搞的把戲？」

這女人還是沒卸下警戒心，繼續環視周圍，但她似乎也發現確實如我們所說，附近一點人聲都沒有，開始察覺不對勁，臉上浮現出困惑。聽她的口氣，平時這裡似乎沒有那道禁止進入的圍欄。

這個自稱曾是村民的紅色女郎年紀約二十五，漂亮的瓜子臉上有著明顯的雙眼皮，長相算得上美女，但一身招搖顏色和濃豔妝容，可能是我的偏見，總覺得脂粉味很濃。而站在她身後那個五十歲左右的男人身材矮胖，一張大臉上卻有一對小眼睛，緊抿成一字型的嘴透露出頑固的個性。看似禮服的西裝外披一襲陳舊夾克，或許是外出參加守夜或葬禮。躲在他背後那個小學低年級男孩可能是他兒子。

不過滿身紅色的招搖女人跟這個矮胖男人看來不像夫妻。一來他們歲數差距大，另外兩人站得稍微有距離，暗示著彼此心理上的距離。

紅衣女郎大概是注意到我的視線，她嘆一口氣。

「我在山裡開車，發現他們車子故障，走投無路才順道帶他們過來。這附近手機沒有訊號，要是不用市內電話就聯絡不上道路救援。」說明完，她轉向比留子問：「妳眞的走遍每一戶人家？」

「可能不是全部，但敲了十多間的門。現在這個時期是不是有特別活動，還是大家都外出工作了？」

「怎麼可能。」

紅衣女郎斷然否定，她撫著下巴陷入沉思，接著吞吞吐吐地問。

「先見大人那邊……底無川對面的建築你們確認過了嗎？」

我和比留子看了看彼此。根本沒看到什麼河川，她是指哪裡？

這時，沉默了一陣子的兩個高中生有了反應。

「妳剛剛是不是說『先見』？」

「那個人果然在這裡！」

「果然」？他們的目的是要找那個叫先見的人？

不過，先見啊。先、見……該不會是「預先看見未來」的意思？

我心裡有種預感，開始躁動。

「你們找先見大人有事嗎？」

這個招搖的女人聲音裡帶著提防。十色察覺了，她刻意敷衍。

「沒什麼特別的事，只是很想見她一面。」

「我不知道你們盤算，不過如果只是好玩，最好快點放棄。不會有好下場的。」

她的語氣果斷堅定，這時挺身替兩個困窘年輕人解圍的是王寺。

「假如還有人留在這村裡也請介紹給我吧，我現在眞的很頭大。」

「拜、拜託了！」

十色低頭請求，莖澤也跟著低頭。

一身招搖的女人雖然還有幾分躊躇，終究不敵他們的請求。

「那好吧，反正跟我家的墓地是同一個方向。不過告訴我你們叫什麼名字吧。我是朱鷺野秋子。」

依照朱鷺野的要求，我和比留子、莖澤、十色、王寺依序自我介紹。莖澤的名字叫忍，十色的名字是眞理繪，王寺的名字則是貴士。

最後報上名的是那對父子。

「我叫師師田嚴雄，在大學裡教社會學。這是我兒子，純。」

名叫純的小兒子躲在父親身後直盯著比留子，向大家點了頭。

「我貴重物品還放在機車上，先去拿一下。」

王寺想要折回，朱鷺野沒好氣地說。

「這種鄉下地方誰會拿你東西啦，別管了。」

話還沒說話，朱鷺野就甩著一頭紅髮領在前面走。

我們跟在紅衣女郎——朱鷺野身後，在某座小山麓下有兩戶民宅，這我們拜訪過，不過她往屋後走。原來後院再過去有一道通往山裡的橫木階梯。剛剛竟然沒發現。朱鷺野告訴我們，越過這座小山就會看到底無川，那個叫先見的人物就住在過橋的對岸。

「又是山路啊。」

除了純以外年紀最輕的莖澤疲倦地發牢騷，十色慌忙低聲教訓：「不然你留下來？」

途中俯瞰整個好見地區的山腰，有一塊老舊墓石林立的墓地，朱鷺野迅速在其中一座墳墓前完成參拜，又繼續領著一行人往前。比留子向她攀談。

「不好意思啊，難得來掃墓還要幫我們帶路。」

朱鷺野瞥她一眼，低聲道：「無所謂啦，反正只是徒具形式的習慣。」然後拉高聲音換個話題。「你們一定覺得這裡隱密到有點荒唐吧。要不要猜猜看爲什麼會有人定居在這種地方？」

這時走在我前方體型矮胖的師師田不太高興地回答。

「應該是以前平家落難武士的後代。全日本到處都有類似故事，沒什麼稀奇。」

「確實沒錯。」朱鷺野沒好氣地點點頭：「聽說這裡自古就有個小村落，戰敗武士們逃來這裡，爲了藏身，在底無川對岸又建立另一個村落。我小時候聽說，那個村子靠林業和燒炭維生，但在我父親出生前村子就沒了。」

這時在我後方的莖澤表示不解。

「等等，還有那個叫先見的吧？」

「你的禮貌呢！」十色果然又出言叱責。

「……先見大人不是還住在那裡嗎？」

與其說學姊學弟，他們的關係更像姐弟。

「先見大人是等到村裡的人都離開後才來的。現在只有她一個人住。」

「請問那座村子叫什麼名字？」比留子問。

「眞雁（MAGAN）。所以我們都這樣稱呼先見大人的住處。」

朱鷺野轉過頭、視線越過肩膀看著我們。

「魔眼（MAGAN）之匣。」

三

在朱鷺野的引導下爬上山路，前方是陡急的懸崖，遠方崖下有一條河川流過。水流湍急，突出水面的岩石揚起白色水沫，劃破水面。下了沿著崖邊的髮夾彎，前方架著一座橋，師師田的兒子純在橋前怯步起來。

「要走這個過去嗎？」

這道木製的橋不知什麼時候架的，寬度僅能容一輛輕型車通過，木頭已經泛黑，這麼遠也看得到橋板處處有龜裂痕跡。假如是電影場景，一定會在踏上的那一瞬間崩塌吧。

不過父親只是憤然一哼氣。

「不用擔心，幾個人過橋不至於垮掉的。別傻了。」

這位大學教授師師田一開口總習慣多加一句損人的話。

純呆呆站著，王寺拍拍自己的胸脯想替他打氣。

「不要緊，大家一起過就不可怕了啊。」

可是這位少年篤定反駁。「大家一起過橋會太重，更可怕。而且你那是大家闖紅燈過馬路時說的話，我才不聽。」

說不過小學生的王寺聳聳肩，師師田撇嘴道：「就會耍嘴皮子。」

他們父子倆還持續了好一陣子「過來！」「不要！」的攻防。

就在我想還是硬把他抱過去比較快，比留子往前一步。

「不用怕啊，你看。」

她故意蹦跳著追過兩人，在橋中央張開雙手。

「過來啊，小純。」

或許是比留子率眞的笑容讓他戰勝恐懼，少年不再鬧彆扭，丟下父親跑到她身邊。

師師田重重哼了一聲：「現實的傢伙。」

平時看慣冷若冰山的比留子，此時滿臉笑容對待孩子的她雖然新鮮，卻讓我有種說不出的鬱悶。

我旁邊的十色心醉輕嘆。

「眞羨慕劍崎小姐，這麼漂亮人又溫柔，要吃什麼東西才長成那樣啊？」

望向她的眼神充滿憧憬。

「不如我也來鬧個脾氣吧。」王寺開著玩笑。

「別胡說八道了，快走吧。」朱鷺野快步往前走。

望著眼下轟然作響的底無川過橋，山的陡坡從兩旁包夾，我們進入一條頭頂上有蓊鬱樹木包覆的小徑。昨天下了雨，地上都是潮濕的落葉，冒出悶濕臭味。

走沒多久，前方的少年小純就指向某個東西大喊。

「你們看那個房子，好破爛喔！」

離路兩旁陡坡五公尺左右上方，隱約看到一半埋在落葉裡、勉強留有房屋形狀的廢屋。大概是落難武士末裔殘存的舊居。

走在身邊的比留子靠近斜坡一看。

「這斜坡是人造石牆。」

她說得沒錯，雖然大部分都埋在土裡不易發現，但土塊間隙中有規則性堆起的石頭。

「爲了蓋房子而夯實地基嗎？」

「也像防止山坡土石流。」

「那個叫先見的人還住在這裡嗎？」

看起來不像能住人的房屋，師師田擔心地問。不過前方的朱鷺野只有一瞬間轉頭望向這裡，並沒有回答，那眼神就像在說，跟我走就知道了。

這時候緊跟在她身後的王寺驚訝地說。

「這是什麼！」

視線前的山路終點有一片像廣場般的開闊空間。左右是山、後方有岩壁包圍，廣場前面有一塊大約網球球場大小的菜園，後面是一棟跟剛剛廢屋群完全不同、形狀散發無機感的建築物。

——魔眼之匣。

我們走到旁邊仰望著建築。

那確實是一棟可以用「匣」來稱呼的箱型建築物，完全捨棄了所謂設計的概念，形狀平坦的混凝土量體外牆處處覆滿黑色黴菌和青苔、染成暗綠色，彷彿已經經過了一段漫長的歲月。

「不覺得有點奇怪嗎？」十色的聲音害怕到有點顫抖。

不單是她，在場所有人都被眼前建築物釋放出的異樣氣息給吞噬。

雖然是巨大到寬二十公尺的建築，卻不見一扇窗戶。與其說是住宅，更像座倉庫。這是一座拒絕外來入侵、隱匿祕密的建物。

太奇怪了。

正因如此，我更確信這就是我們要找的地方。

看看身邊，比留子也高度警戒地盯著眼前。如果這真的是班目機關的相關設施，誰也不知道前面有什麼危險在等著我們。

同時，也有人完全搞不清楚狀況。不是別人，就是莖澤這傢伙。

「這裡也太讚了吧……」他興奮地想繞到建築物側面。

不過下一個瞬間馬上「哇！」地大叫出聲跌了一屁股。

一道黑色人影從建築物暗處悄悄現身。

那是穿著一身黑色連身裙的纖瘦女性。一見到她，朱鷺野就緊張地說。

「神服小姐，妳這是……。」

她手中抱著獵槍，所幸槍口並沒有朝向我們，那個叫神服的女人將目光由癱坐在地上的莖澤移到我們身上。

「妳是朱鷺野家的……秋子小姐吧？沒想到妳會回來。」

聲音很沉穩，歲數比朱鷺野略長，三十左右。一頭長長黑髮隨意紮起，搭配著雪白肌膚，彷彿日本畫裡的女鬼。鼻子嘴巴這些五官都很小巧，是個鳳眼美女。

「掃墓而已。不過妳拿槍做什麼？」

朱鷺野語帶譴責，神服望向菜園那邊輕聲說。「有熊。」

仔細看看，菜園裡散亂著被撕爛的農作物莖葉，土壤上也可以看到不自然的凹凸。

「那是熊的足跡，可能是冬眠前沒東西吃，下山來找食物。」

「喔？在哪裡？」

王寺一點也不認生地走到神服身邊蹲了下來。

「這就是熊的足跡啊？妳竟然分得出來。現在這附近有熊出沒嗎？」

「好像回山裡了，不過這幾年目擊到熊的次數比以前多，還是小心點好。」

王寺轉而盯著她手上的獵槍。

「我第一次看到眞傢伙，比想像中小呢。這就能打倒熊嗎？」

「這是散彈槍，比一般常見的來福槍小。本來不是用來對付大型動物的，現在裝塡單發子彈。」

「原來是這樣啊。說到散彈槍，一直以爲是小顆子彈散射出去，不過看來子彈也有很多種類呢。」

王寺繼續熟稔地閒聊。不過神服對於沒有自我介紹，卻擺出裝熟態度的他有些不耐。

「這位是？」

比留子明明很小聲地問，不過朱鷺野卻大聲回答，像是刻意要說給對方聽。

「負責照顧先見大人的人。以前她親戚住在好見，聽說她從親戚口中知道先見大人的事蹟大受感動，覺得侍奉先見大人是自己的宿命。我還在好見時就來了，大概五年前左右。放棄東京的工作搬到這種窮鄉僻壤，不知道在想什麼。」

這時神服轉過來，意有所指地回看著她。

「不管別人怎麼想，選擇什麼人生都是當事人的自由。不管要拋棄穩定職業搬到鄉下，或者在父親死後乘機搬離鄉下還把頭髮染紅，妳說是吧？」

觸及不想談的話題，朱鷺野瞬間漲紅了臉。

「妳少瞧不起人！」她差點要高聲叫罵，還是強忍下來。

看來這兩個人不僅外表呈現對照，應該從以前就不太對盤。

「對了，好見的人都去哪裡了？還有路上那個禁止進入的圍欄又是為什麼？」

「除了我以外的村民，幾天前就離開了。」神服不帶感情地回答。

「發生什麼事了？」

「事情，還沒有發生。」

什麼意思？

為什麼故弄玄虛？我們聽得一頭霧水、滿心困惑，朱鷺野則是震驚到臉色大變。

「該不會是先見大人她——」

她及時閉上嘴。神服看到她這樣子，只是平靜地回答。

「想知道不妨直接問問啊，剛好現在——」

「妳們夠了沒有。」

在後方聽著這些對話的師師田打斷了她們，顯得忍無可忍。

「從剛剛就一直繞圈子繞個沒完。雖然我們有求於人不好多說什麼，但我只想來借個電話。」

接著其他人陸續表明想要汽油、想見先見，神服往前走一步：「總之先請進來。」

但朱鷺野定在原地動也不動。「妳不去嗎？」比留子催促後她才死心，不情願跟上。神服站在巨大混凝土匣狀建築前，拉開對開鐵門其中一扇。

眼前首先是殺風景的玄關門廳，走廊沿著正面牆壁延伸成ㄇ字型。

「不用脫鞋，但是請把鞋底泥土弄乾淨。」

踏進玄關門廳時，本來期待屋裡有空調，但溫度其實跟外面沒差別。屋裡果然沒有窗戶，右邊走廊後方透進些微光線。好像只點著最低限度的電燈。走在前方的神服明確地碰觸牆上數個開關，走廊日光燈馬上亮起，視野頓時明亮。

放眼望去，每面牆壁的混凝土上都塗著厚厚白色塗料，日光燈的光線更加深清冷的印象。

我們所在的入口右邊有個嵌著玻璃窗的櫃檯，前面放著四具形狀像西洋妖精的綠色毛氈人偶，約兩個拳頭大小，各自代表著春夏秋冬，由左起分別有櫻花樹枝、麥稈帽子、紅葉、雪花結晶等裝飾，看起來是手工製作的時下流行風格，跟建築氣氛很不搭。

這時，右邊走廊出現一個中年男子，他穿著刺繡特別多的夾克和褪色藍色牛仔褲。稀疏的頭髮和駝背讓他有些老態，不過實際年齡可能四十左右。假如這裡是小鋼珠店門口，大概沒有比他更融入場景的人了。

「神服小姐，那隻電話根本打不通啊。應該壞了吧？」

男人語氣很不滿，但一見到堵在入口呆站的我們，立刻堆起滿臉笑。

「怎麼？這麼多人來？觀光團嗎？不對、誰會來這種鳥不生蛋的地方觀光，我看不是遇難了就是集體自殺吧？」

在當地居民神服面前口無遮攔，還抖著肩自顧自笑。以笑話來說未免太沒品。我把初次見面的這個男人放到心中「討厭」分類箱，暗自決定盡量別跟他有瓜葛。

「電話不通？這話什麼意思？」連忙追問的是師師田。

「還能什麼意思。」男人從褲子後袋拿出掛著汽車遙控鑰匙的折疊式手機，聳聳肩。「本來想打電話跟公司報告，發現這東西不管用，想借用一下市內電話。可是那電話連屁都不放一個。神服小姐，那該不會要投幣才能用吧？還是得狠狠敲兩下才行？」

他故意誇張擺出手刀姿勢，自己笑起來。這男人真叫人怎麼看怎麼不順眼。我在內心將男人的評等再移到「非常討厭」的箱裡，結果被站在身邊的比留子輕拍後背。她點點頭，張開粉櫻色嘴唇做出「冷靜冷靜」的嘴型。她好像已經看出我臉上的不耐。

這男人裝瘋賣傻，神服笑也不笑，僅回一句：「打不通嗎？」

「走吧！」背後突然聽到朱鷺野的叫聲。

她表情僵硬地往入口後退一兩步。到底怎麼了？原本的強勢態度不知跑去哪裡，眼中只有畏怯。

「你聽到了吧？既然電話不能用，我們在這裡也沒什麼意義了。」

她開始說服師師田父子，但師師田還不肯放棄。

「等一下，可能單純接觸不良。總之讓我看看電話。」

「我開車載你去能打電話的地方總可以了吧。」

「這裡就能解決的事當然在這裡解決比較合理，不是嗎？」

兩人爭執起來，這時少年小純怯生生地開口。

「我想上廁所……」

兩人一時錯愕，對話戛然而止。

神服轉向被丟在旁邊不管的我們，主控局面。

「一直站在這裡不是辦法。我先帶各位進去，大家有什麼事待會再慢慢說。」

大家老實跟著神服走，但朱鷺野一個人堅拒：「我在這裡等。」我們把她留在玄關門廳，往右邊走廊前進。

「好漂亮喔……」

十色的驚嘆打破了這片陰鬱氣氛。她見到擺在走廊盡頭牆邊的簡易花台，上面放著插了黃花的花瓶，許多分枝上密密綻放著彩珠般的小花，十分亮眼。

「那是神服小姐插的花嗎？」

前面的神服轉過頭，浮現一絲絲微笑。

「那是種在後院的花，叫歐石楠，那邊還插了一瓶白色的。不放點這樣的東西，這屋裡就太殺風景了。」

她指向在背後左邊走廊盡頭。另一邊後方花台上確實有白色的花。

「剛剛的毛氈人偶也是嗎？」

我提起放在櫃檯窗口前那四具人偶。原本想問她，放人偶是否同樣爲了緩和這殺風景的氣氛，但神服好像誤解了我的問題，她搖搖頭。

「那不是我，是好見村民出於興趣做的手工藝──請這邊走。」

我們被帶進左轉後第一間房。裡面開著暖氣、很溫暖。屋裡擺著兩張大桌，L字型的房間後有開放式廚房。調理台上的電鍋正發出小小聲響冒著水蒸氣。這裡就像間大食堂。

我們放下行李稍喘口氣，這時神服帶純去洗手間。

入口旁有電話台，上面放著一台按鍵式電話機，不過是舊式的有線電話。

師師田拿起話筒、按下按鍵，重複了好幾次，最後還是搖搖頭。

「不通。完全聽不見任何聲音，分不出到底是電話機還是線路的問題。」

「眞是的，也太倒楣了。」

王寺聳聳肩。這種誇張作戲般的舉止竟然不讓人討厭，是不是因爲他長得帥呢？

我跟比留子在旁邊面面相覷。我們一到，電話就打不通，這眞的單純能用巧合來解釋嗎？

中年男子咧著嘴，對圍在桌邊一片沉默的我們很感興趣。

「對了，你們爲什麼到這裡來？」

比留子聽到這個問題，正面盯著那男人露出笑容。

「大家理由都不同，我是看了你們報導來的。您是《月刊亞特蘭提斯》的記者吧。」

突如其來的一記重擊。

不只那個男人，連我都訝異地盯著她的臉。

「妳、妳，我們之前見過面嗎？」

「不用這麼驚訝。一半是我的直覺。停在圍欄前空地的那輛車掛著租賃專用的車牌，很可能是租來的車，這麼一來司機應該不是好見當地人。所以比我們先到的你很有可能是車主。出租車的維修一般來說比私家車更謹慎，不太可能因爲故障才停在那裡，那麼好見或者舊眞雁地區這裡就是你的目的地。而你剛剛提到『跟公司報告』。不是聯絡、而是報告。這就表示來這裡也是工作的一部分。」

滔滔不絕的比留子讓師師田和王寺目瞪口呆。

「還有，車牌上紀載的地名是W縣。這就有點奇妙了。一般租車目的主要有三：

「一、沒車的人必須用車時。

「二、需要符合搬家等用途的特殊用車。

「三、旅行等在遠方需要用車時。

「你手機上掛有遙控車鑰匙，首先第一個目的可以排除。租的是一般汽車，所以第二項也有很高機率可以剔除。剩下是第三，你從遠方搭飛機或電車來。至少可以推測你應該不是這個地方的人。綜合以上推論，你是因爲工作才到這個並非觀光區的深山。這種人煙稀少的地方不可能有業務可跑，你用的不是智慧型手機而是『折疊手機』，表示工作上經常需要打電話。所以我推測你應該是採訪『先見』這個人物而從市中心來的記者。這可能不是唯一的答案，但我想是最自然的解答。」

中年男子半張著嘴，最後低喃「厲害、太厲害了。」他從夾克口袋取出名片，只遞給比留子。「沒想到我們的讀者裡有這麼年輕的女孩子，我們雜誌還有點希望。你好，我是臼井。名義上是編輯啦，但我們公司編輯也得兼記者。」

臼井賴太。

名片上的頭銜用明朝體大大方方寫著「久間書房　月刊亞特蘭提斯　編輯」，假如想取得對方的信任，我覺得最好不要寫上雜誌名稱。

「原來是記者啊。」師師田說得酸溜溜。

「不會吧，眞是《亞特蘭提斯》的人？學姊妳看，這就是之前我給妳看的雜誌。」

在後面聽著這段對話的莖澤亢奮地叫著十色。他對杉澤村的都市傳說那麼了解，看來也是愛好超自然現象的《月刊亞特蘭提斯》讀者。

沒能跟上對話的王寺提出疑問。「什麼什麼？什麼報導？」

臼井說明了寄到《月刊亞特蘭提斯》編輯部那封奇妙的信，還有接連發生與信中內容酷似事件，以及可能有進行超能力實驗組織等狀況。

「因爲我們發現進行實驗的村子就是這裡，就過來採訪了。」

臼井說得很驕傲，王寺的反應則有些遲鈍「喔……」至於師師田則是鐵了心不想管，覺得沒有搭理的價值。

我提出心裡的疑問。

「那篇報導說信件的寄件人不明。那臼井先生怎麼找到這舊眞雁地區呢？」

難道跟我們一樣，也委託了偵探嗎？

不過臼井淺笑地說：「不行說，不行說。」

「這可是企業機密……當然沒這麼誇張啦，這是我們今後要報導的素材，請先手下留情。要是在社交網路平台上面傳出去，一定會被減薪。薪水本來就已經夠低了。啊，我不是刻意要說『臼井』跟『就已經』的諧音雙關語喔。」

說著，他又自己得意地笑起來。

身邊的比留子不耐煩地嘆著氣，我輕拍著她的背。

「不過這一帶在導航上只顯示『山』。今天早上在附近繞了半天，最後好不容易找到這棟建築物，但是她堅持我不能見先見大人、要趕我回去。我堅持了兩個小時，才終於願意讓我見面。你們都得感謝我。」

原來如此，神服還沒說完的「剛好現在——」是指臼井剛好要和先見見面。

不久，神服帶著純出現在食堂，師師田站起來。

「只好麻煩朱鷺野小姐了。那我們離開吧。」

完全沒時間休息的純顯得有點煩躁，離開前朝比留子看了一眼，揮著手：「掰掰。」比留子輕輕揮手回應他。

他們的背影一消失在玄關，神服立刻表示：「那麼，希望跟先見大人見面的人，請往這裡走。」我們跟在迫不及待站起來的臼井身後離開了食堂。只是想討些汽油的王寺錯過開口的機會，但還是好奇地老實跟在我們後面。

離開食堂，我們往跟玄關反方向左轉前進。在前方轉角往右轉，一扇木製拉門出現在眼前。神服站在門前。

「喂，你不來嗎？」

隊伍最後的王寺叫著。一轉頭，原來十色和莖澤並沒有跟上。

「喔，你們先去，我們馬上來。」

莖澤的聲音從食堂方向傳來。他們來這裡的目的明明是跟先見見面，這個節骨眼在幹什麼？雖然好奇，但臼井忍不住催促：「讓先見女士久等不太好吧。」神服向拉門裡說。

「打擾了，我帶訪客來了。其實人數比剛剛更多，方便嗎？」

屋裡傳來不太清楚的聲音。好像在說「請進」。

拉門因為老舊軌道不太滑順，磕磕絆絆分了兩次才打開。

眼前是一間四坪大的和室，入口正面有位老嫗面對書桌坐著。

那就是先見嗎？

先見身上穿著巫女（註一）或修行者穿的那種白裝束（註二），袖口露出的雙臂瘦得像皮包骨。白髮無力貼在頭上，臉上是明顯深刻的皺紋，唯有那對被深黑眼圈匡起的雙眼像瞄準獵物的猛禽，銳利地瞪著我們每一個人。

書桌上有在走廊上見過的白色歐石楠，插在小花瓶裡。房間右邊有一床鋪好的被褥，先見整日待在床上的時間可能相當長。左邊放著矮五斗櫃跟一個小巧化妝台。房間光源倚賴天花板上陰暗的日光燈，另外只有一個換氣用的通氣孔。

「這些不要命的傢伙。」

先見嘴裡流洩出好比從地底爬出來的嘶啞聲。

「我已經給過忠告，要你們離開。」

她一開始就展現敵意，我倒吸一口氣。接收到忠告的應該僅有臼井一個人，我們其實也不願意，但看來先見並不歡迎我們來訪。

「別這麼說嘛，我也是工作啊。跟您請教幾句，我問完就走。」

臼井絲毫不介意先見的不滿，明明沒人勸坐，他還是一屁股坐在她正對面。

神服想開口，但這時先見青筋畢露的雙手撐在桌上，彎曲的背往前傾開始咳嗽。她全身劇烈起伏，咳得很難受。

神服迅速奔上前輕撫她的背，但遲遲沒有平息。這老婦人難道生病了嗎？

咳嗽終於停下，先見肩膀上下起伏大口喘著氣，一邊告訴身後的神服。

「奉子，今天沒事了。」

「可是。」

「不需要妳繼續幫忙了，下個月再來吧。」

奉子好像是神服的名字。在恢復鎮定的先見催促下，她恭敬地低頭致意，沒跟我們交代任何事，關上沉重的拉門。

我很好奇爲什麼先見不是叫她「明天」而是「下個月」來。是不是今天二十八日，剩下兩天不來也無妨？根據朱鷺野的說明，神服確實是好見當地人，莫非有什麼隱情？

「你們打算在那邊杵多久？」聽到先見帶著譴責的聲音，我們接連坐下。「就三十分鐘，我不想陪你們更久了。」

先見挑明了說，站在最前面的臼井有些不滿，環視我們一圈。因爲是採訪，希望閒雜人等離開嗎？不過先見一點也不在意，臼井只好放棄，直接詢問。

「我是久間書房的臼井。那我就直接進入正題了，聽說先見女士擔任這個地區的預言者，這是眞的嗎？」

這說法有點奇怪。擔任？又不是醫生或律師。如果對方回答：「是啊，托您的福生

註一：日本神社中輔助神職的工作人員。

註二：全身雪白的服裝，多於儀式喪葬中穿著。

意還不錯。」那可就好笑了。

老婦人開口正打算回答。

「啊、不好意思。」記者打斷她，拿出錄音筆：「這些對話請讓我錄音喔。」

這男人實在輕佻極了。老婦人嘆口氣。

「別人要怎麼稱呼我是他們的事，我從將近半世紀前就住在這裡，陸續對在好見發生的意外或者社會重大事件提出警告。如此而已。」

這表示她承認自己有特殊能力，不過先見的表情非常平靜，看不出誇口或說謊。反而是動不動就高聲喊著「嗚喔！」的臼井態度比較像在演戲。

「將近半世紀前！也就是說您真的能看見未來？」

「所謂的『看見』跟用眼睛看不太一樣。我會接收到關於事件片斷的單純資訊，不是影像也不是文字。」

我不是很懂，但應該跟我們平時看或聽的感覺不同吧？

「過去您說中了好幾次。您從小就有這種能力嗎？」

先見正要回答這接連不斷的問題，但一開口又開始咳嗽。「沒事吧？」比留子想起身，但被她伸手制止且反。

「先告訴我，你從哪裡聽說我的事？」

眼看遲遲沒有進展，臼井不耐地鬆開端坐的姿勢開始盤腿，又重複一次跟王寺他們說過的內容。

四月時編輯部收到那封寄件人不明的信，後來發生大阪大樓火災、娑可安湖集團感染恐攻等跟信上一致的重大事件。接著在九月寄來的第二封信中寫著，在W縣遠離人煙的村裡進行過超能力實驗。

「到這邊爲止是報導裡寫的內容。不過那封信還有後續。」

我跟比留子對這句話很感興趣，豎起耳朵。臼井從包包裡拿出透明檔案夾，把裡面的信紙複印本放在書桌上說。

「上面寫了這裡的住址，還指示一定要在今天前往。還有一件事——」

先見念出信紙上這一段。

「『先見會說出新的預言。還有人會死。必須制裁那個受詛咒的女人』，這個嗎？」

「你看。都寫了這些，我怎麼能當作沒看過呢。」

新的預言。受詛咒的女人。制裁。

臼井依照信的指示來到這裡，就是調查這些令人心驚的內容。

「是這樣啊——那其他幾位呢？」

先見這麼一問，比留子即興想好了我們的設定，如行雲流水般解釋我們在大學參加超自然現象社團，看了《月刊亞特蘭提斯》報導對預言感興趣，透過自己的管道調查好不容易找到這個地方，但她並沒有提到我們是娑可安湖事件的當事人也沒提到班目機關這幾個字。她不想輕易讓這個名字外傳。

「憑那樣的報導，妳竟然能找到這裡。」

臼井投以驚嘆的視線，不過比留子笑著閃躲：「在調查上花了不少錢。」最後王寺畏縮地說明：「我只是騎機車到附近剛好沒油了。」臼井沒理他，指向信紙。

「就像妳看到的，信上寫著『受詛咒的女人』、『制裁』這些字眼。這與其說是告發，更像是威脅。寄件人的目標可能是妳。」

他刻意用這種引人不安的說法，像是想爭取先見的協助。

於是先見嘴裡吐出一句讓我們很意外的話。

「大概是好見居民幹的吧。大樓火災和感染恐攻的預言，我以前都告訴過他們。」

「爲什麼村民會寄出這種信？」

先見伸手拿茶杯，潤了潤喉，隨著一口嘆息說道。

「應該是看不起我的那些傢伙在無謂掙扎。把你這個記者叫來想挑預言的毛病。他們明知道就算這麼做命運也不會改變。」

「也就是說。」臼井舔舔嘴唇，一字一句強調：「我可以解釋爲信上寫的內容都是眞的，妳確實有預知未來事件的能力，過去曾經有M機關在這個設施研究超能力？」

「我不打算談那個機關的事。」

「這可不行。我們不能沒有任何佐證就寫報導。比方說，妳現在能不能預言一下明天會在哪裡、發生什麼事件？」

先見輕聲嘟囔：「眞是的。」本來以爲她會因爲這厚顏的提案而發怒，但竟然沒有。她誠摯地看著我們，讓人忍不住端正好坐姿，接著她靜靜開口。

「本來是不應該這樣招搖展示的，不過如同信上所說，我已經對好見村民說過一個預言。不管告不告訴你們，結果都是一樣的。」

「是什麼樣的預言？」比留子問。

先見盯著茶杯。

「十一月的最後兩天，眞雁會有男女各兩人、總共四人死亡。」

在場所有人都花了一段時間來理解這句話。各兩人、四人死亡？

「要不要相信隨便你們……不過現在你們知道爲什麼村人都不見了吧？」

今天是十一月二十八日。明天開始就是十一月的最後兩天。她要神服「下個月」再來，也是因爲這個理由。

臼井似乎沒料想到這個預言，他搔著頭翻開筆記本。

對話出現中斷，我想起十色和莖澤不在場。他們來找先見的目的，不就是剛才這段話嗎？我對旁邊的王寺說。「十色他們好慢啊。」

先見驚訝地看著這邊。「十色？還有其他人嗎？」

「還有兩個高中生，他們現在在食堂。」

這時王寺不經意地說。

「離開食堂時我稍微看到了，十色從包包裡拿出像筆記本之類的本子。」

我腦中閃過公車上那一幕。素描簿放在托特包裡。十色現在該不會跟當時一樣正在畫畫吧？我跟比留子互看一眼。應該去看看十色，但我們不能兩個人都離開這裡。臼井還可能透露其他消息，而且能跟先見說話的時間有限。我站起來作勢要離開，比留子點點頭。

「不好意思我失陪一下。」說著，我離開房間，快步走向食堂。

食堂對開的門扉緊閉。我想起十色並不想讓人發現她畫畫的事，躡手躡腳靠近門邊。幸好這扇門裝得並不嚴實，門板之間有隙縫偷看屋裡。

我將右眼抵在門縫上，看到背對著這裡坐的十色。桌上幾根用完的色鉛筆分別往不同方向散落。我的角度勉強從旁窺探，剛好越過十色肩頭看到素描簿的內容。

上面畫著一幅激烈燃燒的畫面。黑色褐色的平坦構造，讓我第一個聯想到度過底無川時上方的老朽木橋。

十色和莖澤正在爭執。

「逃？爲什麼？」十色的聲音裡帶著譴責。

「這再怎麼看都是剛剛過的那座橋吧。那座橋要是燒毀了我們就離不開這裡了！再拖就來不及了！」

莖澤的聲音裡有前所未有的焦急。

「只有我們嗎？還得告訴其他人才行。」

「該怎麼解釋？告訴他們那座橋等一下會燒起來？」

聽了他的反駁，十色沉默不語。

果然，十色應該是在我們離開食堂時開始作畫，莖澤爲了看她作畫也留下來。他們深信畫的內容很快就會成眞。繼續躲著也沒有意義，我決定向兩人問清楚，打開了門。

兩人就像裝了彈簧般猛一轉頭。

「葉村先生——」

十色臉上寫滿了驚慌。我想開口安撫、解除她的警戒。

玄關那裡傳來了一聲男人的大喊。

「糟了！橋、橋燒起來了！」

我們互看一眼，衝到玄關。師師田手撐著膝蓋調整呼吸。他看來是跑著回來的。

可能是聽到他的聲音，留在先見房間的比留子他們也一頭霧水地走出。同時食堂正對面那間房間的門也開了，神服走出來。本來以爲她已經回好見，原來還在。

「橋燒掉了？怎麼回事？」神服冷靜地問。

「就是這麼回事。火燒得很旺，根本無法過橋。這裡沒有滅火工具嗎！」

師師田這句話讓大家頓時一陣騷然。神服從玄關門廳旁看似辦公室的小房間拿出一個老舊滅火器，但師師田嘆道：「這種東西根本沒用！」問他朱鷺野和純怎麼了，他說兩人還在離橋稍遠處等著。

「總之先去看看吧。」比留子立刻往外跑。王寺從神服手上接過滅火器：「這個交給我吧。」我們也衝出玄關。

天空宛如要沒入夜色，已經染成一片深暗的藍。

我朝著橋的方向跑，一邊想著在食堂目睹那張十色的圖畫。

前往好見的公車上，十色畫了一張公車意外的圖，不久立刻成眞。這兩者有什麼因果關係？我還不確定。不能否定這可能是十色和莖澤設計的圈套。不管是電視節目或者魔術表演，確實有人會不惜浩大工程設計出各種手法，揭曉之後往往讓人吃驚：「爲什麼要如此大費周章？」

但剛剛在食堂，他們表現出的焦急並不像在演戲。

「葉村，你看！」比留子大叫的同時，我也發現了。包覆著我們頭頂上的陰影就像剪紙一樣貼在藍色天空。樹隙間能見到濃濃黑煙，彷彿要將暗夜擴散到全世界。

「可惡！」我忍不住罵了一聲。

我們不到五分鐘就趕到現場，但橋幾乎燒毀，谷底殘留的橋梁還留有微弱的餘火閃動。我們的所在地與對岸之間，峭壁深谷張開了血盆大口。

朱鷺野失魂似地呆站在不會被濃煙波及的遠處，反而是還搞不清楚狀況的純擔心地仰頭看她。

「有汽油味。最近這場雨把橋淋濕了，應該有人是潑了燃料後點的火。」

比留子調息呼吸，凝重地望著殘餘的橋梁。

「爲什麼要燒掉橋？到底怎麼回事？」

王寺抱著滅火器上前追問，師師田暴怒道：「我怎麼會知道！」臼井和兩個高中生氣喘吁吁地無言佇立，這時背後傳來一個冷靜到突兀的聲音。

「來不及嗎？眞遺憾。」

來不及？遺憾？這是什麼意思？

「妳——」

師師田正要追究，比留子指向對岸尖聲叫道。

「快看！那邊！」

從橋頭通往山上斜坡那段髮夾彎上坡。雖然只有隱約的輪廓，不過在茂密樹叢跟日落後的陰暗中出現五六道蠢動的人影。

他們的樣子讓我想起夏天事件的光景。但跟那時不同，這些人沒有來襲跡象。

「喂！看到我們了吧！快叫人來幫忙啊！」

王寺揮動著雙手，但那些影子似乎在偷偷觀察我們的狀況，一點聲音都沒出。然後人影一個接一個消失——徒留我們在舊眞雁地區。

回去的唯一路徑木橋燒毀，我們帶著慌亂的心情回到魔眼之匣。

途中師師田再次逼問神服，有沒有除了電話外跟外界聯絡的方法。

「沒有。」神服完全不理會他。

我低下頭，邊聽他們的交談邊往前走，有個人走到我身邊。本來以爲身形嬌小的來者是比留子，但出乎我意料。

「那張畫的事，你可以不要說出去嗎？」

是十色。我還沒來得及反問，她就低頭拜託地說：「求求你。」逕自往前走。難道她的畫裡有不能讓人知道的祕密？畫下這些畫的她又是何方神聖？還有，她爲什麼要來找先見？

腦子裡還在想這些事，咚！我左半邊身體遭到一股柔軟撞擊，一個踉蹌。

這次撞過來的眞是比留子。

「幹、幹麼？」

「沒什麼啊。本來以爲你會來問我意見的，沒想到等了半天，你眼睛直盯著女高中生，害我都要吃醋了。」

「不是啦！我有點好奇她的樣子，不、也不能說好奇——」

我明明知道她故意尋我開心，可是看到她一臉不高興看著我，還是忍不住慌了。比留子呵呵笑起來。

但是——她的微笑讓我覺得有點不對勁。

總覺得，她是刻意在表現開朗。

四

下午六點半。

我確認了手表，暗想這是今天最後一班公車到站時間。沒想到因此錯過。

神服讓我們再次聚集在食堂，自己到先見房間去了一趟，她回來時這麼告訴我們。

「先見大人已經休息了。她很少跟外來的人說話，一定很累了。」

「怎麼能這樣不負責任呢？」師師田強烈抗議。

「不管你對先見大人再怎麼不滿，也蓋不出一道新的橋。」

反擊得漂亮，這位大學教授頓時消沉道：「話是這麼說沒錯啦。」或許他氣到沒力氣了。

趁著這段沉默，他兒子純低聲說：「我肚子餓了。」我們才發現大家都沒吃東西。

「我想你們有很多事想問，不過還是先吃晚飯。現在能馬上準備的只有調理包了。」

神服熟練地打開廚房櫥櫃，取出咖哩調理包，開始煮熱水。狀況明明一點都沒有好轉，不過有了食物好像可以排解掉些許不安。

但看到神服盛裝的白飯，我忽然覺得奇怪。

「神服小姐，這裡除了先見女士之外還有其他人住嗎？」

「沒有，除了先見大人，平時會出入這裡的只有照料她身邊大小事的我。我家就在好見，很少留宿在這裡。」

我的疑問愈來愈深。

「那這個飯量，先見女士一個人吃不會太多嗎？原本預計要給誰吃呢？」

聽到我這麼問，意氣消沉的眾人都紛紛抬起頭。

盤子裡的飯遠超過一碗分量。神服已經開始盛第四盤，但看她的動作並沒有要調整分量的樣子。應該煮了九碗以上的量。還有，我們剛到食堂時電鍋已經起動。打從一開始就煮了先見一個人吃不完的量。難道是把明天後的分量也事先煮好？可是剛剛神服說，能馬上準備的只有調理食品。沒有任何配菜只煮了大量白飯，這也太不合理。

聽到我的問題神服僵了一瞬間，但繼續面無表情地重新盛飯。

「你們都聽過先見大人的預言了吧？」

沒有跟先見見到面的師師田狐疑地皺起眉，預言這兩個字也讓十色和莖澤猛一抬頭，朱鷺野憤恨地大叫：「果然沒錯！」

「先見大人已經知道橋會燒毀對吧！太過分了，早點說，我們就不會困在這了。」

「她預言的並不是橋被燒毀的事。」

神服先責備了亢奮的朱鷺野，之後才說出預言的內容。

十一月的最後兩天，眞雁會有男女各兩人、總共四人死亡。

「先見大人的預言一定會成眞。她知道十一月最後兩天、也就是明天跟後天前會有四個人左右來訪。臼井先生先出現，我設想到人數還會增加，多煮了些。」

但還是有人無法接受說明。橋被燒毀，我們都被困在這裡，但神服的態度未免過度冷靜。

王寺緊張地質問她：「神服小姐該不會跟『那些傢伙』是一夥吧？」

那些傢伙應該指疑似縱火的人影吧。神服依然只看著自己的手邊，彷彿在跟白飯對話，她搖搖頭。

「他們是好見的居民，但我沒想到他們竟然連橋都燒掉。電話打不通，應該是他們剪掉了電話線。」

臼井憤怒地問：「妳說什麼！」比留子制止了並加入對話。

「他們白天刻意躲起來，是爲什麼？」

「當然是害怕預言。其實他們不是躲起來，只是在這幾天期間離開好見，各自投靠親朋好友等待預言時間過去。因爲預言中說到眞雁會有人死亡，待在好見很可能會因爲某些狀況被捲入。另外他們也擔心不在的期間會有預料外的親朋好友來訪。那道禁止進入的圍欄就是防堵這些意外出入而緊急設置的。」

「等一下！依照這個邏輯，那個叫先見的女人爲什麼還留在這裡？做出這預言的就是她自己吧？」

師師田指著裝盤結束的神服大聲咆哮。身邊的純緊縮著肩膀。

神服依然態度平靜，將冒著蒸氣的咖哩放在我面前。我低頭致謝：「謝謝。」

「先見大人並沒有說死的會是誰，而且人終歸一死。先見大人並不會輕率地恐懼、躲避未來，希望跟平時一樣生活。雖然她顧慮到我，要我離開這裡。」

神服大概想把飯準備好再走，沒想到木橋燒毀，她回不去。

「我猜想村民並沒有要把大家關在這裡的念頭，可能只是不想讓人從好見來到眞雁來。唯一通往眞雁的橋一壞掉，就不會有人不小心過橋了。所以他們在我平常回家的時間後才點火燒橋。之後看到留在眞雁的各位，我想他們應該很驚訝。」

「可是他們沒有出手相救，就這樣走啦！」

「應該是知道無論如何今天都不可能救人出去。雖然可能靠繩索過河，但外行人這麼做非常危險。聯絡警察或消防隊也要等天黑才會到達，救援需要時間。若跟警消交代來龍去脈，他們反而可能無法脫身，這對他們來說是最不願意看到的局面。」

「就因爲這樣？」

話說到這裡，師師田大概把所有怒氣發洩殆盡，頹下肩膀。

這時莖澤忍不住大叫。

「不管怎麼樣，他們都一樣見死不救啊！這算監禁吧？爲了避開預言就做出這種幾乎等於犯法的事，根本本末倒置嘛！」

「不，這很難說。」

回答他的不是神服而是比留子。

「如果只考慮到村民的安全，或許不會做得這麼絕。但假如有四個像我們這種碰巧從外地來的人都死在眞雁，那外界會怎麼想？**偏偏在這天所有好見居民都剛好外出？**」

我也馬上想通。

「說是巧合太奇怪。這麼一來，大家一定會懷疑好見居民跟這件事有關，警察也會這麼想。大家不會相信什麼預言，說了也只是徒增懷疑。」

「對。村民除了想避免自己死亡的可能，也得防止之後被懷疑是加害者。**因此必須要讓人死在自己無法出手的地方才行**，所以他們才會燒掉橋、徹底隔離好見跟眞雁。燒掉橋大可解釋爲原因不明的起火等等，事先串通好說詞。」

村民保身而見死不救。聽起來實在太無情、很沒有眞實感，大家愕然地望著彼此。

「果然是這樣。」

如此憤恨低語的是好久都不發一語的朱鷺野。

「好見村民從以前就很怕先見大人的預言，沒想到他們爲求保命做到這個地步。」

之前也住在這裡的她，大概已經隱約察覺好見的異狀跟先見預言之間的關係了。

「眞是糟透了。」王寺仰天長嘆：「怎麼會遇到這種事呢？我的護身符放在機車上的皮夾裡，早知道該帶在身上的。」

「怎麼連你都說這種沒邏輯的話。」

師師田一臉不耐煩，王寺回他一句：「信則靈啦。」接著一陣沉默。

比留子提議：「不如先開動吧。」大家才各自開始吃咖哩。剛吃了一口，純就對父親吐著舌頭說：「好辣喔。」安靜的食堂裡有好一陣子僅聽得到餐具碰撞的聲音。

不過——

愈想了解這場騷動，就愈覺得好見村民被先見預言影響這麼深是多麼詭異。都到這種時代，竟然還有人會盲目相信這種超自然力量。

但是在不安的氣息中，卻有一個人因眼前的狀況感到高興，那就是《月刊亞特蘭提斯》的記者臼井。他拿出筆記本，抄下剛剛比留子和神服說的內容，滿臉得意地彎起嘴角又絮叨不停。

「這下大事不好了。原本想來聽聽老太婆會有什麼小家子氣的預言，沒想到會發展成這種騷動，這下說不定會演變成刊登在全國報紙上的重要事件呢，正是所謂的禍福相倚。神服小姐，能不能告訴我以前發生過跟預言有關的事件？」

「不知道。」

聽到先見被稱呼爲老太婆覺得不高興，神服的態度變得很強硬。不過臼井依然繼續糾纏，想找出能攻破的縫隙。

「我建議妳最好想想之後的事。在這裡發生的事我都會一五一十地寫成報導。現在上網馬上就能找到地點跟人名，到時候一定有一大批好事者好奇蜂湧而來。要是現在不幫忙，後悔的可是妳自己。」

懷柔不成就恐嚇。這記者眞叫人受不了。王寺也覺得反感，出言責備臼井的態度。

「我說這位大記者，你最好不要隨便亂說話。現在的資訊來源又不是只有雜誌。別人也有可能把對你不利的資訊放上社群媒體流傳啊。」

方才不斷爲難神服的師師田交抱著雙臂點頭附和：「記者果然沒一個好東西。」臼井看看其他人，發現風向對自己不利，重重哼了一口氣，搔著他稀疏的頭頂。

「算了算了，但讓我再問一個問題總行吧。這棟建築物到底是什麼？在我們收到的信上寫到這是某個神祕機關的研究設施。」

我和比留子表情一改也不改，將全副精神都灌注在聽力上。

神服的回答很簡潔。

「聽說五十多年前，在這裡以先見大人和幾個具備超能力的人爲對象進行過研究。

主導的組織叫做班目機關。」

五

班目機關進行超能力研究的建築物，亦是我們的目的地——魔眼之匣。今天早上我們完全沒有想到竟然得在這裡留宿。來訪者加上我和比留子共九個人，這棟建築物還有地下室，房間數很足夠。

「據說當時地下是實驗室和研究室還有受試者的房間，一樓則是研究員的房間。」

爲了這一天的到來，神服打掃了平常沒在用的房間，方便大家留宿。

不過舊床鋪都已經丟掉，少了兩張床。

「我沒想到這麼多人來……非常抱歉。」

神服向大家低頭致歉。師師田父子睡同一張床，還差一個床位。

「我不用睡床鋪沒關係。」

開朗的王寺主動提議。但他年紀比我大，我不太好意思，表示願意輪流。

「我騎車跑山經常野營，有屋頂跟棉被就覺得像天堂了。」

他露出模範般的微笑堅持不要緊。從他嬌小的體型和堪比偶像的甜美外型，實在很難想像騎機車的他已經習慣戶外生活，我只好老實順從他的好意。

這裡還有個不大的浴室，想洗澡的人都很慶幸。我們決定好從住地下室的人開始輪流洗，然後解散。被關在這種滿是謎團的建築物裡，彼此問候「晚安」或「明天見」都很奇怪，大家簡單道了聲「掰」，就各自回房了。

六

我跟比留子被分配到一樓的房間。

這裡以前或許是起居室，除了簡易床鋪和舊燈油暖爐外什麼都沒有。天花板附近有一個格柵透氣口。再怎麼客套也說不上舒適，不過畢竟是我們自己找上門，不好多抱怨。

放好行李，比留子來到我房間。

第一個話題是十色他們在食堂的行動。

「你去看的時候，他們在做什麼？」

該怎麼回答呢？不、我當然不想瞞著比留子。雖然不知道跟我們原本想調查的班目機關研究有沒有關係，不過十色在公車意外和木橋火災時，兩度出現詭異行動。確實該好好交換一下意見。

但是，哀求我別說出去的十色聲音裡帶著難以忽視的迫切。

「葉村？」比留子聲音裡帶著狐疑。

我很煩惱，但最後還是決定將在食堂目睹的一切老實告訴她，並且表達我的眞心話，希望盡量顧慮到十色的心情。

「這樣啊。」比留子將拳頭放在嘴邊，凝重地盯著地板：「從他們兩人的態度看來，這些事件跟圖畫的一致並非偶然。而十色並不希望其他人知道。當然，還是不能忽略自導自演的可能性。」

自導自演。難道跟配合公車經過放出山豬的推理一樣，這次對木橋縱火的也可能是他們嗎？

「我們跟先見談話這段期間，他們要去橋邊縱火再回來，時間上不太可能吧。再說通往橋那裡只有一條路，一定會遇到先離開的師師田和朱鷺野。」

「也可能利用定時裝置啊。」

「妳是說橋對面那些疑似好見村民的人影跟縱火無關囉？」

「他們可能看到黑煙過來察看。就像神服說的，判斷不可能救援就離開了。」

雖然確實無法排除這個可能，但我很難接受。

「這無法解釋爲什麼十色要在食堂畫畫。她如果是自導自演，大可在我們面前畫。在這件事的經過中，我會去食堂只是巧合。」

聽到這裡，比留子彎起嘴角乾澀地拍拍手。

「不愧是會長。假如是自導自演就要其他幫手，這是相當鋌而走險的計畫，可能性很低。但儘管如此，假如眞是自導自演，接下來一定還會有其他行動，總之先觀察。我覺得更應該提防的是先見的預言。

「妳說兩天內會死四個人的預言？但現在無從確認預言是眞是假啊？」

假如選擇相信神服和朱鷺野的說詞，這表示過去先見數度在村民面前揭示預言並且一一成眞。娑可安湖感染恐攻和大阪南區大樓火災的預言也是其中兩例，所以他們才會害怕預言，不惜燒掉木橋來孤立眞雁地區。

但不能忽略預言都是假的，一切事件背後都有班目機關暗中操弄的可能。

「是眞是假都無所謂。」比留子的聲音打散了我糾結的思路。「葉村，我們來這裡是打探班目機關的消息。不管預言眞假，我們一樣得調查先見和魔眼之匣的底細。」

確實沒錯。這麼一想，因爲不可抗力而留在這裡或許不失爲一件好事。

「我們還有時間，明天再正式開始調查。」

我們就這麼說定，又閒聊一個小時左右，聽到敲門聲。是王寺來通知我們洗澡了。我很驚訝，怎麼這麼快七個人都洗好澡，原來臼井和師師田父子因爲沒帶換洗衣物所以不洗。

比留子洗好後，我前往浴室。浴室位於食堂再往前走、建築物後門前的位置。這裡不像大眾澡堂有男女之別。

牆邊有區分爲上下三段的架子，放著衣物籃。我選擇右邊上層那一格，將脫下的衣服放進去時，發現籃子邊緣勾著一根帶光澤的長長黑髮。朱鷺野的頭髮是紅色、十色是短髮。神服應該還沒洗澡。這麼一來，用過這個籃子的就是——

我在心裡輕聲招呼：「抱歉打擾了。」迅速將衣服移到隔壁籃子。

浴缸不大，不過泡得很舒服。離開浴室，我快步走在清冷的走廊上回房。到通往我房間的轉角時，我跟站在那裡的人影四目相對。是十色。

我停下腳步，還不清楚她的來意，只見她雙手在身前併攏，向我低頭。

「那個……謝謝你。」

大概是指我沒在大家面前提到她畫畫。雖然我告訴了比留子，但算是勉強符合她的要求。「沒什麼啦。」我一邊回答一邊覺得猶豫，沒想到她這麼快來找我。才決定要先看看狀況，但究竟該不該繼續裝傻下去呢？

「那我先回去了。」

「那張畫——」

十色轉身要離開，我情急開口。

「看起來像是木橋著火的樣子？」

十色的臉上出現一絲膽怯。

「——只、只是碰巧而已。」

一反白天爽快的態度，她閃躲著視線，囁嚅地說。

不像在演戲。我繼續往下說。

「就算是這樣，在那個時間畫畫也太不自然。你們不是對先見女士很感興趣嗎？爲什麼寧願放棄聽她說話的機會？」

「因爲……我喜歡畫畫。我參加美術社團，一有機會就會畫畫。」

根本不成理由。

「但是……」

「我就是喜歡，又有什麼辦法。」

十色如此堅稱，看她的眼睛快掉出眼淚。她自己應該知道這藉口很牽強。我決定稍微換個方式。

「我也這麼想，所以根本沒必要隱瞞啊。」

「別人根本不會懂。」

「妳不說怎麼知道呢？比留子那邊我會——」

「我怎麼了？」

這聲音聽了令人發毛，轉頭望向聲音來源，比留子半開著房間門露出臉來。半乾的頭髮縫隙中那炯炯有神的左眼正凝視著這裡。我們就像被魔眼瞪視，動彈不得。

「比、比留子。妳從哪裡開始聽到的？」

簡直像從靈異照片中走出來，比留子一字一句正確重現。

「『就是喜歡，又有什麼辦法』『我也這麼想，所以根本沒必要隱瞞啊』『別人根本不會懂』『妳不說怎麼知道呢？比留子那邊我會』大概這些吧。」

咿！為什麼剛好聽到這種關鍵段落！

她繼續散發著寒氣，用那詛咒般的聲音說道。

「我白天就覺得很奇怪，看來我的推理並沒有錯。」

「妳不要、不要這樣斷章取義！」

「不，其實我反而放心了。從今天起，你終於堂堂正正分配到肉食動物這個類別了。會長萬歲。」

「停！妳看十色都嚇壞了！」

「好吧好吧，玩笑就開到這邊。」

比留子瞬間變了音色，走上走廊，打開眼前我房間的門。

「你們兩個都剛洗完澡，這樣容易著涼，進去吧。」

「我一直覺得妳一定是模特兒。長得這麼漂亮、身材又好。」

「我哪有什麼身材啊。」比留子苦笑著：「穿這麼厚根本看不出來吧，再說我身高也不夠。」

「不只這樣。妳還發現了好見的狀況不對勁，也說中臼井先生的職業。我覺得妳好厲害，很想多跟妳聊聊，但不好意思。」

並肩坐在床邊的十色和比留子一拍即合，身爲房間主人的我站在暖爐旁看著她們。

我們面前的十色起初還有點緊張，但比留子一直說著跟畫無關的話題，她馬上恢復開朗。原來她在公車上看見比留子時就已經被她的美貌吸引。從大學生活開始，她還問到平時如何維持體型、衣服都在哪些店家買等等跟比留子隱私相關的問題。尤其是頭髮和肌膚保養，一直想問出細節，不過比留子堅持自己沒做特別保養。

「總之，要保持充足的睡眠。」

「喔？只有這樣嗎？」十色應該覺得她是在謙虛，格格笑起來。

我不知道跟美容有沒有關係，不過她確實很會睡。不過希望各位女孩不要模仿，否則全日本的教育體制將會崩潰。

她們又聊到高中跟大學的不同、交友關係，這次輪到比留子反問她。

「妳跟莖澤感情很好嗎？」

十色聽了明顯地蹙眉，她抱著頭哀聲：「啊。」

「我跟莖澤一點關係也沒有，他只是從中學開始就一直纏在我身邊。」

「你們平常不一起玩嗎？」

十色搖搖頭，氣惱地說。

「不會！他這個人一開口就是什麼ＵＦＯ或者陰謀，老說些莫名其妙的事。今天也是，在路上看到農田就開始說起麥田圈。眞想叫他以後不准再吃米飯了！」

「這、這樣啊。」比留子尷尬地微笑：「那你們怎麼會兩個人一起來這裡？」

十色稍微誇張地嘆一口氣。

「該從何說起呢。他這個人呢，再怎麼拒絕都沒有用。他總是把別人的話往自己想聽的方向解釋，跟他爭辯徒勞無功。最近我發現不如隨便敷衍他還比較輕鬆。」

我發現她回答時眼神有點閃爍，難道是我自己多心？

我們十一點多時解散。

「葉村，你送她回房吧。」比留子回自己房間時這樣提議。

「不用啦，我不要緊的。」十色顯得很惶恐。

「可是這裡很可怕吧，燈又這麼暗。」

她說得沒錯，走廊燈已經關了。我們不知道開關在哪裡，靠著手機燈光前進。讓十色一個人回去實在不忍心，我答應了。

晚安。比留子說完就關上房門。我和十色一起往前走，不過她在樓梯口停下腳步。

「到這裡就可以了，我房間距離樓梯不遠。」

「可是……」

我正要回話，她打斷我：「先不說這個。」十色換了個話題。

「葉村先生，你跟劍崎小姐該不會是男女朋友吧？」

「不是。」

聽到我這樣篤定否認，她無奈地嘆了口氣：「不不不。」

「你應該不是被拒絕了吧？爲什麼不交往呢？你們都這樣一起外宿了。還是你視力不太好？」

她伸手在燈光前晃了晃想確定我的反應。這傢伙嘴巴還眞毒。

向來不擅長談論這種話題的我決定裝傻。

「如果我的戀愛對象是男的呢？」

「喔，那不可能。」十色馬上回答：「如果是這樣，剛剛劍崎小姐沒必要表現出嫉妒，也解釋不了你的慌張。」

眞敏銳！

「我們現在這樣的關係對彼此都好。」

我開始閃爍其詞，十色促狹地對著我笑。

「這樣不行啦。說不定一不小心就會吃暗虧喔。你看，王寺先生長得那麼帥，你一定不想看到對方行動吧？要更積極一點啦！」

「像莖澤那樣嗎？」

聽到我的反問，她吐吐舌頭。

「不妙。好吧，這件事我們彼此都需要從長計議，以後再說吧。」

她乾脆地結束對話，不等我阻止就衝下通往地下的階梯。大概想委婉地拒絕我的護送而故意提起戀愛話題，眞是精采的撤退。

第二章　預言與預知

一

我走在一個非常寒冷的地方。

彷彿很平凡、我卻第一次見到的鄉間小路。路況很糟。每踏出一步，被小雨沖軟的泥土就會吸住運動鞋的膠底，每一步都僅能前進一點點。

比留子走在我前面。她跟我不同，走起來很輕鬆，迅速留下一路足跡。

不能被丟下。我拚了命想跟上。

兩人距離漸漸拉大，她的背影愈來愈小。

比留子停下來。

她前方的路突然中斷，是一處陡峭斷崖。視線往上看，岩山上方瀑布落下，懸崖前是瀑布池。不知從何開始，耳邊聽到轟然的瀑布聲。懸崖上下的落差不小。

——危險，妳過來一點。

比留子聽到我的聲音轉過頭來。

她慢慢張開嘴，好像說了些什麼。

瀑布轟聲太大，我聽不見。妳說什麼？

比留子放棄了，嫣然一笑。

不行。我見過這種笑臉。

她的嘴唇又動了動。這次我看懂了。

——好像沒那麼簡單呢。

記憶發出嘶啞的哀鳴。

爲什麼妳會說出那個人的話——

比留子的身體突然往崖邊傾斜。

她纖細的手臂伸向我，我想抓，但動彈不得。

漸漸地，我連瀑布的聲音都聽不到。

得救她才行。

我知道。我很清楚，我救不了她。已經來不及了。

我又一次，目睹我的福爾摩斯……

這次我聽到那聲音清晰地出現在耳邊。

「騙人。你不是拒絕了嗎？」

我用力睜開眼睛，力道大到似乎能夠聽見啪的一聲。原來是夢。

全身大汗淋漓……並沒有。反而覺得冷。咚咚，伴隨著敲門聲傳來比留子的叫聲「葉村？」夢的具體內容已經忘掉八成，但聽到聲音，我還是湧現莫名的感謝。

「我馬上出來。」我伸手摸應該放在枕邊的手機。液晶光線的照射下，眼前映出像病房一樣的白色天花板和牆壁。

時間是早上六點四十五分。

我想起兩天內會有四個人死亡的預言，腦中不禁倒數。

——剩四十一個小時。

打開門，已經打理好的比留子站在門口。寬鬆的高領奶油色毛衣，柔美的線條下伸出包裹在黑色緊身褲的雙腿，更強調出她的好身材。

眼前爲之一亮，我瞬間精神一振。

「不好意思啊，這麼早來敲門。我想在早餐前整理一下目前的狀況。」

「爲什麼不用上課就能自己早起呢？」

「這關乎緊張感。一想到隨時有人找上門來，我就無法熟睡。」

每間房間都有門鎖，沒有鎖孔。這是由房內轉動旋鈕後，門上的鎖門會突出並插入門框上洞孔的簡單構造。除非她從房內開鎖，不然不會有人看到她穿睡衣的樣子，比留子一丁點也不想被別人發現到她日常生活的面貌。

屋裡沒有椅子，我們並肩坐在我睡過的床鋪上。

「整理一下昨天見過的那些人。人數不少，名字你都記得嗎？」

幾個月前，好像跟比留子有過類似對話。

「大概吧，妳應該連他們的全名都記住了吧？」

「那當然。」

她得意地點點頭。那我就洗耳恭聽了，比留子的人物記憶術。

「從好記的開始說，首先是大學教授師師田嚴雄。這名字聽起來就是個嚴格的老師，長相也很凶。不過他兒子純跟爸爸一點也不像，個性很純真。」

「如果在那個年紀，個性就像爸爸，人生也太累了。」

我腦中浮現出很難相處的師師田那張臭臉。選修他的課一定很辛苦。他們來這裡是因爲車子故障，應該是參加完喪禮的回程，外套裡穿著禮服。

「再來是機車沒油的王寺貴士。他個子雖小，長得卻像漫畫裡的王公貴族一樣英俊。如果到醫院掛號應該有人想叫他『王子』吧。」

根據昨天一天的觀察，王寺是這些人裡最好相處的人。儘管對眼前的狀況感到困惑，但他跟任何人都能馬上沒有距離地交談，率先幫忙搬運滅火器、主動放棄睡床鋪等小地方都表現出他的紳士風度。說起話來很戲劇化這一點也讓人聯想到王子。

「還有曾是好見村民的朱鷺野秋子。她昨天服裝，外套和鞋子清一色是紅色。」

「仔細一看連頭髮、指甲也都染成紅色。」

「朱」就是指鮮豔的紅色，秋子這個名字也跟紅色有關。

「她回來掃墓，聽說這個月剛好是她母親的忌辰。」

她當然知道先見是預言者，也很害怕先見。

「還有《月刊亞特蘭提斯》的記者臼井賴太。他這個人根本沒救了。」

回想起他昨天無禮的言行，比留子罕見地毒辣批評。

「言行舉止沒救了，道德感沒救了，連頭髮也沒救了！」

喔喔，這些話可不能放上公共媒體。

「一切都沒救的寫手、Writer，臼井賴太。很少有人的名字這麼貼切描述自己。」

我確實也覺得，就算是記者，也很少有人的行爲如此露骨失禮。

「再來是負責管理魔眼之匣和照顧先見的神服奉子。『服』侍『神』明的神服、念作『HATTORI』倒是很罕見，再加上名字裡侍『奉』的奉，都很適合對先見忠心耿耿的她。」

像機器人一樣面無表情，盡心侍奉先見的神服。她的姿態可以用「婉然」來形容，王寺好像挺喜歡她，不過……

「老實說，我有點怕神服。」

聽到我的坦白，比留子眨眨眼。

「我本來以爲比起朱鷺野那種直來直往的類型，你跟神服會比較合得來。」

「所以啊。應該很理性的她竟然那麼崇拜被稱爲預言者的先見，我實在很難理解。」

「我知道你的意思。老實說，神服聽到橋被燒毀了也面不改色，那已經不能單純用冷靜來解釋了。」

沒錯。現在她很盡心在照顧我們，不過心裡究竟在想什麼，在眾人當中也是數一數二難猜。

「我現在還不太了解先見，不知道這是她的本名或慣稱，看來應該取自『看見未來』的意思。不管是班目機關或是預言，我還有很多事想問她。要是有機會能單獨談話就好了。」

再來是那兩個高中生。

「首先是十色眞理繪。手持色鉛筆便能畫出未來事件的女高中生。這孩子身上看起來有很多謎團，但幸好昨天有機會跟她聊過一會。」

平常個性開朗、待人也很親切，但是在公車意外和木橋失火時，她接連兩次都畫出宛如預知的畫，但這一點她口風很緊，堅持只是巧合。

我提到最後一個人。

「莖澤，他名字是什麼？」

「忍，莖澤忍。」比留子不假思索地回答。

「乍聽很難聯想的名字。不過他個子又高又瘦，要說類似植物的莖好像也無不可。妳覺得呢？」

我說出心裡最單純的想法。

比留子穩穩交叉著雙臂，一動也不動。她閉上眼睛，應該不是在煩惱。因爲沉思時玩弄頭髮是她的習慣。

「英文。」

「啊？」

「『莖』的英文怎麼說？」

樹木是tree，葉子是leaf，但是莖的英文我不記得學過。看我偏著頭，比留子壓低了聲音告訴我正確答案。

「是stalk。」

「stalk？」

「對。莖或葉柄的意思。同樣拼法還有『隱忍聲息悄悄靠近、緊跟糾纏』的意思。」

隱忍聲息悄悄靠近。莖澤的名字裡有個忍字。

我不自覺地乾嚥一下口水。比留子繼續低聲說，掛著會讓人石化的笑臉盯著我。

「『莖』澤『忍』。兩者都是stalk。咦，總覺得我最近才說過類似的話。到底是什麼事啊？葉村？」

怎麼還在記恨？

二

時間是七點過十五分左右。

魔眼之匣沒有窗，始終不覺得已經到了早上。

我們有點想念外面的空氣，一起走向玄關，發現門開著。吹進來的空氣冰冷到忍不住想別過頭，但這似乎可以洗刷掉建築內的烏煙瘴氣，感覺挺清爽。昨晚大概下過雨，天空烏雲密布，地面也是濕的。

神服穿著跟昨天一樣的黑色連身裙從外面回來，手上拿著昨天那把散彈槍。

「兩位睡得還好嗎？」發現我們，神服輕輕點頭招呼。

「睡得很好，謝謝。」

她態度雖然客氣，但臉上一點客套的笑容都沒有。她招待我們並不是出於親切好客，而是身爲先見侍者的義務。

我想開口問她是不是去巡視菜園，神服先開了口。

「看來昨晚熊沒來過，但最好避免一個人在外面走。聽說最近這附近有熊出沒。」

這裡跟夏天住過的紫湛莊相比一樣危險，但熊至少還可愛一些。不過再想想，光用長槍打不倒熊，果然兩者都讓人不敢恭維。

「天色不太妙呢。」

背後傳來的聲音讓我跟比留子同時嚇到肩膀一抖。

轉過頭，先見站在身後。這是我們第一次看到她走出房間。大概是從靠廁所方向的門出來吧，剛剛沒有聽到她的腳步聲。

「早安。」她點點頭回應我們的問候。

「您要用早餐了嗎？」神服問。

「待會吧。妳還得招呼其他人，一定很忙。」

回答後，先見走回房間。她動作很慢，但踩在地上的腳步出乎意料踏實。看她這樣子，除了家事，更衣跟入浴等應該都可以自理。

神服走進玄關旁的辦公室。辦公室有個擺著四具毛氈人偶的櫃檯窗口，從窗口可以往裡面看見神服正將槍放進一個類似收納打掃用具的置物櫃並上鎖。原來槍保管在這裡。放好槍，她拿出幾塊抹布，蹲下來擦拭廁所前的走廊地板。

仔細一看，不知爲什麼只有廁所前的地板一片濕。

「漏水了。昨晚下了一夜的雨。這棟建築到處都有裂縫。」

水滴剛好落在她身旁。抬頭一看，混凝土天花板上出現了細細的龜裂痕跡。

之後我們跟要著手準備早餐的神服一起走向食堂。聽她說先見食慾不振，最近只吃較晚的早餐和較早的晚餐這兩頓。

「先見女士生病了嗎？」

聽到比留子這麼問，神服第一次微微露出擔憂。

「她以前身體很健朗，但幾年前起不太舒服，症狀一年比一年嚴重。」

「看過醫生嗎？」

神服搖搖頭。「先見大人是因爲研究被帶到眞雁，她沒有戶籍。討厭麻煩事，從來不外出。」

「所以也不知道正確的病名？」

「對，不過……」神服欲言又止：「她肌肉衰頹得很明顯。我是個外行人，但我猜想很可能是肌萎縮性脊髓側索硬化症這種罕病。」

先見年紀將近七十。但臉上的皺紋和細瘦的手顯得比實際年齡更衰老。

神服熟練地準備平底鍋和大碗，想擺脫這個沉重的話題。用餐的人數多，我想著要不要幫忙，這時比留子也緊張地問。

「菜色是什麼？」

「做些簡單的東西。大概就白飯、味噌湯、炒蔬菜跟煎蛋捲吧。」

聽了她的回答，比留子輕輕點頭。

「煎蛋——嗯，沒問題。我可以……我來幫忙吧，神服小姐。」

爲什麼呢？捲起袖子走進廚房的比留子背影，爲何傳來陣陣士兵出征前的緊張感？

……這麼說來，我好像從沒見過她做菜。平常一起吃飯，但多半都在學生餐廳，在紫湛莊合宿時有其他人幫忙煮飯。比留子獨居，可是她生來就是千金大小姐，儘管形同被逐出家門，可是家裡應該還是有很豐厚的金錢支援。她平常會自己下廚嗎？

比留子沒有發現我不安的視線，她輕握著右手，對流理臺角落做出模擬打破蛋殼的動作。

啊，感覺不太妙。

早餐席間的成員跟昨天晚上一模一樣。除了我跟比留子、莖澤跟十色，大家的打扮幾乎跟昨天相同。眾人都是意外被困在這裡，身上沒行李，也沒衣物可換。

「眞是糟透了。我房間的通氣孔一整個晚上都聽到沙沙聲響，一定是老鼠跑進去了。我整晚都擔心被老鼠咬，幾乎沒睡。」

一早就這麼不開心的是朱鷺野，她把昨天高高梳起的頭髮放下，不知是睡眠不足還是沒帶化妝品，臉色很差。

「神服小姐，這裡沒有滅鼠劑嗎？」

「先見大人的房間裡應該有用剩的。等等我去拿，請稍等一下。」

「還有拖鞋。一直穿著鞋子，腳都浮腫了，好痛啊。」

跟經歷過木橋燒毀和先見預言這一連串混亂的昨晚相比，現在大家情緒都鎮定了些，能平靜用餐。幸好沒有人抱怨煎蛋捲形狀很奇怪，或煎過頭太硬等等。

看看坐在我身邊的比留子主廚，她點頭回應著坐在對面的少年小純天眞話聲：「我跟妳說喔，我們房間跟鬼屋一樣，很可怕喔！」同時咀嚼著由自己親手切開、幾乎可稱爲「焦蛋」的物體。表情很痛苦——啊，她配茶吞下去了。

「——那我們今天要做什麼呢？」

《月刊亞特蘭提斯》記者臼井帶著旺盛食欲清光早餐後，環視著大家。

「當然是設法找出跟『外界』聯絡的方法，總不能在這種地方關兩天吧。」

師師田依然滿臉不高興地回答，朱鷺野也把手機丟在桌上，不耐地發牢騷。

「我也不想無故缺勤這麼多天。不知道該怎麼跟媽媽桑交代。」

果然如我想像，她應該從事類似酒店公關的工作。

十色看著放在食堂一角的市內電話。

「但是電話打不通吧？這裡手機也收不到訊號，還有其他聯絡方法嗎？」

「設法過河或翻山，總是有辦法吧——純，你筷子拿錯了。」

師師田一邊說一邊緊盯著兒子的餐桌禮儀，純嘟起嘴。

「每個人拿筷子的方式都不一樣嘛。老師也說個性很重要。」

「不要說那些歪理。這是禮貌問題。」

「爸爸吃義大利麵的方法也不對啊。」

「吃義大利麵哪有什麼規矩可言！」

神服冷眼看著這對父子的爭執，給了忠告。

「底無川的河道雖狹小，但流速很快，一旦落水就沒救了。還請多加小心。」

這話就像在說，我是不會阻止你們的，但應該沒希望。對於意外受困的人來說不怎麼順耳，但當務之急是從熟知當地地況的她口中多探聽些消息。

「如果往上游走呢？」

「是瀑布。周圍是高度約二十公尺的懸崖，沒有登山裝備爬不上去。」

朱鷺野插話。一聽到瀑布兩個字，我暗自一驚。雖然已經記不清楚，但是隱約記得今天早上那個不祥的夢裡出現過瀑布。

至於這條河的下游則與其他支流匯流，河道更寬，無法過河。

「再來就只有整片沒橋也沒人的原生林。如果不想遇難，最好不要隨便踏進去。」

曾是當地居民的她因爲對這附近的地理瞭若指掌，聽起來已經放棄逃脫。

確實，昨天花了一個多小時搭公車上來，又是沒有道路的深山，企圖不靠工具就要逃脫，根本是有勇無謀。

「今天什麼時候可以跟先見女士說話？」閒得發慌的臼井又問。

「還有話想問嗎？」神服依然對臼井態度冷淡。

「那當然啊，我還沒拿到夠寫報導的題材呢。」

這時師師田冷笑了幾聲。

「用幻想來塡空不就是你們最主要的工作嗎？什麼諾斯特拉達姆士還有馬雅文明，反正你們早就習慣這些預言題材了吧？」

「也難怪老師您會這麼想。」臼井用卑微的語氣回他：「像我們這種超自然現象雜誌之所以在現在這種時代還能存活，就是因爲一百個題材中還是會有一個是無法以科學說明、眞正的超自然現象。所以其他九十九個謊言依然能夠吸引到讀者。」

「眞正的題材？比方說哪些？」

緊咬著這個話題的是喜愛超自然現象的莖澤。

臼井稍微想了想，說起某篇報導。

「最近的話，我想想看，大約半年前的報導，你們知道在O縣有一個知名的靈異景點叫做三首隧道嗎？那條舊隧道現在已經不再通行了。」

「喔喔，那篇我讀過！」莖澤可能訂閱了《月刊亞特蘭提斯》，他開心地頻頻點頭。這麼說來我好像看過標題。臼井開始對大家說明。

O縣的三首隧道流傳著這樣的怪談。十年前，一對情侶開的車因爲超速沒能轉過彎道而撞上牆壁，車子在隧道內起火。當時兩人都還活著，坐在前座的女性被損壞的座椅夾住、無法動彈。而這個男人竟然將求助的她留在火海中，自己逃命了。滅火後調查現場，汽車殘骸上到處都留有那女人的血燒焦後的手印。從此就開始流傳只要是男人開車經過三首隧道，就會被女人幽靈窮追不捨、直到送命。

「去年有四個年輕人開車到那個隧道試膽，回程發生了意外。握著方向盤的年輕人開車開到一半突然猝死。警方調查後發現死因是缺血性心臟病，但這個青年身上襯衫的肩膀部分清楚留有從背後抓住的血手印。」

「不會吧？這是真的嗎？」

十色彎起清爽的單眼皮眼睛，她雖然在笑，卻流露出明顯的恐懼。臼井往前探出上半身，暗示這故事還沒完。

「發生怪談的原因是十年前實際發生過的意外。隧道內現在還清楚地留有當時火災的痕跡。我記得應該用這個拍過照片……」

「吃早餐的時候不用給我們看那種東西。」

朱鷺野厲聲制止，臼井不情願地停下操作手機的手，繼續往下說。

「我採訪過參加試膽的其中一個年輕人。採訪時，他一直很害怕，說著：『那傢伙來了、那傢伙來了』不像在說謊。你們猜他後來怎麼了？死了！採訪的三個月後他被捲入娑可安湖的恐攻事件，去世的他衣服上沾附著無數的血手印。」

沒想到在這裡聽到關於那個事件的話題，我暗自吃了一驚。轉動眼睛觀察周圍，幸好沒人發現我的驚慌。

「更有趣的是，第三個年輕人在大阪那起大樓火災中被燒死。這麼一來，去過三首隧道的四個人中已經死了三個。」

「太驚人了。而且這兩件都是先見女士預言過的事件吧？其中一定有什麼關聯！那剩下的一個人呢？」莖澤相當亢奮。

「不知道，聽說他的熟人現在完全聯絡不到他，說不定也成為詛咒的犧牲者了。」

臼井這麼作結，此時大家臉上都錯愕地寫著「就這樣？」

眞是半調子的收尾。這就是所謂百中選一的題材？

師師田搖搖頭，覺得浪費了時間。「難道你要說娑可安湖的恐攻事件也是怨靈作崇嗎？荒唐，那個事件死了五千多人，出現血手印有什麼稀奇？」

臼井不服輸地反駁。「隨你怎麼說。像你這種人，就算掃墓時遇到父母親的鬼魂來相會，也會解釋爲錯覺吧。」

他焦躁不安地叼起香菸，這時一直沉默傾聽的神服開了口。

「只要先見大人身體沒問題，中午左右應該能跟她見一面。這裡禁煙。」

「是嗎？我可沒看到有標示啊。」

神服很乾脆地回擊臼井的挖苦。

「我討厭菸味。」

三

上午九點。

用餐結束，這群訪客不約而同地聚集在玄關，包括剛剛對逃脫一說抱持否定態度的朱鷺野。她可能覺得與其待在這棟詭異的建築裡，哪怕是徒勞無功，還不如試著尋找逃脫方法。

臼井沒出現。對於以獨家消息爲目標的他來說，調查先見和班目機關的優先順序應該更高。

「小純呢？」跟昨天穿著同樣羽絨外套跟大披肩的比留子，詢問師師田爲什麼不見少年蹤影，後者不耐地回答。

「他不去。不能小看沒人進去過的深山，受傷就糟了。」

參加探索的是除了臼井和純以外的七個訪客。

所有人一起走效率不好，大家決定分成兩路。

我、比留子跟王寺、朱鷺野一起調查魔眼之匣周邊，十色和跟蹤狂……不、和莖澤兩個高中生跟師師田一起往燒毀的橋那邊走。

目送師師田那組的背影走後，我問了老村民朱鷺野的意見。

「朱鷺野小姐熟悉眞雁的地理環境嗎？」

「小時候跟朋友來過很多次，還曾經被大人發現，臭罵到狗血淋頭。我們從小就被交代不要靠近魔眼之匣。對好見村民來說，橋的這一邊就像是個『禁忌之地』。我也萬萬沒想到自己竟然會在這個歲數走進魔眼之匣。」

這裡受到眾人迴避不敢靠近，被視同爲受到詛咒的禁忌之地。我除了驚訝於魔眼之匣這麼受好見村民畏懼疏遠，同時也對一件事感到好奇。

「聽說這裡以前叫做『眞雁』，所以才有了同音的『魔眼』這個稱呼，但是預言者跟魔眼，不覺得形象感覺不太一樣嗎？要我說的話，我覺得稱爲千里眼比較接近。」

「對住在這裡的人來說，兩者沒什麼差別。」

她不耐煩地撩起紅色瀏海，瞥了一眼這混凝土建築，開始沿著牆邊往前。

「要去哪裡？」我們連忙跟上。

「去匣的後面。我記得有一條路通到剛剛說的瀑布那邊。」

從前面看起來岩壁似乎緊貼在建築背後，但其實還有一條小路。

「好見的人很討厭先見女士嗎？」

比留子看著走在前面的朱鷺野背影，問道。

「既害怕又崇拜吧。希望她能待在我們看不到聽不到的地方。所以如果沒有必要，我們盡量不會跟先見大人打交道。」

「因爲她是預言者？」

「妳覺得這樣很蠢嗎？」朱鷺野回得很快，幾乎沒等比留子說完：「我不會逼你們相信，但這都是眞的。那個人不斷正確地預言這個世界上無從操作的災害和意外。有時還會精準地說出好見會有人死亡。每當那個人一開口就會有人死。但是又不能硬是封了她的嘴——我們只好不去看、不去聽。」

我們看不見走在前方朱鷺野的表情。但她僵硬聲音中的畏怯卻是千眞萬確。

我好像了解她爲什麼會說「兩者沒什麼差別」。

千里眼可以看到位於遠處的地方、人心、未來，而魔眼則帶著惡意瞪視對方降下詛咒。假如先見跟死亡有關的預言從未失準，那麼對村民來說不管是千里眼或者魔眼都一樣。不、假如要釋放出對死亡的不安，說不定更應該稱之魔眼，方便大家嫌惡她。

繞到魔眼之匣後，有一塊裸露出土壤的狹窄空間，邊緣是神服昨天提到的花圃。裝飾在走廊和先見房間的歐石楠有各種花色在此盛放。隔著這片後院聳立著一堵幾乎垂直的岩壁，中間有一道恰好容人通過的裂縫。

「這裡可以通往瀑布池。」朱鷺野告訴我們。

我們走進裂縫，兩側岩壁包夾，中間是一道寬約兩公尺的朝右彎路。這應該是利用碰巧在岩壁形成的縫隙而開闢的通道，岩塊往上延伸約二十公尺，上面是寬闊的天空。

「看來不太可能爬到上面脫困。」

王寺撫著岩壁的手勢以男人來說還挺輕柔。沒什麼凹凸起伏的牆面因爲通道前方灌進來的濕氣及缺乏日照，空氣潮濕，處處長著青苔。

我試著把腳放上去看看能不能攀爬，但運動鞋實在太滑腳，完全找不到能立足施力的地方。就算是攀岩選手，想徒手攀登也相當不容易。

彎道前方的視野終於開闊，路同時在此中斷。終點到了。隔著直徑約三十公尺的瀑布池，瀑布從對面山崖氣勢磅礡落下，往下游奔流。

「看吧，不可能的。」

朱鷺野轉過來，不悅地撇著嘴。如同神服所說，因爲下雨而水量增加的瀑布水勢相當激烈，救生圈也會馬上被沖翻。想丟繩索到河對岸，又找不到能固定的樹木，再說這段距離太遠。

我們束手無策地聽著那宛如地鳴的轟隆落水聲，王寺看著我們：「對了。」

「你們不覺得我們住的房間很怪嗎？」

我回想自己分配到的房間。只有床鋪和燈油暖爐的房間，好像沒什麼奇怪。但王寺不這麼認爲。

「難道只有我房間這樣嗎？我聽不到聲音回音。在房間說話，好像臉埋在棉被裡一樣，聲音都被吸走了。」

「我也這麼覺得。」朱鷺野同意。

我看看比留子，她搖搖頭。我跟比留子的房間在一樓，王寺和朱鷺野的房間在地下室。聽說地下是以前用來實驗的房間。說不定房間規格不同。

我們空虛地俯瞰瀑布池大約五分鐘後，回到魔眼之匣。

「那我回房間了。」

朱鷺野沒勁地轉過身，比留子很快地開口拜託。

「突然這樣要求很不好意思，但能不能讓我看看妳房間？剛剛說到聲音回音那件事，我有點好奇。」

朱鷺野一口答應：「好啊。」看起來沒有任何不高興。

另一方面，王寺似乎還有用不完的活力，說是想再到附近散散步。魔眼之匣左右兩側確實都是險峻深山，不過還沒有人實際踏進去看過。雖然很有一探的價值，可是吃早餐時已經忠告過大家，不想遇難最好別進去的朱鷺野顯得不太高興。

「受傷了我可不管。」

「我不會亂來的。只是想確認原生林裡是不是真的沒辦法行走。」

我們在玄關跟王寺道別，前往朱鷺野的房間。

昨晚開始我跟比留子去過的地方包括先見房間、食堂，還有自己房間，都只在一樓來來去去，這是我們第一次在玄關左轉走下後方的樓梯。樓梯鋪了止滑的綠色地毯，有股濕氣很重的黴味。

「好暗喔……」

地下室好比儲放紅酒的空間，亮著微弱的橙色燈光。電燈泡一盞一盞吊在天花板下，其中有些燈泡已經氣盡力竭。連近在眼前的朱鷺野臉孔，都只看出一塊陰影。

少年小純吃早餐時說房間像鬼屋，原來是這麼一回事。

「昨晚妳竟然能在這種狀況下休息。」比留子嫌棄地說。

通常我們形容年份老舊的建築物時會用「保有昭和風情」這種修辭，但這裡只能用「令人發毛」來形容。這時眼前朱鷺野嘴巴的影子忽然扭動。她笑了。

「在都市長大的你們很難想像吧。這種地區很多房子到最近都是『這種狀況』。」

「不好意思，我太沒禮貌了。」比留子馬上道歉。

「無所謂啦，妳也沒說錯。」

眼睛習慣黑暗，發現地下室的格局基本上跟一樓一樣。隔著中間相當於食堂正下方的大房間，兩條走廊平行延伸，走廊上有一扇扇的房門。

朱鷺野的寢室在離樓梯較遠的那道走廊往左轉後的右邊最後一間。她用身體推動往內開的房門。進門時一摸，發現這跟我房門不同，相當沉重。

朱鷺野點亮室內的日光燈。燈剛換新，亮到忍不住別開視線。

「門好像也做過隔音處理。」

朱鷺野沒搭理研究著門的比留子，打開了燈油暖爐。室內有張小桌子，上面只放了朱鷺野的手機。

實際在室內試著發聲，一點回音也沒有。記得中小學的視聽室裡就是這種感覺。我試著讓比留子留在室內、自己來到走廊上，室內聽不見正常叫聲，室內的聲音也不會流到室外。如果把臉抵在門縫間大叫才勉強聽到。

「滿意了嗎？」

我們察覺到朱鷺野已經有點不耐，連忙告辭。

「如果知道逃脫的方法記得告訴我喔。」她說完這句話關上門，一切的聲音都消失，就連朱鷺野在房裡是生是死都難以分辨。

「難得都來了，也看看這裡吧。」

比留子望著對面大房間的門上方。儘管已經斑駁，仍依稀可見上面貼著寫有「實驗室1」的牌子，旁邊那間標示著「實驗室2」。一想到這裡就是進行超能力實驗的地方，有點不敢往裡面看。

比留子打開的這道門比朱鷺野房門更重，加上老舊劣化，很難打開。我隔著她的肩雙手幫忙一起用力，連接牆壁和門片的鉸鍊發出生鏽的軋聲緩緩開啓。

胸前的比留子扭頭仰望著我，小聲地說。

「壁咚．雙手背式。」

「什麼啦！」

趁著我狼狽倉皇，她一溜煙穿過我雙手下方，滑進這片黑暗中。還背式呢，又不是什麼招式！

比留子按下牆邊開關，天花板上的日光燈只亮了一半。

實驗室1留有兩張長桌和幾個圓椅凳，除此之外連書架都沒有。這間房間似乎原本就盡量不放多餘的物品。

接著我們走進隔壁實驗室2，跟方才截然不同，這裡密密麻麻地擺著放許多語言專書的書架、實驗器具。還有一個看似腦波計、連接著無數插頭和指針紀錄裝置的機器。

「可能把留在我們房間裡的東西都集中到這裡來了吧。」

我們仔細看著每件物品，希望找到跟當時實驗或者班目機關相關的資料，不過留在這裡的當然都是些被人看見也無妨的資料。

「這是什麼？」我注意到房間一角的某個架子。架上隨意擺著像先見身上那種白裝束跟頭巾等服裝，還有各色形狀怪異的石頭、前端尖銳長約一公尺的木棒、彎曲的鐵絲等難以歸類的物品。

「這是實驗道具嗎？」比留子偏著頭，但很快就移開了視線。

之後我們繼續檢查這個房間，並沒有特別收穫。如果可以，真希望看看其他人的房間，但總不能未經允許就偷看，我們離開了地下室。

四

「妳在幹什麼？」

一上樓就聽到走廊上傳來尖銳的斥責聲，我跟比留子都不禁背脊一縮。

但是沒見到聲音的主人。我們走向傳來聲音的食堂方向，純站在入口前。

「怎麼了嗎？」

比留子問，純指著斜前方先見的房間。

「神服小姐拿早餐給先見婆婆，結果那個姊姊從房間走出來。」

正被手持托盤的神服責怪且低著頭的，是理應前往橋那邊的十色。難道她中斷了探索行程悄悄到先見房間？假如是一心想著採訪的臼井就罷了，她會有這種不合群的行動眞讓我意外。

「不好意思。我是回來上洗手間的，昨天沒能見到先見女士，所以我才想到現在說不定可以跟她聊聊。」

十色低頭道歉。

「我不是說過了午後才能見她嗎？先見大人身體不好，請不要任意打擾她。」

神服口氣嚴厲地趕她回去，十色垂下肩膀經過我們面前走出去。她僵著那張低垂的臉，顯得很迫切，她一定有無法單純用好奇心來解釋的緊急狀況。是想詢問先見關於自己不可思議的能力嗎？

神服消失在先見房裡，我們也打算離開，這時純用充滿期待的眼睛仰望比留子。

「姊姊可以跟我玩嗎？」

「對不起啊，我要是不工作會被你爸爸罵的。」

聽到她道歉，純說了聲：「那待會見。」又回到食堂。看來他很喜歡比留子。

一直留在魔眼之匣不是辦法，我們前往橋邊尋找另一組的師師田他們。途中在舊石牆和廢屋附近看到臼井賴太一個人抽著菸。如果可以，我希望不要跟他說話，但裝沒看到反而可能被他纏上，我還是出了聲。

「看到師師田先生他們了嗎？」

再也沒有比這更安全的問題了。他嘴上還叼著菸，回話聽來很不清楚。

「那個女孩子剛剛往橋那裡去了，老頭我不知道。大概還在找過河的方法吧？」

他叫師師田老頭？憑他的歲數？我隨口道謝想繼續往前，沒想到臼井跟在後面。

「你們好像是看了我們家報導，對預言感興趣才來的，真的只是這樣嗎？」

我瞥他一眼，那死纏不放的視線盯在我身上。也許是記者的直覺，這傢伙異常犀利。見我不說話而判斷有蹊蹺，他追問。

「不要這麼怕我嘛。我幹這一行這麼久了，很清楚一個人是不是相信超自然現象的類型。那個是叫莖澤吧？他就是典型的超自然迷，但你們不一樣。你們這種人絕對不會對這種世界有興趣，但特地來這種地方調查，想必一定有特殊的理由，對吧？」

臼井對我展現的纏人笑容，我才發現——莫非他覺得要從比留子口中探聽眞相很不容易？雖然覺得懊惱，但論心機確實贏不過臼井。我避開他的視線往前，同時丟出問題來回覆他的問題。

「臼井先生呢？如果你昨天說的是眞的，我們現在應該在非常危險的地方。」

「昨天？」臼井故意裝傻。

「那封寄到編輯部最新的信啊。寄件人明明知道先見女士預言，卻指示你在特定日期來到眞雁。這就表示——」

「表示我是故意被捲入的？」

身後傳來陣陣抖動的笑聲。

「很可能啊。說不定寄件人就是燒掉橋的村民之一，之後還有其他把戲呢。」

我不認爲雜誌記者這樣就膽怯，但稍微牽制他就行了。本來是這麼想的。

但他非但沒有就此安靜，反而突然大叫。

「要是什麼事都沒有，我就麻煩大了！」

連比留子也驚訝地停下腳步。

「你說那什麼廢話！收到奇怪的信對我們來說根本是家常便飯。有些是社會邊緣人拚命主張的末日論，有的是乳臭未乾的小鬼想『引人上鉤』的誘餌，眞是五花八門什麼都有啊！唯一正經的信只有客訴信吧。」

他太激動，香菸都從嘴邊掉下來。

「我們的工作就是得從那些像髒水一樣的資訊裡撈出東西來寫成報導。本來以爲這次又是假消息，沒想到竟然會是這麼有趣的狀況。我怎麼可能採訪完老太婆就乖乖跟她說聲好喔謝謝再見？媽的！要是不死個人，我該怎麼寫這篇報導！」

臼井發洩出平日累積的怨懟，用力踩著煙蒂。

我正在想該怎麼回應他這自私至極的說詞，卻感到一股無言的虛脫，說不出半個字。比留子半張的唇似乎馬上就要出現「笨蛋」這兩個字。

拯救這片尷尬沉默的是出現在路前的師師田。還有莖澤跟和他們會合的十色。

師師田一見到我們就直接了當地說：「不行。我們看過河邊，不太可能過得去。你們那邊有什麼收穫嗎？喔？你也終於想到要幫忙了嗎？」

最後一句是在挖苦臼井。剛剛還那麼亢奮的記者這時把脖子龜縮進衣領，不服氣地哼一聲，又拿出一根香菸抽起來。

比留子向他們報告魔眼之匣後有一條通往岩壁的小路，以及小路盡頭是座瀑布，還有兩邊都找不到逃脫方法的現實。到頭來這場探索並沒有收穫，我們決定回到魔眼之匣。臼井抽著菸，沒有要走的意思，我們沒理他。

莖澤和師師田走在前面，交換意見。

「看來只能生火，讓經過好見附近的人發現了吧？」

「總比什麼都不做來得好，不過昨天橋都起火了還是沒有人來幫忙。小規模的火堆應該沒什麼用。」

「如果用暖爐的燈油來試試呢？」

這兩人都已經放棄逃脫，改爲思考求援的方法。

這時有人拉了拉我的右邊袖子。我轉過去，比留子用視線示意我快看背後。

本來緊跟在我身後的十色，不知什麼時候蹲了下來，正從托特包中拿出素描簿。接著她從小袋子拿出咖啡色鉛筆，毫不猶豫地在紙上畫起來。

「喂，怎麼了？」

師師田和莖澤停下腳步回頭看。剩下留在隊伍後方的臼井沒有發現。

十色跟昨天一樣，輪流用不同顏色以極猛烈的速度在作畫。就好像完全沒在思考般，動作相當機械化，不只我們，連師師田都瞠目結舌。

最後完成的畫，比昨天那張燃燒的木橋更難理解。褐色覆滿了整張紙，其中混雜了一些黑色形成的複雜陰影。好幾個地方都可以看到無機質的直線，不知代表著什麼。

比留子乾澀地說。「是柱子？還是什麼建材……？」

話剛說完，一股令人寒毛倒豎的感覺竄過全身。

遙遠的彼方傳來一種耳朵聽不見的重低音。

不妙。

一瞬間，那聲音穿越數十、數百公里的距離，不再只傳到內耳，而通過骨頭，成爲直接聽到的聲響。

「地震！」

腳邊開始大力搖晃。

同時我腦中閃過十色的畫所象徵的意義。

比留子似乎也有相同結論。

「小心！要塌下來了！」

我的視線前方可以看到拿著剛點好的菸、踉蹌不穩的臼井。

這時又來一波更強的搖晃，正巧在他右斜上方，腐朽廢屋所在的斜坡伴隨著石牆一起往下滑。就像有個透明的巨人用奶油刀刮下山的一角，這光景實在太不現實。巨量土塊吞噬了佇立在下方的雜誌記者身體，瞬間壓垮，連一點慘叫聲都沒有留下。

之後轟聲、土煙和石塊的餘波也往我們這裡襲來。

「危險！」

「走！快走！」

大家同聲大叫，迅速後退。土石一直崩落到方才十色蹲下的地方，托特包也消失在我們眼前。所幸搖晃終於平息，山再次恢復寂靜，彷彿什麼都沒有發生過。

「停了嗎——」我慢慢走近土石堆，發現腳邊掉落像白色紙屑的東西。是香菸。

脫離了臼井手中隨風飄過來了吧，完整得讓人啼笑皆非的煙蒂，就像在憑弔被土石吞噬的主人，冉冉升起一道纖細白煙。

五

我們無法救出臼井。

倖免於難的我們回到魔眼之匣，想找些救援工具。

魔眼之匣應該搖晃得相當厲害，玄關裡不只看到神服、朱鷺野和純，連先見也走出來了。進了山裡的王寺剛好回來，他跟我們一起馬上回到現場。

吞噬臼井的土石和樹木堆得名符其實像座小山，想靠人力挖出來實在不可能。

「只能放棄了。」停下手且率先說出無情現實的是師師田。「現在挖出來也來不及了。雖然對他很過意不去，但只能等救援來了再說。」

「怎麼可以！」王寺奮力揮著鏟子譴責：「他被埋住還不到三十分鐘啊！說不定能吸到一點空氣，還活著呢。」

師師田大概預想到這種反駁，他冷靜搖頭。

「你當時沒看到，他被崩塌的石牆壓住，上面還蓋了土石。不管有什麼萬一都不可能活命。我們待在這裡很危險，隨時都可能發生餘震的。」

就像受到這句話召喚一樣，西瓜大小的石塊從崩塌斜坡上滾下來，打在附近橫倒的樹幹上。要是打在誰的頭上就糟了。

師師田說得沒錯。

活在打一通電話就會有警察和消防隊趕來的日常中，似乎會覺得不盡力救援或者放棄救援是一種罪惡。可是確實有些無可奈何的災害，會讓我們面臨必須優先保護自己人身安全的狀況。

所以有經驗的人必須做出判斷。

「我也贊成。待在這裡很可能會有二次災害，我們回去吧。」

我放下手上工具，比留子跟著做，其他人陸續停手，沉默中卻有股莫名的安心。

「怎麼會這樣呢，竟然眞的有人死了。」

回程途中，王寺遺憾地這麼說。

大家腦中出現的當然是先見的預言。

男女各兩人、總共四人死亡。

沒想到希望預言成眞的臼井自己第一個先死了。如他所願，這個事件不久的將來可能會成爲全國各大報爭相報導的熱門新聞，但他永遠等不到受惠的未來。

「我不是說了嗎。」朱鷺野虛弱地說：「先見大人的預言一定會成眞，最好不要輕舉妄動。」

我們腳步沉重地走回魔眼之匣，純在走廊右邊拿著掃帚掃地。

「你們回來啦。」

花台的花瓶好像在剛剛的地震中掉下，木地板上的黃色小花瓣已經被掃成一堆。

「幫忙打掃嗎？」

純對父親點點頭。幸好花瓶沒摔破，黃色歐石楠已經放回原本的位置。

「神服小姐說食堂有些餐具摔破了比較危險，要我負責打掃這裡，她整理食堂。」

走進食堂，神服打掃完，正將包了餐具碎片的報紙裝進塑膠袋。沒看到臼井跟我們一起回來，她似乎已經察覺到發生什麼事，冷靜地說。

「臼井先生的事很遺憾，但這也無可奈何。如果把先見大人的話放在心上行動，他或許有不一樣的未來。」

「夠了。」師師田忿忿地說：「這都是巧合！那個叫先見說過會有地震嗎？這個世界上每天到處都有人死。所謂預言，不過是事後強加的穿鑿附會。」

不過神服對此的回應卻游刃有餘。

「您忘了嗎？先見大人的預言裡提到在『眞雁』這『兩天內』有人會死。假如是巧合，機率多高呢？」

「也不是完全沒有可能吧？」

師師田依然堅持，不過卻說不出有效的反駁，焦躁拍掉衣服上的泥土。

「等一下，這是什麼！」

聽到朱鷺野的聲音，我轉過頭一看，她站在入口附近十色的身前。在地震的混亂中丟失了托特包的十色抱著素描簿，將畫了圖的那一面朝外。目睹土石流那張畫，朱鷺野明顯浮現滿臉厭惡。

「有人在眼前被活埋，妳還有心情速寫？」

當時朱鷺野人在魔眼之匣，她以爲十色是在土石流後畫了這張圖。

「這是……」

「受不了，原來妳跟那個記者一樣，都是一心利用別人不幸的人。」

難怪朱鷺野會誤會，但突然被這樣譴責，十色臉色倏然慘白。

「妳不要亂說話！」插進來反駁的是莖澤。「學姊畫那張畫是在地震發生前。要是不相信就問問師師田先生和葉村先生啊！」

朱鷺野和王寺他們望向我。我偷看一眼比留子，她一臉不悅地瞪著莖澤。她心裡一定很生氣，爲什麼輕易說出十色想隱瞞的事。可是莖澤愈說愈起勁，從十色手中搶過素描簿，連昨天畫的那張畫都攤開給朱鷺野他們看。

「不單是土石流。你們看，連昨天木橋燒毀，還有來的路上發生的公車意外！學姊可以用畫來預知身邊即將發生的事！才不是惡作劇呢！」

「莖澤，不要說了。」

十色試圖打斷他，但王寺附和道。

「昨天妳留在食堂時確實拿出了素描簿，橋起火的時間剛好在那之後。該不會眞的……」

另一方面，朱鷺野還是狐疑地。

「預知木橋燒毀和土石流而畫了這些畫？眞的這麼剛好嗎？你們到處打聽先見大人的事本來就很可疑，說不定全都是你們幹的吧？」

「妳、妳這話是什麼意思？」

「說不定地震並不是偶然發生的天災，也可能是人爲機關引起的吧？比方說在山裡事先埋好爆破用的炸藥，畫完再引爆？」

莖澤沒想到對方會往這個方向逼問，怯怯地說。

「妳、妳不是相信有預知能力存在嗎？」

「不要相提並論好嗎？我以前就親眼目睹先見大人的預言成眞，那都是無可動搖的事實。但是你們就像故意要誇耀自己的畫一樣，太可疑了吧。」

這番激烈批評讓莖澤半晌說不出話，而之前保持沉默的師師田故意刁難。

「不過朱鷺野小姐，妳的說法其實不只對十色有效，也可套用在先見女士吧。」

「什麼意思？」

「先見女士或許是因爲預言都一一成眞，才會君臨好見地區。但那些會不會都是人爲設計呢？而這次要實現有四個人死亡的預言，她刻意引發了土石流。也可能不只先見女士一個人，還有崇拜她的某人在一旁幫忙呢。」

此時，神服當然出言反駁。

「你說的某人，應該是指我吧？」

「妳是這麼認爲嗎？我單純說出最有邏輯的可能性罷了。」

「那麼我也用邏輯回答你吧。發生地震時，我人確實在食堂。**受你之託，跟你兒子小純在一起**。你倒是說說我要怎麼配合人在戶外的你們，適時引爆呢？」

師師田語塞，神服繼續往下說。

「相對的，十色小姐就在臼井先生附近。那麼她很可能在臼井先生接近目標地點時畫畫，並且在這之後引爆。該懷疑的人是她。」

「妳說什麼！」

聽到十色被侮辱，莖澤非常激動。

「學姊的預知能力是眞的！如果以為我在說謊就來徹底驗證一下啊！我求之不得！這樣你們馬上就會知道學姊是特別的——」

「閉嘴！」

這聲音帶給我們的驚訝可能是師師田憤怒的十倍。之前不管對誰都親切溫和的十色，現在橫眉豎眼，滿臉憤怒。

「隨便胡說八道什麼，你不要太過分了！你什麼意思？我什麼時候說過希望自己有超能力了？」

「可、可是大家都不相信學姊，我要證明妳的清白才行啊。」

「閉嘴！閉嘴！煩死了，眞受不了——」

眼看十色的憤怒帶來一陣沉默，我利用這時候插嘴。

「各位，當時的土石流並不是爆炸引起，而是自然的地震所造成。地震前我清楚感覺到初期微震，再說當時沒有任何爆炸聲。」

「那種感覺値得相信嗎？」

神服的口吻冰冷，就像在應付例行公事。

「我中學時經歷過地震。再說，臼井先生被土石吞沒的地點離我們不到二十公尺，要刻意攻擊他實在太危險。」

她沒有繼續反駁，提出陰謀論的師師田也不情願地同意：「的確。」

「那一切真的都是巧合嗎？」

沒有人點頭，沒有人否定。總之大家都累了，都不想再爭論這個問題。儘管如此，瀰漫著整個空間的無言壓力，顯示從昨晚起漸漸在成員當中擴大的猜疑，正開始轉向十色身上。

轉移話題，我詢問王寺散步的成果。

「沒有用。在山裡得撥開雜草才能前進，樹上還可見到疑似熊的爪痕，我馬上就折回了。」他無力回答。

一回神，時間過了正午，神服問有沒有人要吃午餐，但沒有人表示肚子餓。朱鷺野說她比較在意弄髒的身體，比起吃飯更想燒水洗澡。

「臼井先生過世了，跟先見女士見面的事怎麼辦？如果可以，我希望有些事直接請教她。」

聽到比留子的要求，神服想了想，點頭道。

「我先報告臼井先生過世的消息再跟她提。請在房裡等。」

「那請到葉村房間來叫我們。」

一邊聽著他們的對話，我出神地想。

已經有一個人死了。如果預言正確，剩下的三十六個小時裡還會死三個人。

六

大家就此解散，並沒有確定今後方針。本來應該一起設法找出逃脫方法，但沒想到現在落得各自猜疑的結果。在房間等待神服回覆時，我跟比留子討論剛剛發生的事。我們的主題並非臼井之死，而是十色的畫。

公車撞上山豬的意外、木橋失火，還有地震帶來的土石流。我們從昨天起已經三度親眼見證十色作畫後畫中光景化爲現實，實在不覺得這是巧合。

「本來我也贊同師師田，覺得十色可能運用了某些機關，但是……地震確實是自然現象。結果如同先見的預言，出現了死者。」

「不管先見或十色，現在這個階段還沒辦法否定她們有超能力。」

比留子將大塊披肩當作蓋毯，用手梳理著沾了土沙的頭髮頻頻點頭。

「我也不太相信超能力。可是如果先見眞的跟班目機關的研究有關，那不能斷定沒有這種能力存在。」

我的看法一樣。

難以用常識想像、只存在超自然現象中的事物。我們在娑可安湖事件中就親眼目睹過，班目機關已經將其中一種化爲現實。

因為不符合既有常識就否定，這不合邏輯。

「假如先見的預言和十色的預知能力是真的。」比留子慢慢說。「那麼將其參考或許可以躲避悲慘未來。可是這次先見的預言，若跟婆可安湖恐攻事件及大阪南區大樓火災相比，少了許多具體細節。」

我也有同感。她只提到在眞雁有男女各兩個人會死，完全沒提及發生什麼事或死因，根本無從避免。

「不過十色畫的是現場狀況，十分具體。問題是從她繪製起到事情發生，幾乎沒有寬裕的時間能夠避免災禍。」

我們不確定木橋確切失火時間，但公車意外和土石流，都在她畫完之後短短幾分鐘內發生。除非一直監看十色的動向，否則很難避開危險。

我們遲遲想不出有效的對策。

「我果然不該帶你來。」

比留子垂著頭。糟了，她又要進入消極模式了。

「又不是因為妳才變成這樣的。」

「但是我大可自己一個人來啊。」

我覺得很煩，事到如今怎麼又回到出發前的討論。要說幾次她才能了解，我既然決定一起行動，就已經認知到可能發生危險。就算比留子一個人來，我也只是一個人乾著急罷了。

讓她振作，我試著加強語氣。

「妳反省的方向不對。我們來這裡不是單純旅行，是來調查班目機關。結果呢……」

我用力往地板一踏。

「發現了屬於這個機關的設施，也找到曾經是實驗受試者的先見。我們的行動一點錯都沒有。不是嗎？等一下我們找先見，多問些關於班目機關的資訊，然後平安回家！現在只要想這件事。」

「——嗯，你說得對。」

比留子還低著頭，但她點了點頭，嚥下自己的不安。

「我會盡力完成這個目標。」

下午一點多神服來叫我們。跟昨天不同，今天僅有我們兩個被帶到昨天拜訪過的先見房間。神服說，先見想好好跟我們個別交談，和十色的見面另外安排。

把我們帶到門前，神服接著低下頭。

「兩位請進。我人在食堂，有事請叫我。我想你們應該不會出差錯，不過還請小心別讓先見大人情緒太過激動。」

看她走進食堂，我們敲門入內。

鎮坐在書桌前的先見用她宛如猛禽的銳利視線盯著我們。桌上小花瓶中的白花跟昨天一樣。比留子先用這個當話題。

「好可愛的花啊。今天早上我發現建築後面種了很多，叫歐石楠對嗎？」

「是奉子種的，她很細心。」先見的聲音不像昨天那麼嚴厲。

「聽說神服小姐是五年前搬過來的。當時她就開始照顧您了嗎？」

「我也勸過她，畢竟她還年輕，住在這種深山裡沒什麼未來。但別看她那個樣子，個性可固執了。」

先見說話語句很好懂，看不出有思考退化的現象。可是她纖瘦的身體跟放在身邊的藥箱，都在在強調了她的病體。

先見幫我們切入了正題。

「聽說那個記者死了？雖然說他是自己要來蹚這渾水，還是很遺憾。」

她說得事不關己，而比留子只是點點頭。

「是啊。現在我也可以了解爲什麼好見居民那麼害怕預言。」

「聽說你們是看了雜誌後對我的預言感興趣？」

昨天談話草草結束，不過她還記得我們。

「您預言過那麼多起事件，這種能力讓我們很驚訝。但我們對您感興趣，原因不只如此。」

老婦人瞇起眼睛。

「您預言的娑可安湖恐攻事件，我們當時在現場。之後調查事件的過程中，發現那次恐攻利用了班目機關這個組織的研究成果。當時在雜誌上讀到那篇報導，提到您的預言和那個神祕組織，我心裡產生了一個假設。」

先見眼皮隙縫間的雙目，透出認真的光芒。

「關於娑可安湖事件的預言其實不是什麼超能力，而是機關相關人員提供的情報吧？我猜您現在也持續跟班目機關保持聯繫？」

比留子在此暫停，觀察對方的反應。

先見拿起一旁的茶杯喝了一口，深深嘆口氣。

「沒想到我這個年紀還會從別人口中聽到這個名字。我以爲早就已經消滅了。」

「所以您現在跟那個組織已經沒有關係？」

比留子瞪大了眼睛，她不會放過一絲謊言，老婦人肯定地點點頭。

「我可以發誓。從他們離開這裡那天開始，我已經將近半個世紀沒有跟那個機關的人見過面。恐攻事件我從以前就預言過，實際上我也勸告過好見的村民別接近那個地區。這些你們之後調查就會知道。」

比留子追問機關的事。

「班目機關是一個巨大的研究組織，現在確實停止活動。不過它的部分研究成果已經引發了慘痛悲劇。聽說班目機關還進行了幾項不可思議的研究。我們必須預防悲劇重演。所以希望您能盡量告訴我們，您所知的資訊。」

也許比留子的熱忱打動了她，先見輕聲低喃：「這樣嗎……」盯著遠處沉默一陣子。她再次開口，聲音有著前所未有的寂寥。

「班目機關——借用以前一位研究者的話，不妨想像成有各種可能的箱庭。」

有各種可能的箱庭——我在嘴裡重複了一次這句話。

「這世上有許多出於善意卻帶來惡果或因禍得福的事。特別是人類的發明。為了救人研發出的技術反而要了人命，為了戰爭出現的技術讓現在的生活變得更方便。」

我知道這個道理。例如原子反應爐和全球定位系統，還有我們現在生活中不可或缺的網際網路和個人電腦、手機，都是從原本的軍事技術轉為民生用途。相反地，當成建築用炸藥的火藥轉為兵器也是知名例子，還有植物學者開發的枯葉劑後來成為越戰中散布的毒藥，帶給人們莫大傷害。

「在戰爭這種移除倫理、道德枷鎖的狀況下，才會促使技術迅速發——」

先見說到這裡停了下來，猛咳了一陣。這種耗弱生命的咳法不是因為感冒，源自更深入侵蝕身體的疾病。我快比留子一步起身，繞到老婦人身後撫著她的背。

她實在太瘦，即使從衣服外也感受到她脊椎的形狀，我十分驚訝。

「不好意思啊，年輕人。」

「要不要請神服小姐來？」

「不用——剛剛說到哪裡？對，戰爭時技術會有驚人的快速發展。反過來說，和平時代人類會產生害怕變化的心境，對技術發展採取愼重態度。班目機關就是企圖擺脫這種枷鎖限制來進行研究而成立的組織。」

「不受倫理、道德限制的研究……」

回想起娑可安湖發生的事，比留子難受地低喃。

日本禁止製造複製人，頒布了俗稱爲人類複製技術規範法的法規，近年來每當人工智慧技術有進展，也一定會引發相關危險性的討論。

從推廣研究的觀點來看，這些當然都是明顯的抑制。

班目機關企圖打造完全不受限制的箱庭，在其中進行研究。

「當然，他們不是單純放任研究者目無法紀地研究。設施裡除了研究者，還有機關派遣來的監督員，負責掌握研究內容，避免研究者失控。」

比留子撩起一綹髮束放在唇邊。

「也就是說，班目機關認爲不管任何研究，『研究本身』並沒有善惡之分。問題在使用成果的人身上，因此才僅在與俗世區隔的箱庭中研究，是嗎？」

「他們對資訊外洩特別小心。機關撤走前，我都一直在橋這邊生活，避免被好見村民看見。」

約五十年前，班目機關從全國各地找來據傳有預知未來、透視等特殊能力的能人異士。其中有知名算命師、修驗者（註），各種怪談不斷的奇人。先見也是生於深山村落裡、代代擔任巫女的家族，具備特殊能力。她從小就發揮過人的預知能力，但隨著時代的演變，村裡主要產業林業衰退，經濟上出現困難，她答應幫助班目機關的研究以換取高額謝禮。當時她二十歲。

「幫助」說起來好聽，其實就等於賣身給機關。

機關支付了好見村民高額封口費，蓋了這棟研究所，開始進行超能力研究。負責主導的是一名年輕研究者還有一名他帶來的助手，另外有班目機關派來的三位研究者一起在此工作，加上警衛和生活管理負責人，大約有十名所員常駐在此。

起初找來的受試者有十一人，得多人同住一間房間，但後來發現許多都是說謊或耍弄技巧的假貨，過半年，受試者的人數少到一隻手就數得出來。

「對你們來說，研究應該很辛苦吧？」

根據娑可安湖事件的經驗，我猜想在魔眼之匣的研究很可能相當不人道，不過先見否定這個猜測。

「他們認爲要讓能力發揮到最大限度，必須盡量減輕精神負擔，所員多半個性溫厚。只不過——」

先見的語氣變得沉重。

「我每天都費盡全力想表現出他們期望的結果。如果被認爲是假貨，就再也回不了故鄉，只會被批評是家族之恥。」

既然來到了班目機關，她的生存之道剩下不斷證明自己能力一途。

比留子深入追問先見的能力。「昨天說到您會『接收到關於事件的單純資訊』，能不能詳細告訴我預言的方法？」

老婦人彷彿在自言自語：「知道這個有什麼用呢？」但看起來並沒有不悅。

「首先要祈禱，最好在大自然中。我經常到後面的瀑布祈禱。」

應該是指我們今天早上調查過的瀑布。

「早晚各約兩個小時，想著希望知道的日期、時間、地點，或者事件規模等一邊祈禱，持續三天到一週，事件光景就會出現在我夢中。時間愈遠的事件，祈禱的負擔就愈重。」

「得花不少時間跟勞力呢。並不是件簡單的事。」

「尤其是最近，我的身體已經吃不消祈禱的負擔，眞是不中用。」

她自嘲地顫抖著肩，但比留子還是帶著無法釋懷的表情問先見。

「班目機關爲什麼要從這個研究所離開？您持續留下成果，不是應該繼續進行預言

註：又名山伏。日本自古以來受密教影響形成的山岳佛教信仰「修驗道」之信徒。

研究嗎？」

先見緩緩搖頭。「來這裡過了四年左右，我犯了一個大錯。」

「預言失準了？」

「不，預言說中了。但因爲這樣引起機關質疑，甚至演變到被公安盯上的嚴重局面。在這之前機關因爲跟政府互通聲息，公安向來不多干涉，可是我的預言危及班目機關的立場，連研究預言的意義本身也遭到否定。就結果來說，我辜負了他們的期待。」

先見沒有具體說明，不過應該是因爲這個事件讓研究面臨瓶頸，最後除了先見以外的研究員都離開了這裡。

漫長的告白似乎讓她耗損不少體力，先見吐出悠長微弱的氣息。

這時背後傳來敲門聲，神服說道。

「先見大人，差不多輪到下一位了。」

看看房間內的時鐘，不知不覺竟過了將近一小時。十色應該很焦急地等著吧。

「請讓我再問最後一件事。」比留子緊追不捨：「十色小姐——那個年輕女孩好像也有預知未來的能力。您對她的來歷有什麼印象嗎？」

這天外飛來一筆的問題出乎我的意料。

先見緊抿著唇，一瞬間目光出現動搖。

「完全沒有。我也是昨天才第一次見到這位小姐——奉子。」

這聲叫喚象徵著我們這場面談的結束。很遺憾，收穫不如期待。

如果相信先見所說，或許可以知道過去在這裡進行的研究內容，但她跟班目機關的關係斷絕已久，沒有近年資訊。另外，我們無法確認預言眞假，只能觀察發展。

回房間途中，比留子突然在玄關前停下腳步。發現什麼了嗎？我順著她的視線望去，前方是放在櫃檯窗口前的毛氈人偶。

「——少了一具。」

本來有四具人偶，現在剩下三具。

拿著櫻花樹枝的「春天人偶」消失了。

七

我們在減少成三具的人偶前偏頭不解，這時，正要去叫十色的神服過來通知我們浴室的熱水燒好，現在其他人依序入浴，最後由王寺來通知我。

「還有，晚餐預計七點開飯，到時請到食堂來用餐。」神服說完便離開了。

跟比留子分開後，我在房間裡等著洗澡，腦子裡想著少了一具的毛氈人偶。

說到人偶消失的推理，最先想起《一個都不留》（註）。每當出現死者就會少一具人偶，狀況一樣。該不會——

不，臼井死於意外。跟《一個都不留》完全不同。可能剛好掉在地上後被人踢走，或師師田兒子純拿去玩之後弄丟了。就算有人刻意模仿推理情節，除了惡作劇，我想不到會有什麼意義。

想著想著，我不知不覺打起盹，聽到走廊傳來說話聲，我猛一睜眼看看時鐘，時間是下午三點，大概過一個小時。

馬上聽到敲門聲，打開門，是剛好澡的王寺。

「眞是的。我聽說你們住在一樓這兩間房間，賭上一半的機率敲了隔壁門，結果是劍崎小姐出來應門。好像讓她很緊張，眞不好意思。啊，她說她先去洗了。」

無妄之災啊。比留子對於私人空間的防禦心特別強。我腦中浮現出王寺突然來敲門時，她從門縫戰戰兢兢應門的樣子。

本來以爲王寺來幫忙傳話，不過他一臉尷尬地合掌，向我提出意外要求。

「那個……如果你有多的內衣方便借我嗎？」

對了，帶了換洗衣物的只有我、比留子，還有莖澤他們兩個。王寺連同貴重物品等的東西都留在機車上。幸好我多準備兩件，內衣也沒有太明顯的尺寸區分，我拿了一件給他。

不過王寺的視線閃爍，還有其他話想說。

「怎麼了嗎？」

「沒有啦，我覺得眼前剛有人死掉，你怎麼這麼冷靜。」

之所以不驚慌，單純是經歷過更慘的狀況。

「當然驚訝啊，我們差一點就要被土石流掩埋呢。」

王寺迅速確認周圍沒有其他人，然後壓低了聲音。

「你覺得呢？臼井先生的去世眞的只是單純的巧合嗎？還是——」

還是——我們當中的某個人殺了他？

他沒有實際出口，只是緊抿著唇。

他或許對自己毫無根據的起疑感到難爲情，也或許覺得我可能是嫌犯之一。

「抱歉，剛剛的話別放在心上。謝謝你的內衣。」

我在比留子之後洗了澡。我是最後一個，悠閒享受熱水澡後回房，時間是下午快四點。洗澡時，我暖爐開著沒關，現在室溫暖得恰到好處，睡魔漸漸襲來。今天一早就到處奔走，疲累一口氣湧上。

我想等等比留子會來找我，在床上翻了幾個身，意識漸漸被拖往深沉的地方。

註：“*And Then There Were None*”，阿嘉莎．克莉絲蒂名作之一。

八

我一個人坐在船上，在波濤洶湧的浪尖上宛如一片樹葉被任意擺布。一眨眼，有個長相我從未見過又似曾相識的女人勒住我脖子；下一個瞬間，我又在一間氣氛沉穩的酒吧，大口牛飲著酒精度數高得驚人的伏特加或白蘭地。

不知來到第幾個場景，我終於發現這是夢，可是我費了一番功夫才擺脫這場夢境。之後想想也是理所當然，因爲所有夢境中共通的窒息感跟作嘔感都是眞的。

突然吹來一陣清爽的風，有人奮力搖動我的身體。

「葉村！」是比留子。我奮力睜開眼睛，那背襯著白色天花板盯著我的美麗面孔，有短短一瞬間似乎緊張到扭曲。

我察覺自己很想吐。比留子確認我的反應，衝到已經打開的門邊開開關關好幾次，好像在替室內換氣。十色抱著素描簿呆呆站在門外。我忍著噁心感開口。

「比留子，怎麼了……」

「你應該是一氧化碳中毒。室內氧氣不夠導致燈油暖爐燃燒不完全。」

暖爐的火熄了。應該是比留子在叫我起來前處理好了。

我的症狀不嚴重、呼吸一會新鮮空氣後作嘔感漸漸消褪。

時鐘顯示下午五點半，也就是我從浴室回來又過了一個半小時。比留子告訴我，我接在比留子後面洗澡後，她打著盹等我回來。過了一陣子，她來敲我房門但沒有回應。門只能從屋內上鎖，可以確認是不是還在洗澡，她心想我應該是洗澡洗比較久，就先回房間。又等大約三十分鐘，一離開房間就見到十色在走道盡頭的廁所前打轉。手上抱著那本素描簿。

比留子想，她應該剛結束跟先見的面談，沒想到十色哭喪著臉緊抓住比留子。

「劍崎小姐，怎麼辦？我又……」

比留子發現她握著色鉛筆，馬上知道發生了什麼。

十色又畫了「那種畫」。她急忙確認素描簿，上面畫了亮著紅光的暖爐、躺在旁邊床上的黑色人物，還有地上看似小動物的陰影。

「從之前發生的狀況來判斷，可能某間房間發生了跟這個一樣的狀況。我先衝到你房間來，發現你失去意識。」

交代到這裡，比留子一邊檢查暖爐。真慶幸自己睡前想到比留子可能會來，沒有鎖門。至於十色，她一進房就滿臉沉痛呆站著，就像害怕隨時被責備。

「暖爐看來沒故障，應該是典型的燃燒不完全。」

「我去洗澡的時候也沒關，這樣是不是不太好？」

比留子聽了我的問題，表情凝重。

「很有可能，但開門時空氣應該有些流通，房裡又有通氣孔……」

天花板附近有一個小通氣孔，門關起來不至於缺氧才對。

比留子在床鋪底下發現了什麼。「這是……」

運動鞋鞋尖掃出來的是個比拳頭還小的乾癟老鼠屍體。

我在一個有老鼠屍體的房間，因爲一氧化碳中毒而昏倒。

十色再次完美預言了意外。

「昨天沒有看到老鼠啊？」

「對不起……」

我望向微弱聲音的來源，十色流著眼淚向我道歉。

「對不起，都是我，葉村先生也差一點就死了。」

十色說葉村先生「也」，她承認自己的畫跟奪走臼井生命的土石流有因果關係。

「我不想要有這種能力，但我沒辦法。每次腦子裡浮現畫面後到畫完爲止都無法控制自己，等到恢復意識時畫已經完成了，每次都是這樣……」

「不要緊的，這又不是妳的錯。」

比留子安慰她，但她搖亂了頭髮拒絕接受。

「過去從來不曾接二連三發生這麼嚴重的事，以後我說不定還會害死更多人。」

「沒這回事，再說臼井先生的死不是妳的責任啊……」

「被詛咒的是我，不如我死了算了！」

「妳不能這樣想。」

比留子語氣堅定有力打斷她悲痛的泣訴，她直直盯著十色哭到扭曲的臉。

「這個世界上如果眞有所謂的詛咒，那我身上的詛咒一定比妳強多了。目前爲止我身邊死掉的人多到兩隻手都數不完。」

少女被這突如其來的告白狠狠一擊，停下嗚咽。比留子對驚訝的她露出微笑。

「我是說眞的。因此，我現在等同被逐出家門。但我不想死，不想看著別人死。所以我很感謝妳，都是看了妳的畫，我才能盡快趕來救葉村。」

十色聽了這些話後又哭一會，然後擦乾眼淚。

我沒想到比留子向她坦白自己的體質，這讓我有點驚訝。

因爲在被莫名能力擺布的十色身上見到自身影子嗎？對她而言，就算自己在別人眼裡是種詛咒，她也不會認同自尋死路這種空虛的解決方法。

「我看，讓十色小姐知道我們的狀況比較好吧？」

比留子或許跟我有一樣想法。「也對。」她同意，要十色坐在已經起身的我身邊。

「記得昨天神服小姐說過的班目機關嗎？我們來這裡是探聽那個組織的線索。但直接問先見女士，仍無法獲得太詳細的資訊。」

「啊……」

十色馬上就有了反應。

「是不是……只要知道當時研究的狀況就可以？」

「妳知道嗎？」我跟比留子幾乎同時發問。

「嗯，不過……」十色欲言又止：「我還是先讓你們了解我的能力比較好。」

十色發現自己有特殊能力是在她小學三年級時。某天上課時，她眺望著窗外，腦中沒有任何前兆地跳出一個畫面。

趴在地面的人影。宛如印象派繪畫的人影並沒有清晰臉孔，各有一隻手腳朝不合理的方向彎折，倒在血泊中。這不祥的光景就像打盹瞬間作的夢，完全不帶現實感，她沒有太驚慌。

不過——

「老師！十色在桌上亂畫！」

聽到隔壁桌男孩告狀，回過神來的十色卻被眼前這幕嚇到身子不禁後仰。

書桌上滿是她用鉛筆畫的畫。旁人覺得是塗鴉，只有她本人知道那是彎折的人類身體——跟剛剛目睹的幻影一樣。拿開慣用手，手的側面一片黑污。雖然難以置信，但除了意識進入夢境世界那短暫的時刻內，自己一口氣畫了這張畫，無從說明這個狀況。

「十色，妳眞是——」導師要罵人的那一刻。

窗外有個大大的影子往下掉，碰！沉沉一聲連她們所在的二樓都聽得見。

四處爆出尖叫聲，導師一個箭步衝到窗邊。

——不會吧！

——爲什麼會這樣？是我害的？

目睹墜落屍體的學生大聲哭叫，整個教室陷入混亂，十色一個人拚命用橡皮擦擦掉桌上的畫。

隔天朝會上才知道，跳下來的是被霸凌的六年級女生。

之後，每當十色身邊發生慘事前，她一定會「接收」到畫面。十色無法靠自己的的意思看，只能單方面接收傳送過來的資訊，等到回過神時已經拿起任何有顏色的東西，在手邊的紙張、牆壁或地面上畫畫。

頻率再高頂多一年一兩次。感到害怕的她好幾次跟父母親商量，但他們都以爲這是敏感少女的反抗行爲，並沒有認眞看待。某一天，住在遠方的外公來訪。他聽父母親說起女兒的異狀。外公平常很溫柔，但那時候他臉色大變地大聲斥責，要她絕對不能把自己的症狀透露給其他人知道，否則會成爲家族的恥辱。十色再次失望，她認爲外公提到這個話題就像變一個人，單純是他個性老派且太在乎周圍眼光。

天不從人願，偏偏隨著她日漸成長，看見幻影的頻率也愈來愈高。

「我盡量避免引人注目。隨身攜帶素描簿和色鉛筆防止自己到處塗鴉，上了中學進了完全沒興趣的美術社團，好讓這種行爲不至於太不自然。不過當校內發生小火災時，我在火災警鈴響前就畫了火災的圖，看到的同學馬上就傳出很多難聽的風聲。」

重整人際關係，十色進了縣外的高中，在這裡幾乎沒有來自她母校的學生。這麼一來終於能從惡劣謠言中解放，但爲了僞裝，她依然持續在人前刻意畫畫的習慣。

「一有時間，我就會速寫，朋友應該覺得我是個怪咖。但反正我已經公然宣稱以後要考美術大學，也無所謂。至少比中學時大家那麼怕我來得好多了。」

一聽到美術大學，我忍不住反問。

「連將來的科系都配合僞裝嗎？如果眞的喜歡畫畫那倒無妨啦。」

「怎麼可能喜歡！」

十色奮力擠出這句話。

「都是因爲畫畫才讓我活得這麼累，但要隱藏這種能力，我只能多畫好幾倍。要不然就不能跟大家待在一起！」

我很後悔問了這個問題。就像比留子無法擺脫吸引事件的體質，十色的人生無法跟這個棘手的能力分開。她已經費盡全力想跟這種能力妥協。

「對不起，我說話太不經大腦了。」

十色很快擦擦眼角，回到正題：「沒事，那我繼續說。」

上高中，外公一有機會就問起十色的症狀，嚴格命令她不可對外提起。她曾經懷疑，外公這麼在意是不是知道些什麼，但不敢直接詢問本人。就在這時候，她偶然間看到莖澤手上的《月刊亞特蘭提斯》十月號，關於預言和M機關那篇報導。

「我本來想，說不定有其他人跟我一樣具備特殊能力。」

不久，外公十月因交通意外驟逝。悲傷的十色因爲自己什麼都來不及問而懊悔不已，不過幫忙消沉的外婆整理遺物時，在書架後方發現了一個從沒看過的東西。

「在一堆現在早已沒有人用的厚重字典類後方，有好幾本筆記本，就像刻意藏起來。內容像是關於某項實驗的研究筆記本。」

「研究筆記本？」

這資訊讓我們難掩驚訝，十色繼續說。

「我馬上就看出那是外公筆跡，最後一頁有他的簽名。問題是，上面寫的實驗是超能力研究，主要是關於一個叫先見的女人。我外公以前是班目機關的研究者。」

九

十色的外公曾經在我們現在待的研究所，進行過超能力實驗。

「筆記本上除了提到先見家族隔代遺傳預知能力，還紀載外公跟她發展出超乎友誼的關係。而且外公在魔眼之匣跟她有孩子後，馬上帶著孩子離開了。」

先見有個一出生就分開的孩子。沒想到她的血脈會在眞雁以外的地方流傳。

「那個孩子的名字叫久美——就是我媽的名字。」

於是十色確信，自己的能力來自隔代遺傳，自己是先見的外孫女。

可是她不能隨便在家人面前提起。目前爲止別說外公，她不曾從母親久美口中聽說這件事。母親很可能不知道自己跟外婆沒有血緣關係。失去外公的心痛還沒有平復，她實在不想再丟下這顆炸彈。

唯一可能知道什麼的就是外婆。至少她跟外公結婚時應該知道對方已有孩子。

「我假意聊外公的往事，試探她：『跟外婆結婚之前，外公是做什麼的啊？』但她只是笑著搖搖頭。」

親眼確認眞相，十色來到好見。找莖澤同行，是沒有勇氣自己一個人踏上陌生土地。

「筆記本裡也寫了研究所的地點嗎？」

「只寫了好見，我是自己找到這裡的。你們想看筆記本嗎？」

求之不得。我們帶著滿滿的期待跟她一起回房。她的房間在地下室，位置正好在比留子下方。

跟今天早上看到的朱鷺野房間一樣的布置、一樣的燈光。這裡同樣有床鋪、暖爐、簡單書桌，床鋪對面牆上掛著圓形的壁掛時鐘。時鐘造型還挺時髦，鐘面外沒有包覆玻璃，直接露出兩根指針。最近神服大概調過時間，跟我手表相比一點誤差都沒有，顯示時間很正確。

下午六點。

我又不自覺要計算時限，趕緊將注意力拉回房內的狀況。

「神服小姐說這裡以前是研究室，說不定是我外公用過的房間呢。」

十色從行李裡拿出幾本褪色的筆記本交給比留子。

「請拿去吧，我都看完了，就暫時交給妳。」

比留子快速翻了一下接過的筆記本，有點遲疑地問。

「妳今天早上偷偷去先見女士的房間找她，該不會是想問她血緣的事？」

「昨天因爲木橋起火的事沒能好好說話，我希望盡快確認。不過她一口否認說完全沒印象。我方才又見了她一次，她一樣堅持我誤會了。」

跟我們詢問時的反應一樣。她一臉悽然地垂下眼，比留子連忙換個話題。

「莖澤知道有這些筆記本嗎？」

「我沒告訴他。我不會說，絕對不會。」

否定成這樣未免太無情。

「如果妳不想回答可以不回答，他爲什麼知道妳的能力？妳告訴他的嗎？」

十色誇張地皺起臉。

「這都是不可抗力！中學時我畫過一張有人從緊急逃生梯跌下來的圖。我擔心又有人會受傷，希望事前防範。」

她察看兩棟校舍的緊急逃生梯，都沒有異狀，正覺得奇怪，剛好見到一個在體育館附近晃蕩的男學生。她這才想起體育館也有緊急逃生梯，急忙給對方看了自己的畫後強拖著他的手遠離體育館。

那個男學生就是莖澤。

「但當時緊急逃生梯有一群不良分子聚集，其中一個人失足跌落，事情鬧得很大，救護車都來了。」

就結果來說，逃過意外的莖澤覺得她對自己有恩，從此不顧他人眼光一直跟在她身邊，中學畢業後甚至還追到縣外高中。

「對他來說，十色小姐是讓他避免受重傷的救命恩人呢。」

比留子笑著說，但在我看來，除了感恩，他一定在十色身上感受到某些異性魅力，才會願意一起到這種偏僻地方，並且這麼讚賞她的特異能力吧。

但他不知道研究筆記本的存在，這倒讓我有點好奇。

「十色小姐知道好見這個具體地名跟先見的名字，他難道一點都不覺得奇怪嗎？」

「莖澤對《亞特蘭提斯》的報導很感興趣，而且不管我說什麼他向來都照單全收，我告訴他這些都是從遠房親戚那裡聽來的。」

隱瞞事實把莖澤帶來，看來十色也有些歉疚。

「他看起來不是壞人，不過也說不上好啦。」我說道。

「假裝他是一面會自己走路的大盾牌就行了。」比留子說。

我們這樣口無遮攔批評莖澤，十色忍俊不住地噗哧一笑，露出久違的開朗笑臉。

「你們兩個這麼談得來，眞羨慕。」

比留子板起臉來。

「不，其實有時候葉村的行動力眞的很驚——」

「沒錯！最重要的是彼此信賴啦。」

眼看她又要重提無謂的舊事，我連忙打斷換了個話題。

「妳畫裡的人物都是黑影吧？畫面出現在腦中時就是這個樣子嗎？」

十色皺著眉頭。不像討厭，而在思考怎麼形容才能正確回答。

「一開始出現在腦中的不能說是畫面，比較像是那一幕的各種零件吧。比方說橋起火的時候，我看見大片偏紅的顏色、覆蓋整體的黑，人影就像細長的物體。」

「感覺像沒對到焦？」

「也不是。」

十色更著急地抱著頭，好不容易想出一個例子。

「可能像印表機那樣吧。我會接收到很多指令，什麼顏色的墨水、座標在哪裡，我依照指令釋放出墨水，但印表機本身並不知道那張畫長得什麼樣子。我自己也要等畫完才知道自己在畫什麼。」

「原來如此，所以說……」比留子試著幫她整理：「妳接收到的資訊並不是『橋在燃燒』或者『有個男人站著』之類的題材，只知道微觀的顏色配置，對嗎？」

這說法十分精準，十色快速地頻頻點頭。

這樣想來，確實可以解釋爲什麼她的畫那麼抽象。假如要畫出更精緻的畫，就得接收跟現在難以相比的龐大顏色配置資訊再進行處理。

「進一步說，出現在妳腦中的畫面並不是出於妳自己的視點，而是位於全知狀態看到的光景吧。」

比留子請十色讓她看看過去的圖。

「這是公車意外時的畫，山豬後面畫了五個人影。當時在現場的有司機跟我們四個人，可以知道這是一張俯瞰所有人的圖。另外木橋燒毀時這張，畫的是激烈燃燒時的光景。可是我們跑過去時橋已經燒斷。這些畫面都不是從妳自己的觀點看到的畫面，可以說是來自神的視點。」

換句話說，不只其他人，十色也可以預知發生在自己身上的事。

十色說，通常畫完約十分鐘內，畫中光景就會成眞。

「哇。」比留子繼續翻看素描簿，發出佩服的感嘆聲。上面除了預知畫，也有她平時畫的校舍、走廊、操場等風景畫，還有以朋友爲模特兒的肖像。有單用鉛筆和炭筆畫的，也有用水彩上色的。

「我不懂什麼專業理論，但是我很喜歡妳的畫呢。」

如同比留子所說，她的預知畫感覺只是依照指示塗色，但這些自己畫下的作品，躍動的線條有時強勁、有時輕盈，不是單純的描繪，而在紙上帶來生命的氣息，充分傳達出繪者的熱情。

「眞的嗎？好、好開心喔。」

十色難爲情地羞紅了臉，接下來比留子卻說出了她預想外的話。

「可以畫我嗎？」

「啊？」十色一時驚慌。

「妳的肖像畫很棒啊。把我當模特兒吧，不管等幾個小時我都會忍耐。」

「不、不、不行不行。」她用力搖頭，搖亂那一頭短髮：「我怎麼能隨便畫劍崎小姐！不行，我不夠格，會把妳的臉畫醜的！」

她這樣使盡全力拒絕，比留子垂下肩膀顯得很失望：「是嗎……」

看看牆上那時髦的壁鐘，剛剛指著正上方的長針朝向正下方。六點半了。

到十色房間來已經過了三十分鐘，莖澤可能隨時過來關心，要是我們談話內容被他加油添醋就麻煩了，我們起身告辭。

走出門外一步，比留子轉回頭。

「剛剛畫一氧化碳中毒那張圖時，有沒有被誰看見？」

她很抱歉地搖搖頭。

「我離開自己房間時開始畫，當時應該沒有別人在，作畫期間我沒有記憶，不能確定有沒有被人看見，對不起。」

比留子笑著說：「沒關係啦。」

我先走上通往一樓的階梯，背後傳來翻著紙張的聲響及比留子強忍亢奮的聲音。

「終於、終於找到班目的線索了……」

我回到房間，徹底研究一番暖爐燃燒不完全的狀況，結果發現設置在通氣孔出口附近的防蟲網被蟲隻屍體和塵埃塞滿。這也難怪，畢竟這房間很久沒人使用，但十色不可能事前知道這一點。再說，這次的意外中有太多不確定因素，例如我打盹睡著、比留子第一次來時沒打開房門等等，應該不可能是蓄意引起的。

我們不得不更加深信她的預知能力。

第三章　互相監視

—

十一月三十日

在班目機關的援助下展開期待已久的超能力研究，今天已經滿一個月。雖然生活在遠離塵囂的深山中，但每天都充滿了興奮與新發現。

在大學裡不受重視，沒獲得任何肯定，班目機關能如此認眞傾聽所有看似荒唐無稽的話題，甚至還給予我莫大援助和優渥研究環境，我只有說不完的感激。我從大學挖角來這裡當我助手的岡町也很滿意這裡的環境，相當積極地投入研究。

我先花了一個月的時間，觀察從全國各地找來的十一名超能力者候補——容我失禮地稱呼他們爲受試者。

過去法院和警察等官方機構也曾經幾度採取行動，試圖確認超能力之眞僞，但大部分都是在超能力者本身指定的狀況下、或者運用道具等，實驗條件極爲侷限，現在想想，其中很可能暗藏某些機關，難以抹除懷疑。

首先，得徹底排除這些疑慮。

取得受試者同意後，請他們在設施裡生活一個月，足不出户。生活所需的東西都由我們來準備，受試者申請攜帶的東西——展現超能力時無論如何都需要的道具等——由我和機關所派遣來的研究者共同徹底檢查，確認有沒有動過手腳。當然，受試者本身也必須接受X光攝影等仔細的全身檢查。在這個階段有四名受試者被發現動過手腳而請他們離開，後續的事情就交給機關處理。

十二月二十五日

開始正式進行超能力驗證已經兩個月。現在每天不斷反覆著實驗和結果驗證的過程，確認正確度。

爲了能保持客觀觀點，我先跟實驗保持距離，只專注於分析結果，根據身在現場的岡町在報告中所紀錄，七名受試者中有四名的正確率高於五成。

具備通靈術的宮野藤次郎。

擅長探測術的北上春。

可以接觸感應的槐寬吉。

以及最有希望的天禰先見。

今年才二十歲，稚嫩的長相還能稱之少女。她出生在山陰地方的山區，那裡至今依然信仰混合了原始神道的特殊巫覡文化，她是巫女家族之後，而先見在家族中擁有格外出色的能力，研究所聽到風聲後將她帶到這裡來。我雖然不知道身爲巫女的生活會是什麼狀況，但是聽負責管理她的岡町說，她向來順從指示，從來不曾表示任何不滿。

現階段我們假設天禰先見的能力是「預知未來」。在她的家族中有許多隔代遺傳顯現能力的例子，她的外婆等祖先也都具備預知未來的能力。不過預知未來的方法有個人差異，先見的外婆和姊姊擅長降靈附身，過去有人擅長占星。

至於先見，她是以作夢的方式來預見未來。

在事前的祈禱中大致指定預測對象的地點和時間，就能在夢中看到結果。愈遠的地方、愈遠的未來，在祈禱時身心的負擔就愈重。聽來或許很難相信，但她目前已經說中了三件發生在設施外的事件。

天禰先見。

她很有可能就是我夢寐以求的人才。

二

回到我房間，我們兩人一起閱讀十色借給我們的筆記本前導。

十色勤——十色的外公，根據這位過去籌畫超能力研究人物的研究筆記本，先見姓天禰。不過兩個月只預知三個案例，我覺得似乎有點少。預言會那麼消耗體力嗎？

比留子從旁邊探頭看我手上的筆記本，她恢復原本的姿勢，表達不同看法。

「我想，要確認一個預言是不是有效資料的步驟應該很繁瑣。假設十色勤要求她『預測在東京發生的事件』，東京這種地方一天到晚都有各種大小意外事件，只做出『會發生嚴重交通意外』這樣的預言根本無法驗證。」

「那就請她預言人少一點的地方，比方說在好見發生的事就得了啊？」

「可是這種地方很少會發生值得預言的事件。要求她『預言一個月後在好見發生的事件』，也只會出現『沒有發生重大事件』之類的結果。」

她這樣解釋，我總算可以接受。

要證明超能力就得預言罕見的事件。但罕見事件並不會經常發生。要累積足以信賴的資料，事事都得謹慎求證。

讀過《月刊亞特蘭提斯》的報導，我也對預言進行一番調查，日本在明治時代發生過一起轟動一時的「千里眼事件」。這是東京帝國大學和京都帝國大學的一群教授，針對主張自己有透視和念寫能力的幾個女性進行公開實驗確認眞僞而引發的論戰。

同一個時期，《七夜怪談》中貞子的原型高橋貞子也進行了念寫實驗，不過兩者的實驗步驟、道具都依照受試者的希望準備，並沒有改變環境來進行實驗，無法排除造假的可能，稱不上經過科學證明，現在主流的看法都認爲應該是運用了某種技法。

十色勤排除這些疑慮，徹底管理受試者到過頭的地步。

經過嚴格驗證的結果，先見是七位受試者中特別受到期待的一個。

看看時鐘，再十五分鐘就七點了。

現在神服應該在準備晚餐。雖然很好奇研究筆記本的後續，但我們不請自來還事事麻煩她也不好意思，我們決定放下筆記本，離開房間。

走進食堂，神服在廚房裡忙。

我想起今早比留子的苦戰，爲了避免各種層面的痛苦，我搶先一步進廚房問道。

「有沒有什麼要幫忙的！」

我的氣勢似乎讓神服有點嚇到，但她還是往旁邊讓出一步：「那請幫我把削了皮的蔬菜切成一口大小吧。」兩人就這樣擠滿了狹窄的廚房。

比留子既安心又有點後悔，表情很複雜，她坐在跟早上一樣的位子。

「先見女士吃了嗎？」

「她說不太舒服，不想吃。」

我東張西望想找菜刀，發現垃圾桶裡丟了不知是雞腿還是雞胸的肉塊。

「那是？」聽了我的問題，神服嘆口氣。

「冰箱故障了，中午還沒異狀的。這裡氣溫低，應該不會壞，但有人生病就糟了，不能冒這個險，還是決定把生鮮食材丟掉。靠常溫保存的蔬菜和米應該能撐到明天。」

我是沒什麼問題。

說到雞肉，我想起神服曾經手持散彈槍。

「神服小姐也會打獵嗎？」

「我有狩獵執照，但那把槍是用來趕跑進到菜園的動物。把動物帶回來要解體，處理是很累人的。我沒有來福槍的執照。」

「喔？散彈槍跟來福槍的執照不一樣嗎？」

神服把酒和味醂加進鍋裡的昆布高湯攪拌，開火加熱。

「有散彈槍十年經驗才可用來福槍。我現在只有五年。」

將味噌溶進高湯裡，湯煮沸後加進食材就是有豐富蔬菜的味噌鍋。最後再加一點奶油，味道香醇濃厚，感覺很下飯。

結果我幾乎沒幫到忙。

其他人陸續集合。我和比留子坐在靠後方的桌子，同桌的有依然一身皺襯衫和長褲的師師田和純；啪達啪達穿著借來拖鞋出現的朱鷺野，她背對著師師田父子坐在靠入口那張桌前；兩個高中生比較晚來，十色坐在一進門的位子，茎澤觀察著她臉色坐在她身邊。

但過了預定的時間七點，王寺還沒有出現。

「還在房間嗎？」

聽到比留子這麼說，師師田瞪著自己手表碎念。

「不用等，超過約定十分鐘了。如果這是繳交報告的期限，那他確定留級了。聽好了，千萬別當不守時的人。」

最後一句是說給兒子純聽的。可悲的是，純忙著跟他心愛的比留子說話：「我中午啊，在放油漆那個倉庫裡發現乾乾的老鼠喔。」根本沒管父親在說什麼。

眼前放著熱騰騰的鍋都不動筷也很奇怪，大家沒等王寺來，決定開動。

先見預言的兩天終於過了一天，再活過一天——不、假如因爲聯絡不上而擔心的家人或公司同事等報警，發現橋斷了，說不定不到一天就有可能逃脫。不過——

「可惜，我只告訴同事親戚家辦喪事。」

餐桌上師師田首先否定這個可能。他沒提到妻子，大概是單親家庭吧？王寺也請了幾天假，等公司通報是沒指望了。

朱鷺野不耐地戳著收不到訊號的手機抱怨。

「店裡應該會覺得我無故辭職吧。」

最後一線希望是未成年的十色和莖澤。高中生兩天無故缺席，家長連絡不上，警方很可能採取行動。

「但我沒告訴家裡要去哪，可能很難馬上發現。」

說著，十色垂下頭。從她住的地方到這裡要搭公車、電車，還要換乘新幹線，總共得花五、六個小時，警方不太可能明天就找到。

話題一下子變得沉重，好一陣子只聽得到餐具淒涼的碰撞聲。

「對了，我想大家最好注意一點。」

我把房間通氣孔堵塞跟洗完澡差點一氧化碳中毒的事告訴大家，提醒小心。

「食堂這裡應該沒問題吧？」

朱鷺野看看十色他們身後開了一道縫的門。我就是從那道縫隙看到十色的畫。

「這棟建築外觀上看來無處可逃，但走廊會漏雨，其實已經很老舊了。」

聽到師師田的牢騷，少年小純罕見地回應。

「你們出去的時候，我在這房子裡探險了喔。」

「探險？」

「這裡沒地方玩，我帶他到處走走。」神服回答。

原來上午大家在找逃脫路徑時，神服陪純一起打發時間。

「有找到什麼寶物嗎？」

比留子一問，純馬上亮起眼睛用力點頭。

「有一張祕密『暗號』的紙喔！」

暗號？

大家臉上都浮現出問號，師師田大口大口將食物送進嘴裡解說。

「不是暗號，那叫通靈板。他帶回房間來了。」

「通靈板？」

朱鷺野重複一次陌生的單字，原本老老實實待在十色旁的莖澤開心地從碗上抬起頭：「通靈板！」

「通靈術時用的文字板。類似玩碟仙時用的道具。」

上面排列著許多文字，在純眼裡像暗號吧。

「那是超能力實驗時會用到的東西嗎？」

師師田毫不留情地駁回十色的疑問。

「無聊透頂！那種東西只不過是利用自動書寫的詐術。」

「自、自動……什麼？」

幾乎每次都要反問的朱鷺野讓師師田的眉毛不高興地挑動。他很不喜歡花功夫重複說明。坐在他對面的比留子開始解釋。

「自動書寫，是一種自動症，肌肉跟自己的意志無關，會自己產生動作的現象。」

十色借給我們的研究筆記本上確實也提到了擅長通靈術的受試者。那位受試者是用自製的通靈板跟靈界溝通，回答各式各樣的問題。不過實驗的成功率聽說不太高。

師師田咀嚼著熱騰騰的鍋料還能空出空間來說話，眞夠靈巧。

「通常使用通靈板的時候，所有參加者都要把手指放在用來指示文字的小器具上。以碟仙來說就是硬幣。那個器具會移動，藉此跟靈界交談溝通，但是就算參加者自己覺得手指沒有使力，其實也會下意識牽動肌肉。最好的證據就是實驗結果顯示，假如用參加者都不懂的語言來提問，馬上會靜止不動。」

「您懂很多嘛。」

沒想到專攻社會學的師師田連這種知識都知道，聽到我出言感嘆，他哼一聲，似乎覺得這是理所當然的道理。

「所謂的超能力，多半都能用科學來說明。」

我擔心先見的信徒神服聽了不高興，不過她本人裝沒聽到，靜靜動筷。另外熱愛超自然現象的莖澤則沒好氣地跟身邊的十色抱怨：「碟仙什麼時候變成多語專家了？」

「但師師田先生，如果出現像先見女士這樣預言未來的人，該怎麼驗證眞僞呢？」

提問的是比留子，眾人聽了都停下用餐動作投以好奇的視線。這突如其來的問題讓師師田安靜片刻，他交抱著雙臂開始沉思：「這個嘛……」

「首先應該考慮的是熱讀（Hot reading）吧。事前調查所有可能堪用資訊，像媒體上常出現的算命師就常用這種手法。」

「以資訊為根據來預測未來是吧。就廣義來說天氣預報等等可能也屬於這一類。」

天氣和匯率動向等只要具備充分資訊就可有一定程度的預測。要證明這是超能力的預言，預言者必須處在與這些資訊完全隔絕的狀況才行。

「還有巴納姆效應（Barnum effect）也要小心。這是一種故意以曖昧方式表現、藉此延伸解釋空間的手法。」

師師田接連說出這些艱澀詞彙，比留子馬上幫忙補充。

「比方說用『會遭逢不幸』還是『會遇到嚴重損害』這類說法的預言，結果不管發生了災害或者失戀，都有可能往自己想要的方向解釋，全都可以說預言成眞了。像個性分析等就常用到這種手法。」

原來如此。所以預言必須盡量使用具體形容來表達。

聽著大人們的討論，覺得無聊的純說了聲：「我吃飽了。」離開食堂。

應該是去上廁所吧。

「還有……先說幾個預言，再刻意挑出可以解釋爲說中的項目來強調。你們應該聽說過吧？七〇年代到九〇年代非常流行的諾斯特拉達姆士預言就是一個例子。」

師師田斷定，只要排除這裡舉出的三個條件，就可以揭露百分之九十九的詭計。比留子點點頭，顯得很佩服，但她心裡一定還不滿意這個答案。

因爲在十色外公留下的研究筆記本中已經明確紀載，進行這些實驗時都已經愼重排除上述考量。受試者只能生活在排除外部影響的設施。這裡沒有電視也沒有收音機，所有實驗都在個別隔音房間裡進行。儘管如此，根據紀錄，年輕時的先見預言一次都不曾失準。

到底該怎麼解釋呢？

班目機關確實是來歷不明的組織，但絕非盲目信奉超自然現象的烏合之眾。甚至能說，他們對於實現常人難以理解的技術這件事——

沙、沙、沙……

我和比留子都驚訝地倏地起身。

竟然完全沒發現。

當我們專注聽著師師田的論述，不知何時開始，桌子一角響起了鉛筆在紙上迅速滑動的聲音。

十色照例像著了魔般不停畫畫，身邊的莖澤接收到我們的視線顯得相當驚慌。

我馬上了解狀況。莖澤已經發現十色開始畫畫，卻一個人默不作聲。他明明比誰都清楚，十色筆下的災難不久就會在附近發生。我忍下對他的憤怒，奔到十色身邊。十色幾乎在同時停下動作。畫完了。

「這是……」

塗成黑色的身體蜷縮倒地，人影旁邊散落著好幾個紅色連串點狀。倒地的人影雙手摸著脖子，很痛苦。我看了之後立刻聯想到——

「毒、毒死？」

聽到我這句話，朱鷺野尖叫一聲「咿！」在場人早已用餐完。假如十色的畫成爲現實，那應該有人開始掙扎了。

我們看看彼此的臉，沒人表示身體異狀。比留子猛一抬頭。

「小純呢？」

對了，離開房間的那孩子，現在可能在某個地方痛苦掙扎。

「純！」師師田臉色大變，要衝出食堂。

這時門剛好打開，王寺跟純一起出現，滿臉不解地看著大家正要起身的樣子。

「抱歉。我在房間打盹睡著了……你們表情這麼嚇人？怎麼了嗎？」

他們沒事。那會是誰？

我背後的神服倒吸了一口氣。

「該不會是先見大人……！」

不在這裡的只有她一人。我們急忙離開食堂，正彎過通往左邊先見房間的轉角。

但前方走廊卻出現了突兀的亮眼紅色，我忍不住停下腳步。

凝神一看，原來是花。跟裝飾在玄關一進來那條走廊兩端的黃白色花朵一樣，都屬於歐石楠。密密麻麻開滿小小紅色花朵的樹枝散落在拉門前，撒了滿滿整片，讓人聯想到十色的畫。

此時房中傳來痛苦的咳嗽聲。

「先見大人！」

我踏著紅色花瓣衝向拉門。門沒鎖，應聲打開。

房裡正是十色畫裡完整描寫的光景。

「噁……！咳、咳！」

先見扭動著身子躺在榻榻米上抓著喉嚨。很明顯跟之前咳嗽的樣子不同。

神服甚至忘了急救，抱著那具纖瘦的軀體不斷呼喊。

「先見大人！先見大人……！」

「這裡也有紅色的花……」身後的莖澤輕聲說著。

書桌上的花瓶傾倒，先見周圍散落著跟走廊一樣的紅色花朵。

三

先見的狀況雖然不好，但幸好避免最糟的結果。

應該是服了某種毒物，幸好發現得早，加上比留子立刻進行催吐。大致處理完，我們用棉被裹著先見將她送到食堂正面的神服房裡。神服反對，認爲這對先見身體負擔太大。

「這跟臼井先生那時不同，很可能有人刻意下手。必須避免線索被踩散才行。」

比留子努力說服她。但神服認定所有人都是嫌犯，除了進行急救處置的比留子跟我，其他人都被趕到房外。

先見雖然有意識，但還沒辦法開口。

她用手指比畫回答了幾個比留子的簡單問題，讓我們獲得最低限度的資訊。她將茶杯裡的東西含進口中後馬上察覺有異，舌頭一感到刺激就吐了出來。

「茶杯裡沒有特別的味道，無法分辨哪種毒物。先見女士的指尖有麻痺症狀，我當神經毒來處置，運氣不錯。假如是有腐蝕作用的毒物，催吐反而可能傷到粘膜。」

比留子謙虛解釋，但如果沒有她，事情一定會更嚴重。

「一定是怨恨先見大人的人下毒。」神服聲音裡帶著前所未有的敵意。

「但在這裡的人都是第一次見到先見女士，沒有殺她的動機啊。」

「反過來說，都是些來歷不明的人。」

神服愈來愈激動，但比留子還是不死心追問。

「有一件事我很好奇。先見女士房間前和室內這兩個地方都散落著紅色歐石楠。白天我跟她說話時，室內花瓶裡插的應該是白色歐石楠，那花是神服小姐換的嗎？」

「準備晚餐之前，大概六點左右換的。」

六點。就是我們在十色房間的時候。

「散落在走廊上的花也是當時您插在室內花瓶的花嗎？」

神服搖搖頭。

「不。妳試試看就知道，那花瓶很小，只放得進散落在室內那些花。走廊的花應該是另外從後院花圃弄來的吧……花怎麼了嗎？」

我們留下堅持要守在先見身邊的神服，離開神服的房間。焦急不安徘徊在走廊上的十色登時往我們這裡衝過來。

「先見女士──那個人沒事吧？」

「嗯，還不能大意，但現在意識算清醒。」

十色這才放下心，我問她在做什麼，她說猶豫著該不該打掃散落在先見房前的紅色歐石楠。

再看一次，撒在走廊的歐石楠跟裝飾在花台和房間裡的不太一樣。用來裝飾的花都由神服剪去多餘枝葉，修整得很漂亮，但散落在地的這些花感覺是從花圃隨便折下來，還保持著原本狀態。乍看很多，實際算算大概六、七根。

「本來應該不要碰觸、完整保存的，但我們也踩過了。」

分量不少的歐石楠被無情踩平，紅豆般大小的花朵散落各處。在比留子建議下，我們用手機把目前狀況拍照存證，將歐石楠樹枝裝進塑膠袋裡保管。

整理好後，我們察看玄關和後門，確認門鎖門閂都確實從內側鎖好。後院的地面是乾的，沒有發現鞋痕，但花圃連接後門這條路徑上，還有進入後門的走廊上都零星掉落著一些紅色花朵，確實有人從花圃將紅色歐石楠拿進屋裡。

之後，比留子把眾人召集到食堂。

她先說明從先見的狀態看來，很可能被下了毒，這時朱鷺野提出疑問。

「等等，先見大人不是沒吃晚餐嗎？」

「毒好像放在房間的茶杯裡。」

茶杯、電熱水壺和茶葉都是今早神服準備的，一直放在房內。先見表示，她和我跟比留子面談後沒有離開房間，她自己也表示過沒有其他可疑人物出入過房間。可是當我們談話時，她曾經在我們眼前拿起茶杯就口。也就是說，被下毒是在這之後的事。

「事態愈來愈嚴重了。」師師田把純拉近身邊護著，凝重地說：「在這當中有人下毒，而且事先帶了毒來，這個人來前就想殺先見女士了。」

「但是爲什麼呢？有什麼理由要殺她？」

十色顫抖著聲音輕聲問，王寺答道。

「恐嚇信吧。臼井先生提過，寄到他們編輯部那封信上寫著要制裁先見女士。如果有意殺她，應該只有這個寄件人了。」

昨天剛見過先見的我們確實沒有理由對她起殺意。本來就懷抱殺意的「恐嚇者」混在我們當中的推測的確合理。

比留子開始依序回顧。

「土石流後先是我和葉村跟先見女士面談，之後十色小姐單獨見過她。接著是神服小姐在晚餐前進去換了花。先見女士已經確認過，進過她房間的就只有這些人。」

「等一下。」

大概發現風向有點詭異，莖澤在此提出異議。

「學姊也是昨天第一次見到先見女士，怎麼可能有殺害那個人的動機？要說有的話應該是神服小姐。說不定她表面上那個樣子，其實平常被隨意使喚，早就累積一大堆怨氣。」

不過朱鷺野卻有異議。

「包括她在內，所有居民對先見大人的畏懼都千眞萬確，不可能會動念想殺她。再說，這些人當中有誰憎恨先見大人，都是第一次見面的我們怎麼可能知道呢？」

朱鷺野說得很有道理。想從動機來鎖定嫌犯不太可能。

不過──

「不需要想那麼複雜吧。誰是犯人已經很明顯了。」

師師田這麼斷定。

「各位，我們作夢也沒想到先見女士會被下毒，但不是有人還沒趕到現場就已經預先知道案發狀況了嗎？」

十色膽怯地緊抱著素描簿。師師田愈走愈近，伸手要拿她的素描簿。

「師師田先生。」比留子出聲抗議。

他撇了撇嘴，恢復冷靜的口氣要求十色：「交出來。」十色制止了試圖反抗的莖澤，翻開素描簿最新的那一頁。

「你們看，這上面畫的完全就是先見女士房間的狀況。人在食堂的十色畫得出來，因爲她就是下毒的犯人——也就是恐嚇者，沒有其他可能。而且她跟遇到意外的我們不同，一開始就打算到這裡，當然能事前備好毒藥。」

「你胡說！」莖澤臉色大變叫道：「犯人自己畫下犯案現場的畫還給人看？有這種道理嗎！她根本沒理由這麼做！」

「當然有理由。我白天不是說過了嗎？」師師田的口氣顯得早有準備：「你們昨天起就不斷積極表現自己的預知能力，可是卻沒有人聽信你們的主張，所以才反覆做出一樣的事。」

「你、你是想說學姊爲了表現預知能力而殺人？」

「我才不會這麼做！」

十色慌到濕了眼眶地急忙否認。看看周圍的表情，朱鷺野似乎贊同師師田的意見。王寺則不以爲然。

「像十色小姐這種女孩子會因爲這種理由就殺人嗎？」

「殺人不需要什麼冠冕堂皇的理由。」師師田冷冷地說。

看樣子訴之以情的意見很難說服他，我試著舉出幾個矛盾。

「十色小姐跟先見女士見面時的確有下毒機會。不過那時候房間裡插白色歐石楠。神服小姐更換爲紅色歐石楠是在她準備晚飯前。也就是說，十色小姐並不知道那個房間裡有紅色的花。」

「什麼？」王寺訝異地睜大了眼睛：「但她的畫裡出現了紅色的花，這——」

莖澤如魚得水般重拾活力了。

「沒錯！這就是學姊預知能力一點也不假的最好證據！」

你給我安靜。這傢伙一開口就會讓事情愈來愈複雜。

「她眞的不知道嗎？說不定剛好看到神服小姐拿著紅色的花經過走廊？」

師師田繼續懷疑，但關於這一點我已經準備好了推翻的材料。

「根據神服小姐的說法，她換花約是六點左右。這個時間十色小姐跟我們在一起。」

剛好是我們到十色房間借來研究筆記本的時間，她不可能目擊到神服出現。

我這麼主張，卻發現比留子一直沉默不語。這種程度的邏輯她理應早就發現。

師師田點了好幾次頭，仔細思考我提出的主張，再次開口。

「你叫葉村是吧？你的說法很有說服力。不過我有辦法解釋這個矛盾。」

他的聲音充滿自信，讓我有種錯覺，好像他的身體變得更加龐大。

「室內的紅花是先見女士弄倒花瓶時撒落的，但是還有，房前走廊上也有散落的紅花吧？目前還沒有人承認自己放了這些花，所以可以合理推測這是恐嚇者所爲。那麼目的何在？撒了這些花也不可能阻止人進屋。」

將突兀的東西散放在現場的理由。

我舉出推理小說中常見的幾個模式。

「比方說，爲了隱藏留在走廊上的某些痕跡？」

「藏樹於林嗎？那是指現場留有無法簡單抹除的痕跡吧。比方說被水沾濕的痕跡、細碎玻璃片散落等等。但有什麼痕跡非得用花來隱藏？這反而更引人注目。」

沒錯。走廊並不髒，假如留下無法簡單收拾的痕跡——微細玻璃顆粒或頭髮，還不如就這樣放著不管比較不會讓人注意到。撒花只有反效果。

「那……其實剛好相反，目的是想吸引我們的目光嗎？因爲其他地方另有不希望我們發現的痕跡，試圖轉移注意力？」

「如果是這樣又何必特地到後院去拿花？浴室就在旁邊，大可拿些衣物或者臉盆之類的來放啊。」

師師田的反駁很合理。

「所以我認爲，**走廊撒著紅花這件事**本身就是最重要的關鍵。目的在於讓被毒死的人身邊散落著紅花，**打造出跟畫裡一模一樣的狀況**。晚餐時她跟莖澤比較晚來吧？她應該是到走廊去撒那些紅花了吧。」

也就是說，十色跟先見見面時乘隙在茶杯中下毒。然後晚飯時在大家面前畫出毒殺現場的圖，打算表現自己的預知能力。但是只憑一張有人倒地的圖畫衝擊性還不夠，於是加上了**原本不可能出現在現場**的紅花。當大家都聚在食堂時，她乘機將紅花撒在走廊上，再若無其事地加入晚餐。用餐期間找機會畫出被毒殺的屍體和紅花，跟大家一起趕往現場，到這裡爲止都如同計畫。沒想到神服將室內的白花換成了紅花，碰巧在室內完成了跟畫中相同的狀況。

「我不相信什麼預言、預知這種不科學的東西。這的確是相當縝密的計畫，我看恐嚇者除了十色不會有別人。」

我焦急地沉吟。他的說法聽來有邏輯，卻有些令我無法接受的部分。首先是表現超能力而下毒這個動機太過牽強。再來，就算要加深圖畫的衝擊力，十色爲什麼不畫見面時看到的白花，還要特地將沒見過的紅花撒在走廊？其實師師田是以十色的預知能力作假爲前提，順著這個邏輯來推展故事。

這麼說來，要證明十色的清白就得先證實她的預知能力。但預知能力不科學且沒有邏輯。眼看風向愈來愈奇怪。

但十色已經在我們面前展現過許多次只能用預知能力來解釋的現象。不由分說地否定，不也是一種不講邏輯的行爲嗎？應該先證明十色眞的作假才對。

「我不會硬要您承認超能力的存在。」

大概是看穿了我的苦惱吧，比留子這時開了口。

「但如果承認師師田先生的說法，那麼臼井先生過世時她預知到土石流的發生，就成了極其罕見的巧合……就是所謂的奇跡。」

這一點師師田不否認。那場地震並非能人爲引起的現象。

「那麼，難道我們不應該考慮先見女士毒殺未遂也是有可能是『奇跡般的雷同』嗎？就算不是超能力，**假如只是十色小姐的畫碰巧跟現場情景一致**，她就是清白的。」

奇妙的理論別說師師田了，我聽了都有點錯愕。這時有異議的是朱鷺野。

「這也太……巧合出現這麼多次，不太合邏輯吧？」

「第一次可以第二次就不行？這是爲什麼？」

這理論好比踩在飄渺雲端上一樣顚險，但比留子想強調，師師田的說法成立於「十色預知到地震只是巧合」這個假設上。既然如此，那爲什麼可以把毒殺事件刻意移除到巧合的框架之外、斷定爲假呢？這才是人爲操作吧。

「可惡！好吧，好吧。」

師師田搔著他白髮叢生的頭。

「她爲什麼畫得出那種畫，我不知道是超能力、奇跡還是什麼詭計。但是她的畫接連成眞這是事實。這一點妳總承認吧？」

比留子愼重地點點頭。不管是巧合、超能力，還是模仿畫裡的犯行，十色的畫都已經對大家的想法產生很大的影響。

「既然如此，反過來想，今後應該禁止她畫畫，而且要讓她留在自己房間裡。」

「這是歧視！」莖澤馬上反抗。

「不是歧視。她有機會下毒，又在親眼看過前搶先掌握現場，目前是關鍵嫌犯。我們還得在這裡再過一天呢。」

「也對，這樣至少安心一點。」

朱鷺野贊成，但王寺卻不以爲然。

「沒有證據就把女孩軟禁起來，這不符合我的原則。」

「又不是要把她關起來，請她乖乖留在房間裡而已啊。」

出來平息大家爭論的是十色本人。

「我知道了，如果這樣可以讓大家安心的話。」

緊繃的局面因此緩和。沒人希望用蠻力硬將她關起來。

師師田看看食堂的鐘。

「現在是……八點半。總之到明天早上七點前，請妳待在房間裡。我們就待在食堂過一夜，誰都不許找她。以防萬一，請把素描簿留在這裡。」

十色說過，她在學校曾經畫在桌子上。拿走素描簿其實沒有多大意義，但我們跟莖澤都沒有多說什麼。

「那個……請不要打開看，這樣我會很不好意思。」

我們依照她的期望把素描簿收在廚房櫥櫃的抽屜裡。

「先見女士和神服小姐怎麼辦？」

聽了比留子的問題，師師田搖搖頭。

「就算要求她跟我們在一起她也不會聽吧。再說神服小姐的房間就在食堂前面，把門開著就能監視到了。」

我們過去報告剛剛決定的事，神服守在狀況已經穩定的先見身邊，點點頭表示：

「我會徹夜守在這裡。」

推理世界裡很難實現的團體行動，沒想到我終於能親身體驗這種方法的有效性。

十色去過洗手間後，我跟比留子還有師師田一起送她回房。

比留子在地下室十色房門前向她低下頭。

「對不起啊，變成這個樣子。」

「請不要道歉。剛剛奮力幫我辯解的劍崎小姐很帥氣呢。」

師師田將手放在門上。「可能有點不方便，請忍耐到明天早上吧。」

「那個……」十色搶在關門前開口。

「劍崎小姐。」

「怎麼了？」

「我還是想畫劍崎小姐，可以嗎？不知道能不能讓妳滿意，但我會好好練習。」

比留子瞪圓了眼睛。

「其實我從小就經常畫人物。過世的外公看了也很開心，在我發現自己的能力前還想過以後要當畫家。跟你們兩個聊過，我回想起這件事。說不定今後的人生，我能不僅僅是被這分能力左右而活。」

比留子臉上慢慢綻放笑容。

「太期待了。」

「好！」留下害羞的十色在房中，我們關上了門。

屋裡傳來上鎖聲。這麼一來，除非十色依照本意出來，否則沒人能對她下手。

回到食堂的路上，比留子對著師師田的背影說。

「剝奪十色小姐自由後，我們當中產生了秩序。這就像一種活祭品。」

這時她的聲音跟剛剛和十色交談時完全不同，聽得出譴責。

「我知道。如果接下來沒有出現其他犧牲者，警方也證明了她的清白，你們要怎麼怪我都無所謂。」

不只對旁人、他對自己一樣嚴格。我對他的態度起了一些好感。

「不好意思。」比留子聲音裡不再有怒氣，師師田再次低聲說：「無所謂。」

比留子果然在十色身上見到了自己的身影。

上樓時，師師田忽然停下了腳步。

「我一直很好奇，你們兩個從頭到尾都很冷靜在觀察狀況呢。」

我想起王寺說過類似的話，跟比留子互看了一眼。我能保持冷靜，主要是徹底扮演輔助她的角色，但我又不想以「美少女偵探」這個稱號來介紹她。該怎麼說明好呢？

「大概因爲我們兩個對推理都稍有涉獵吧。」

師師田低吟一聲。

「難怪。回想起來，你們說起話來很像小說裡的偵探。」

「師師田先生也讀推理嗎？」

他哼一聲回應比留子的問題，像覺得根本不值一提。

「那種東西我小時候就不看了。」

眞過分。我覺得師師田的推理其實也很像小說。

「對了，比留子（HIRUKO）是妳的本名嗎？」

「是啊，怎麼了嗎？」

有被誤會是假名的機會嗎？察覺到我們不解，他有點不好意思地快速補上說明。

「沒有，我只是很好奇，父母親取這名字大概有什麼想法吧。」

我本來以爲他單純因爲「HIRU」這個發音會令人聯想到水蛭這種吸血環形動物，但不是如此。

「你們聽過伊邪那岐和伊邪那美這兩位神祇吧？根據《古事記》的紀載，水蛭子

（HIRUKO）是兩神之間最早生下的神，但是早產兒，所以他們將孩子放在船裡漂走，不列入孩子的數量中計算。以小孩的名字來說，有點不吉利。」

「——今吾所生之子不良。」

比留子輕聲低喃。

「這是兩神對於水蛭子所說的話。我父母親也知道，水蛭子這個名字意指一個不該生下的神。」

不該生下。這幾個字讓我聽了悚然心驚，但比留子似乎不在意，她平靜說。

「聽說替我命名的時候，他們請來跟我們家很熟的算命師提供建議。現在水蛭子通常寫做『蛭子神』、念做『EBISU』，聽說是個吉利的名字。」

師師田好像接受這個解釋，但知道比留子跟家裡關係的我，忍不住湧起一股心酸。

經過玄關前時比留子停下腳步，望著櫃檯窗口。

「比留子？」

「人偶……」

走在前面的師師田轉回頭，狐疑地問。

「人偶怎麼了嗎？」

「數量又減少了。」

白天已經減少爲三具，現在麥稈帽子的「夏天人偶」也消失了。

「說不定是純那小子拿走了。」

比留子聽了點點頭，但表情依然緊繃。

四

我們爲求保險，確認玄關和後門有沒有關好，這時在走廊就能聽到茲澤跟王寺正在爭執。食堂對開的門敞開，方便監視神服房間的出入狀況。

我們跟師師田互看一眼回到食堂，蜷著身子的純跑過來。

「哥哥他們在吵架！」

朱鷺野坐在稍遠的位子當徹底的旁觀者。我們一問，她才一臉不耐地用下巴指向茲澤。「他好像因爲被迫跟女朋友分開很不服氣，說她被冤枉了，開始找王寺先生跟這小鬼的碴。」

「連純也懷疑？」

「這是什麼意思？」

師師田的態度與其說是憤怒，更多無奈。

茲澤激動地搖頭。「我才不是在找碴！」

多虧十色願意待在房裡，爭論好不容易告一段落，怎麼還要討論這個話題？我無力地偷看一眼師師田的表情，他那張嚴肅的臉也流露出疲態。

「我們得一起相處到明天，還有很長時間。總之大家冷靜冷靜，從頭慢慢說起。」

大家入座後，師師田先開口問：「到底怎麼了？」朱鷺野說出爭執原因。

「他說，先見大人房前的紅花是恐嚇者嫁禍十色小姐才撒的。」

「嫁禍？」

聽到我的反問，莖澤大聲說：「沒錯！」

「師師田先生說過，學姊是表現自己的預知能力才撒紅花，再畫下那幅畫。」

「因爲預知能力根本不值得相信，只能這樣說明了。」

「那可不對。說不定並不是先撒花再畫畫，假如有人看了學姊的畫後模仿內容撒花，這又怎麼說？」

「喔？爲什麼要這麼做？」朱鷺野漫不經心地問。

我們遲鈍的反應讓他急了，「所以啊！」莖澤開始連珠炮似地解釋。

「恐嚇者在晚餐時發現學姊開始畫毒殺現場的畫，以爲自己的犯行被看穿覺得很驚訝。但仔細看看畫，並不是畫先見女士房裡的白花而是紅花。這時恐嚇者靈機一動：『既然如此，就依照她畫的內容，把紅花撒在現場附近。這麼一來因爲只有她一個人知道理應沒人知道的現場狀況，自然可以把懷疑的眼光轉移到她身上』。」

根據莖澤的說法，恐嚇者先看了十色的畫才去撒花。可是十色畫畫的時候幾乎所有人都聚在她身邊，沒人有機會撒花。那麼當時不在場的有誰呢？

這時王寺不開心地反駁。

「我在房間睡過頭，當時根本不在食堂，怎麼可能看見她的畫。」

「不。」莖澤忽然站起來衝到食堂入口：「我跟學姊坐在鄰近入口的座位，背向著門。你看，這扇門沒辦法關緊，中間有一道縫隙。」

跟我昨天偷看「木橋燃燒」那幅畫時一樣。沒錯，即使不走進食堂，一樣可能從走廊看到畫。莖澤進一步追擊。

「王寺先生，其實你根本已經到門邊來了吧？你從門縫間越過學姊肩頭看見了那幅畫。所以你沒進來，先去撒花。」

「胡說！」王寺瞪著莖澤。

「原來如此。所以純也成了嫌犯。」師師田低聲沉吟：「因爲這傢伙中間出去上過廁所，他可能經過時看到了那張畫。」

純之前只是心不在焉地聽著大人對話，不過聽到畫畫這個單字，他揚起臉。

「我有看到畫喔。好厲害喔，畫得超快的！」

啊……師師田深深嘆一口氣，簡直令人同情。小學低年級的少年還無法了解自己這句證詞的嚴重性。孩子，去讀推理！

莖澤有些亂了陣腳，不過他再次整理好思路望著大家。

「所以王寺先生或者小純可能看了學姊的畫後撒花。」

「但這樣不是很奇怪嗎？爲什麼恐嚇者要在走廊上撒花？假如要忠實重現畫中的情景，應該要撒在室內吧？」

「因爲恐嚇者並不知道先見女士什麼時候喝下茶杯裡的毒。她很可能還活著，所以無法進入室內吧？」

莖澤馬上回答了朱鷺野的疑問。之前總覺得這年輕人很不懂得察言觀色、個性急躁，沒想到分析起來挺有一套。

但他忽略很重要的一點，這可不能放過。我點出這件事。

「但王寺先生或者小純，都沒有下毒的機會。」

先見本人證實過，進過她房間的只有我們、十色及神服。可是莖澤沒放棄。

「如果先見女士說謊呢？」

「你是說先見大人袒護企圖殺了自己的恐嚇者？這什麼意思？」

朱鷺野一臉壓根不買帳的樣子。

「也不是不可能吧？假如小純去了先見女士房間下毒，喝下毒後先見女士在生死交關之際發現他就是犯人，又不忍心告發年幼的他，瞞著大家他來過房間的事。」

少年小純發現自己無端被懷疑。

「我只是去廁所，什麼都沒做！」他抓著父親襯衫解釋。

師師田搖著頭，覺得這說法荒唐至極。

「你這是盲目相信十色預知能力的胡言亂語。」

「你那套才是硬把學姊當騙子的胡言亂語呢。」

眼看著食堂又陷入一觸即發的緊張氣氛，我獲得一個新教訓。

可能很多推理迷——特別是喜歡封閉空間故事的人都有過這種不滿吧？

「既然犯人肯定在這些人當中，那就別回自己房間、互相監視整晚就好啦？大家爲什麼那麼笨？」

身爲當事人，請容我說一句。互相監視是完全不可能的。還不到三十分鐘，我們就陷入這種狀況。彼此滿懷鬼胎的集體行動很容易衍生不滿，壓力非常大。有人會覺得與其如此還不如乖乖待在上鎖的房間，這是無可厚非。

不過這番互相猜疑沒有持續太久，莖澤頹喪坐下。他知道不管再怎麼滔滔大論都改變不了十色單獨被留在房間裡。

眼看著討論面臨瓶頸，師師田開了口。

「劍崎，目前爲止妳有什麼發現嗎？」

「問我嗎？」比留子睜大眼睛。

「就算沒辦法知道眞相，還是應該了解事件要點。比起我或莖澤來主導，妳來整理其他人也比較能接受吧。就當玩玩偵探遊戲也行。」

確實，如比留子不會隨便說出刺激別人的言論。

「那麼……我就從十色小姐的預知能力到底是不是眞的開始說吧。」

比留子由此切入主題。

「我特別注意到，撒在她房前的是從後院拿回來的紅色歐石楠。首先，這些花無疑是除了先見女士和神服小姐以外的人，看了十色小姐的畫後撒落的。」

除了先見和神服以外？

這麼斷定是否有些唐突？師師田好像有同感，要求比留子提出根據。她開始抽絲剝繭地依序說明。

「各位回想一下，一樓走廊兩端兩處各有一個花台，分別裝飾著白色跟黃色歐石楠。但犯人並沒挑選白色或黃色，而特地到後院花圃找來紅色歐石楠撒在走廊。」

大家聽了比留子的話都不自覺地點頭回應。

「不惜做到這個地步也要拘泥於紅花只有一個原因，那就是如莖澤所說，爲了配合十色小姐的畫。但如果先見女士或神服小姐就是恐嚇者，她們根本不需要特地前往後院拿花。」

因爲先見和交換花的神服本人已經知道房裡有紅花。

「這一點跟莖澤推論王寺先生或小純其一撒了花的道理一致。不過，他們兩人沒有下毒機會。所以光憑這一點無法導出犯人。」

有機會下毒的是我、比留子、十色、神服，還有先見自己。看了十色的畫後在走廊上撒花的是王寺跟純。沒有一個人能單靠自己做到這兩件事。

「看吧，除了十色的預知能力是假的，還有更合理的解釋嗎？」

師師田喜不自勝。假如預知能力是作假，那十色就可能在畫畫前自己撒了紅花，十色是唯一可能同時下毒跟撒花的人物。

「但我不認爲十色小姐就是恐嚇者。」

師師田並沒有想到比留子會這麼說。「爲什麼？」

「我們跟先見女士談完話是下午兩點，這表示十色小姐得在這之後跟她會面並下毒。不過就像莖澤說的，誰也不知道先見女士什麼時候喝下毒。」

沒錯。假如要十色表現自己的預知能力，就得在先見中毒而死的屍體被發現前畫好畫，再讓大家看到才行。但先見非常可能在她下毒後馬上拿起茶杯，這麼一來非但沒時間畫畫，自己也會第一個被懷疑。反過來說，如果太早讓大家看到畫，可能在先見拿起茶杯前就引發騷動，無法執行毒殺計畫。

「這樣您了解嗎？**畫畫之後先見女士馬上喝下毒的時間點**實在太剛好。明明是以預知作假爲前提來推論，但導出的卻只有十色小姐預知到事件發生的可能。」

十色就這樣洗刷了嫌疑。

「說了這麼多眞不好意思，現階段我實在不認爲下毒跟在走廊上撒花這兩件事會是恐嚇者單獨所爲。」

「我方便說一句嗎？」

這時朱鷺野舉起手。

「我不是故意要挑毛病啦，但剛剛劍崎小姐的推理是以撒在走廊上的紅花爲主軸來推論吧？假如犯人的計畫就是希望我們往這個方向想呢？刻意留下一個『不可能這麼做』的狀況來躲過嫌疑。」

比留子也接受了她的質疑：「說得沒錯。」

「老實說，我雖然不認爲犯人會冒這麼大的險預設我們的推測而將計就計，但不是完全沒有可能。」

「不過眞要說起來，沒什麼能相信啊。先見女士和神服小姐可能說謊，也可能是我們當中的幾個人一起聯手。」

王寺束手無策地說。

「可能性只是愈來愈多。」師師田用他毛蟲般的手指揉著眼皮嘟囔著。

隔了一陣沉默，比留子換了個話題：「對了。」

「你們有沒有發現放在玄關旁邊櫃檯的人偶變少了？」

師師田質問兒子：「是不是你拿去玩了？」純沒有承認。

「我記得地震搖過後四具玩偶都掉到地上。你們從外面回來拿工具前，我放回去了。之後就不知道了。」

跟先見面談結束時，比留子發現人偶剩下三具。

「等等，晚餐前來食堂途中時，我發現已經剩兩具了。」莖澤這麼證實。

更重要的，有人拿走人偶卻沒有招認。

「眞的大家都沒印象嗎？」比留子又確認了一次。

「既然沒人承認，應該就是恐嚇者的把戲吧。」

「想太多了吧？」王寺懷疑。

「不。第一具人偶在臼井先生被活埋後消失，這誰都可能辦到。但先見女士中毒這件事就不一樣了。如果說在晚餐前人偶就已經減少，這表示在她中毒前人偶就已經被拿走。所以下毒的恐嚇者是懷著某種意圖讓人偶消失的。」

說到這個地步，我當然了解比留子的想法。

沒想到第一個有反應的人竟然是朱鷺野。

「這我在小說裡看過，就是每少一個人偶就會多一個死人的手法，對吧？」

比留子點點頭。

「『男女各兩人、總共四人死亡』，這是先見女士說出的預言。人偶的數量是不是就象徵著『接下來還得死的人數』？」

「也就是一種『比擬』嗎？」

聽了師師田這麼說，王寺偏著頭不解。

「那是什麼意思？」

不過師師田只是望向比留子，像是想把說明責任交給她，比留子又看著我。沒想到這裡會輪到我上場。抱怨也沒用，加快討論速度，我想了想，開始解釋。

「一般來說，『比擬』是指借用其他事物來表現某種現象。不過在推理的世界這不只是單純的表現，其中包含犯人種種意圖。剛剛提到的人偶，知名的作品有阿嘉——」

「等等。」師師田突然打斷：「你打算在這裡爆雷嗎？這樣有臉自稱推理迷？」

我好像觸碰到他奇怪的開關。我本來就隱約有這種感覺，看來師師田應該是重度推理迷。

「爆雷我也無所謂啊。」

王寺說得興趣缺缺，但師師田堅持不退讓。

「不是你有沒有所謂的問題，這是禮貌的問題。」

我拉高聲音，將討論拉回正題。

「總之呢，比擬殺人經常被用在連續殺人事件中，往往會在現場留下令人聯想到被害人名字、當地相關傳說、童謠等相關性的物件。最單純的目的就是藉此彰顯犯人本身的自我認同，或者對犯人的目標傳遞訊息。」

以這次來說，就像比留子說過的，可能是讓我們意識到先見的預言，刺激我們心生恐懼認爲「還有兩個人會死，說不定就是我」。

但比留子的表情顯然還無法釋懷。

「說是訊息也太迂迴了。應該有更好懂的方法。還有其他可能嗎？」

「我想想，比方說想強調死因是預言之類的超自然現象，避免被懷疑？」

「犯人用了毒，要堅稱這是超自然現象很矛盾。」

馬上就被比留子駁倒。

「那有沒有可能是誘導我們？有人偶消失就會有人死，讓大家對這個法則有印象，今後人偶減少，我們就會以爲有人死了，受犯人誘導而行動？」

「假如眞是這樣，這種比擬發揮眞本領的時刻就在今後了。還有其他嗎？」

回應她進一步的要求，我在腦中回想著許多推理故事，但還是找不到符合現在狀況的解釋。最後不甘願地說。

「沒其他可能了。如果是推理，可能是跟第一樁事件無關的人乘機搭便車，或者掩飾犯行所產生的不自然狀況等等，或者是隱藏犧牲者間失落的環節等等，有很多可能啊。」

「失落的環節！」

比留子眼睛一亮，王寺仰天大嘆。

「饒了我吧，又是這些聽不懂的詞彙！」

五

別急別急，我安撫著王寺，開始說明。

「簡單地說，就是被害人跟犯人、或者被害人之間沒有立刻被旁人發現的關係。比方說其實他們父母親是小學同學、在新幹線上剛好坐在隔壁等等。」

失落的環節可能跟犯人出乎意料的犯案動機有關。

「莖澤。」

忽然被比留子叫到名字，莖澤僵著身子回答：「怎、怎麼了？」

「晚餐時你說你們沒告訴父母親來好見這件事，告訴過其他人嗎？班上的朋友？」

「現在這件事重要嗎？」

莖澤不打算老實回答。不過比留子不急，她堅定又堅持地對眾人說。

「假如試圖殺了先見女士的人是恐嚇者，爲什麼要拿走毛氈人偶？我不知道確切的理由。但是既然四具人偶陸續減少，殺害先見女士顯然並不是犯人唯一的目的。這時候重要的就是失落的環節了。臼井先生被恐嚇者寄來的信誘導到眞雁來。很可能也有其他人同樣被誘導，或者恐嚇者早就猜想到會到這裡來的人吧？說不定我們當中某些人跟恐嚇者之間，有著連當事人自己都沒發現的細微關聯。」

表面上這番話是對在場所有人說的，但我了解比留子的用意。

這裡所有人都素昧平生。假如恐嚇者就在其中，除了先見之外還有其他目標、因此逐漸減少毛氈人偶，那麼第一候補應該是神服。因爲她是先見的信徒，頻繁進出魔眼之匣，很容易加入計畫當中。

第二候補則是十色。如果恐嚇者知道先見跟十色的關係，那麼就算把憤怒的矛頭指向十色也不奇怪。問題在於先見和十色的關係，還有十色會在這個時間來到好見這些事到底有沒有其他人知道。

「反正也閒著沒事幹，不如大家輪流說說啊。要不然這樣乾瞪眼挺無聊的。」

朱鷺野懶懶地看著時鐘。

下午九點三十分。送十色回房才過一個小時。

「這個問題也事關我們自己的安全。比起互相監視，互相合作更有意義。」

王寺同意，師師田也沒有反對。

情勢看來必須第一個發言的莖澤坐立不安地頻頻在椅上挪動位置，盯著桌子中心開始說。他提到自己出生以來一直在關東地方長大，這是第一次到W縣。

「我跟學姊都還是學生，瞞著家裡出遠門沒那麼簡單。我跟大家都是第一次見面，應該啦。」

「你什麼時候認識十色的？她以前就那樣畫畫了嗎？」

他對師師田的問題點點頭。「我們在我中學一年級認識的。當時學校裡流傳著有一個高我一屆的女學生很詭異。」

十色說過，自己從小學三年級時第一次預知到高年級生的自殺，約每年會出現一、兩次同樣現象，而且頻率漸漸增加。

莖澤咕咕噥噥地說：「我一入學就被高年級不良集團霸凌，下課後總被叫到體育館後面的緊急逃生梯勒索，不過只有幾百圓，不是什麼大不了的金額啦。」

那天也一樣，他下課後拖著沉重的步伐走向體育館，突然被衝過來的十色抓住手腕制止說不能去。

「學姊的素描簿上畫著一個倒在樓梯下的黑色人影。一開始還搞不懂怎麼了，但是那個不良集團的頭頭在緊急逃生梯上胡鬧，腳一滑摔下來，鬧得很嚴重。」

傷者送醫兩天後恢復意識，不過腦挫傷的後遺症影響到右腳，到畢業前一年多，他整個人鬱悶消沉得像變個人。因爲這件事，莖澤在十色身邊跟進跟出，甚至連升學都選了跟她同一所高中。十色在高中很努力隱藏能力，所以莖澤很驕傲只有自己了解眞正的她。

從莖澤的語氣充分感受到他對十色的熱情，可是我忍不住想，這裡面似乎缺少「十色對此有何看法」的觀點。但我不打算在大家面前提出這一點。

比留子又重複一次剛才問題。

「那你們兩個要來這裡的事，沒告訴任何班上同學囉？」

「我又沒有朋友。」

莖澤丟出這句話。

「學校都是些腦袋古板僵硬的傢伙。告訴那些傢伙學姊的能力，只是害學姊被人白眼而已。我一定要蒐集到讓人無法反駁的確切證據，總有一天讓世間承認學姊。」

朱鷺野聽了他這些話瞪大了眼。

「你打算公開她的預知能力？」

「等蒐集到足夠資料，我打算跟學姊商量。」

「十色小姐應該不希望這樣吧？」

莖澤聽了我的話，發自內心驚訝。

「爲什麼？學姊的能力不只保護了我避開意外，還讓我從老師同學都故意視而不見的霸凌中解放。這是幫助人的能力啊！但爲什麼學姊偏偏得隱藏自己的能力，活得這麼不自在呢？這根本是歧視啊。」

雖然他想得太天眞，但我不是不懂莖澤的想法。

十色的能力如果與生俱來，或許總有一天可以靠科學分析了解她能力全貌。但現在就連這能力本身都不受世間認可，十色不得不隱藏能力，甚至連未來的方向都不能自由決定。要說不公平確實沒錯。

但另一方面，十色自己那麼渴望平穩的生活。

就算沒人承認這種能力也無所謂，她只想當普通女孩，平凡度日。

到底哪種選擇才是眞正爲她好呢？

之後莖澤熱切講述十色如何精準預知發生在身邊的交通意外和火災等等。大家有一搭沒一搭地聽著，我卻發現師師田偷偷打起瞌睡。這是讓他體會一下學生心情的好機會。總之，暫時找不出跟成員的關聯性，他們並未將來好見這件事告訴身邊任何人。

莖澤持續說了四十多分鐘，時間是下午十點十五分。

他終於心滿意足，問道：「可以上廁所吧？」我們望向還在打瞌睡的師師田。

「輪流應該沒問題。不如把離開座位的時間紀錄下來。」

比留子點頭許可。

六

我們決定等莖澤回來再往下說，但過十五分鐘左右，他還沒回食堂。以上廁所來說未免太久。

「可能去找那個姊姊了吧。」

我們聽了純這句話面面相覷。他說的姊姊當然指十色。

「很可能。」朱鷺野嘆口氣。

「不太妙吧，都說好不可以接近她的。」

這時候莖澤出現了。問他去哪裡了，他噘起嘴答道。

「到玄關呼吸一下新鮮空氣。現在下著雨又不能外出。我才不會做讓學姊爲難的事。」

還眞有臉說？

總之，接下來終於輪到王寺。

他是土生土長東京人。東京私立大學畢業後在飲料公司上班，一年前辭掉工作搬到關西跳槽到一間加工食品公司。這次請連假騎車跑山。公車行駛的道路再往後走，有一條在機車族間很有名的車道，本來打算欣賞完雄偉溪谷和群山美景踏上歸途。

說到這裡，王寺轉向比留子。

「妳問過，有沒有人知道我會來這裡吧？我告訴過同事要來跑山，但沒詳細交代地點。本來打算三天跑個一千公里。」

「而且又是因爲沒油了才經過這裡，這誰想得到呢。」

「對，妳說得沒錯。」

稀鬆平常的一句話，怎麼從王寺嘴裡說出來就像好萊塢電影台詞呢？

「王寺先生該不會有外國血統吧？你膚色白，輪廓也很明顯。」

「我爺爺是羅馬尼亞人，如果可以，我也想繼承他的身高啊。」

王寺自嘲地開個玩笑，這時純小聲地嘟囔一句。

「我第一次遠遠看到你時還以爲是女生。」

王寺苦笑起來。

「我跟小純差不多大時，經常被取笑說是女生、是女生。當然跟莖澤受到的霸凌不能相比，但我覺得很懊惱，好像沒有人願意認同我。爲了更有男子氣概，我還開始學柔道，但個子矮，根本贏不了，最後放棄了。」

「我也不喜歡運動。太弱的話是不是就不像男人呢？」

他平時大概就有類似煩惱，王寺鼓勵著表情黯淡的純。

「小時候嗓門大又跑得快的人比較受人注目，但眞正的男子漢是懂得愛惜女孩子的人。」

純用力一點頭。朱鷺野噗哧一笑。

「你倒是很會說嘛。昨天晚上在地下室遇見我時不是大聲慘叫？還嚇到腿軟，跟女孩子一樣。」

「那、那是因爲突然看到，燈光又那麼暗，我沒發現妳啊。有什麼辦法！」

原來朱鷺野半夜要上廁所，剛好撞見王寺從房間走出來。在那麼可怕的地下室撞見人，我說不定也會忍不住慘叫。

王寺難爲情地漲紅臉。一看，他額頭上也浮現汗珠。他一直穿著昨天那件皮夾克。

我明明借給他乾淨內衣了，是不好意思讓人看見嗎？

比留子體貼地問他需不需要關掉暖爐，他拒絕了：「不要緊。」

「對了，回到剛剛話題。」朱鷺野板起臉孔：「王寺先生，你眞的是男的吧？」

「喂，妳玩笑要開多久啊。」

「我有點好奇啊。根據先見大人的預言，會有男女各兩個人死掉，可是性別沒辦法那麼單純分類吧？要用什麼基準來判斷啊？」

這是盲點。最近大家漸漸知道有性別認同障礙等多種性別認同。

簡單地說「性別」，到底是肉體上或精神上的性別，是戶籍上登錄的性別還是個人主張的性別，可能都不一樣。我們不知道先見的預言指何者。我先說出自己的意見。

「比起自己的主張，第三者認知到的性別應該比較重要吧？」

比方說，就算我在精神上是女性，但擁有男性身體、平時舉止也像個男的，那預言中應該會將我視爲男人吧。實在不太可能考量我心中的認同考量。

「我身心都是女的喔，你看。」

說著，朱鷺野從皮夾取出保險證。上面確實寫了女性。

「我也有。」

莖澤也把紀載爲男性的學生證亮在我們面前，純從已經睡著的師師田手拿包中抽出皮夾給我們看了他的保險證。父子都是男的。我和比留子也照做。

「我說過了，我的貴重物品全都留在機車上了。」王寺很無奈。

「那你把夾克脫下來看看？」朱鷺野窮追不捨。

「夠了吧，我去抽根菸。」他打斷對話起身，走出食堂。

「幹麼這樣？難道他眞是女的？」朱鷺野訝異地說。

「可是我看過那個叔叔站著尿尿喔。」純出言證實。

可能有其他不想說的隱情吧。

時鐘顯示時間是十點五十分。

七

王寺回來後約過十分鐘，剛好十一點。

看來他也去外面呼吸了新鮮空氣，瀏海被雨水沾濕一些。

「雨愈來愈大了，這個狀況不太可能越過山裡，這個時期還有凍死的危險。」

接著輪到朱鷺野，但比起其他人，她口風很緊。因爲住在好見生活不便，連上中學都遠到得靠車接送，當時的朋友都紛紛離開這裡。

「我跟爸爸兩個人住，經濟不寬裕。我爸死後我就離開好見了。最後找到一間在大車站附近舊鬧區的酒店，我覺得這樣很好，有種跟社會接觸的感覺。」

雖然不想打斷她，但我還是忍不住問了。

「妳很喜歡紅色嗎？」

以掃墓的服裝來說似乎太過招搖。朱鷺野苦笑回答。

「我媽還在的時候很喜歡這個顏色，我也常穿。我把這件事告訴一個老客人，後來他經常買紅色的東西給我。」

「喔，眞是個好人呢。」

「他是個還不太習慣這種事，有點笨拙的人。」

朱鷺野說這話時的表情有著我第一次見到的溫柔。

言歸正傳，她最近除了掃墓外並沒有來好見。

「既然妳每年都會來掃墓，那應該有人預想到朱鷺野小姐昨天會回來吧？」

聽到比留子這個問題，她不情願點點頭。

「可能，但我到眞雁來都是因爲師師田先生說要打電話。換作平常，就算沒看見村民，我一樣掃完墓就會離開。」

師師田被困在好見附近是車子故障，遠行的原因是參加親戚喪禮。師師田本人已經睡著了，其他細節只好往後再問。

「這裡進行超能力研究的時期，妳知道些什麼嗎？」

朱鷺野用右手大大將頭髮往後一撩。

「已經將近半世紀前了，大人都不太愛說起以往。」但她還是想了想，似乎想到什麼：「好見的人好像從研究所那裡收不少錢，組織撤走後還是繼續照顧先見大人。但人這種生物真的很卑鄙，幾年後，愈來愈多人不滿。」

我們又不是傭人，憑什麼照顧這個外人？

心懷不滿的人年年增加。但先見絲毫不害怕，依舊坦然生活，不過也許畏懼帶著神祕氣息的先見，終於出現一派主張趕走她的人。

一天，先見現身在「驅逐派」聚會，第一次在村民面前預言。

「我不記得正確字句，重點是說這裡會發生土石流、出現幾個死者。但村民完全沒當真，最後談定了條件，假如預言沒成真，她就得離開。」

那年夏天，強烈颱風來襲，好見發生土石流，三戶人家受災，共死六個人。死者中包含驅逐派的核心人物。班目機關的研究結束，先見的預言能力依然健在。

「聽說大家就不在背地裡說先見大人壞話了。」

「但先見女士的預言跟所謂的詛咒不同，不會明說誰會死吧？就這麼害怕嗎？」

我覺得很不可思議，沒想到莖澤竟然點點頭：「這我懂。」

「學姊也無法控制畫畫的內容。我知道這件事，不覺得學姊可怕，但學校裡也有人覺得學姊引起這些禍事，認爲她很可怕。」

「就是這樣。大家都擔心萬一惹惱先見大人會引發嚴重災害，只能看她臉色。」

先見藉由展現預言能力，成功阻止居民反抗。對於隻身留在這裡的她來說，或許是不得已的手段。但因爲這樣，居民跟她之間形成一道比底無川更深的鴻溝。

「我失陪一下。」

朱鷺野起身前往洗手間，想擺脫因爲自己的話題而沉重的氣氛。

時間十一點二十分。她說故事耗費的時間比較短。

純的眼睛已經漸漸張不開。

「睏了？」

他搖搖頭回應比留子。

最近的小孩都很晚睡，我小學時家裡規定九點半前就要睡覺。

朱鷺野跟其他兩個男人不同，五分鐘左右就回來了。

師師田還在睡，不如聽聽純怎麼說。

八

但要從純口中問出什麼卻費了點功夫。

見到一直跟其他大人講著艱深話題的比留子終於跟自己說話，純一開口就高興得說個不停。

「比留子姊姊是大學生吧？大學好玩嗎？爸爸每天都在抱怨。」

「爸爸只在意成績，家政課『中等』也會被他罵。」

「比留子姊姊好帥喔。不是可愛、是帥喔。」

他完全沒把我們看在眼裡。唯一的希望——師師田還在睡。我跟王寺對看一眼，他無言搖搖頭，像在告訴我：「死了這條心。」

好吧，交給比留子。

「你怕爸爸嗎？」

「不怕，但他聲音很大，又常常生氣，有點討厭。」

「除了功課還會罵你其他事嗎？」

「最近我看幽浮或魔術節目的時候會被罵。他說那些都是騙人的。」

師師田這個人果然遇到任何事物都要套上大道理才甘願。

聽到魔術這兩個字，比留子從口袋拿出一條手帕。

「給你看個好東西，仔細看看這個十圓硬幣喔。」

她拉起袖子，表示沒有任何機關，然後用手帕包起十圓硬幣。隨便念了幾句阿布拉卡達布拉的咒語，揪起手帕一角打開，應該掉出來的十圓硬幣竟然不見了。當然，比留子兩手也是空的。

純瞪大眼睛，或許不想在比留子面前認輸，他重複觀察手和手帕好幾次。

我知道這個魔術機關。她用手帕包住十圓硬幣時，已用髮圈將硬幣綁在底部。最後純也發現了，「看到了！在這裡！」指著被綁住的鼓脹部分。

「答對了！那再來一個。」

比留子開始下一個遊戲，順利地將話題誘導到他的家庭。根據純的說法，他上小學前一年，師師田跟妻子離婚。他不清楚原因，但純由父親扶養。

「來過這附近嗎？」

「嗯，應該沒有。」

純他們住在離這裡很遠，靠日本海的T縣。開了約五小時的車來到親戚家。他表示不記得以前開車移動過這麼久。

「你們是參加親戚喪禮吧？」

「對啊，是爸爸的媽媽。」

大家聽了這個說法不禁互看一眼。

「你以前沒見過奶奶嗎？暑假沒去她家玩過？」王寺平靜地問。

「從來沒有。昨天第一次到她們家，很舊很大的房子。我也是第一次見到爺爺，但他不叫師師田。」

「不叫師師田？」

「爸爸說師師田是媽媽的名字，爸爸說他本來跟爺爺一樣姓『懷』，結婚後變成師師田。」

師師田是入贅女婿嗎？之前沒讓純跟爺爺奶奶見面，是因爲跟老家關係不好？離婚延用前妻的姓，可能不只是爲了純著想，也是逃避跟老家的關聯。

純從剛剛開始說話就坐不住地扭著腰。啊，看來是那個吧。

「純，想上廁所嗎？」

少年小聲點頭說：「嗯。」但沒有起身。

建築物裡沒有窗，晝夜無異。但事件接連發生，我明白一想到深夜的廁所就卻步的心情。而且他才因爲一個人上廁所而受到懷疑。

「我跟你一起去吧？」

聽見比留子的提議，他害羞地搖搖頭，搖醒打瞌睡的父親。

「爸爸，我們去上廁所嘛，走啦。」

終於睜開眼睛的師師田轉了轉脖子，神情有些尷尬。純牽著他走出食堂。

九

大家正擔心師師田父子怎麼還沒回來時，他們終於在十五分鐘後現身。兩人輪流上廁所，加上純不敢一個人進單人廁間，花了不少時間。

時間是十一點五十五分。

「一天終於要結束了。」師師田嘆口氣，說不上是安心還是疲倦。

目前爲止沒異狀，互相監視的策略似乎完美發揮功能。

對了，先見和神服不知道怎麼了？思緒才上心頭，食堂對面房間的門便打開，神服走了出來。

「看來大家都還好。」

「先見女士的狀況呢？」

「目前還算穩定。」答完後，神服也走向廁所。

很快就是新的一天了。雖然發生毒殺未遂，但幸好沒出現第二名犧牲者。接下來再撐過二十四小時。

我的眼睛追著時針，它指向凌晨零點。

就在這時候，神服大驚失色地衝進來大叫。

「槍！放在辦公室的散彈槍到哪裡了！」

尖銳的叫聲讓鬆弛的氣氛頓時緊繃。

「槍怎麼了？」

「不見了！置物櫃的鎖被破壞，裡面是空的！」

今天早上巡視完菜園，我看見她將散彈槍收進置物櫃。那把槍不見了嗎？

「知道什麼時候不見嗎？」

環視曾經離開食堂的人，但每個人都搖頭表示不知道。

冷靜一下。身在食堂的我們不可能偷偷藏起那種東西。這麼說來……

「只可能是十色小姐了。」王寺小聲說。

比留子和莖澤立刻跳起來衝出食堂，其他人跟在後面。

老舊的木板走廊、鋪著綠色地毯的樓梯，還有微弱電燈泡下黯淡的地下室。前方就是十色的房間。

「十色小姐！」

我們的呼叫沒有回應，比留子毫不遲疑地伸向門把，門把應聲轉動。

我們送她過來時確實看著她鎖上的這扇門，現在開了。

雖然，還沒有看到屋裡。

啊，這種味道——

打開電燈，首先見到掉在地上的散彈槍。

與槍相隔一段距離，是胸口開了個大洞，仰躺在地的十色。

「啊……」

這是誰的叫聲呢？

我只記得自己急忙扶住在眼前失去平衡差點倒下的比留子。

「啊啊啊啊——」

宛如撕裂了空氣，或者像憤怒野獸的慘叫，無力地撼動著這魔眼之匣。

＋

成爲犯案現場的室內，悲慘的情況就像被暴風雨掃過一輪。

從往內開的門往裡望，右邊是床鋪。十色仰躺在左邊後方地板上，胸前染遍紅黑色的血。她是被射殺的。我無法直視還瞪大著眼睛的她。

唯一值得慶幸，她的表情沒有因恐懼或痛苦而變形，但她就像具人偶一樣——背後的牆壁上飛濺鮮血。房裡散亂一片，到處散落著被撕裂的棉被和她帶來的換洗衣物、色鉛筆，連掛在牆壁的時鐘都摔得粉碎。唯一沒有損傷的只有還點著火的暖爐。

右邊床鋪的牆壁上留有無數像指甲抓過的痕跡，仔細一看才發現那是一幅畫。如同我們想像，素描簿被拿走，十色將眼前的白牆壁當成畫布，畫出未來的光景。

她用色鉛筆畫在覆蓋著柔軟隔音材料的牆壁上，看不太出顏色，僅留下如爪痕的痕跡。不過隱約見到一點留下色彩的軌跡，畫的正是我們現在眼前這副慘狀。

「哇啊啊啊！」

莖澤大聲哀號著想撲向遺體，卻被師師田從後方交叉扣住雙臂。

「不能隨便碰！說不定她身上留有證據。」

「我不管那麼多！爲什麼、爲什麼是學姊被殺！」

莖澤那細瘦的身體不知道哪裡跑出這麼大的力氣，他奮力掙扎，像臺小戰車般想擺脫師師田的控制。我和王寺上前幫忙，終於將他拉離遺體，但他兩眼惡狠狠地盯著我們。

「你們看到了吧！學姊才不是恐嚇者！你們陷害了學姊。可惡！混蛋！我一定要報仇！」

他揮開我們的手，哭得滿臉是淚，轉身衝上一樓。不久傳來鐵門打開聲。

「他出去了！」朱鷺野大驚。

「等等，假如是他殺了十色，現在我們不就眼睜睜看著他逃跑嗎？」

王寺、我和師師田三個男人跟著追出。來到一樓玄關，見到被雨淋得濕軟的泥地上有一道鞋痕，消失在黑暗中。看來不是往橋那邊去，而是走進魔眼之匣右邊的草叢，衝進沒有路的的深山。

「怎麼辦？」我看看其他兩人。

「還能怎麼辦……」師師田低聲呢喃。「晚上上山太危險了，受傷倒還好，很可能遇難。再說現在的他已經失去理智。」

「那開著門等他回來嗎？說不定他一氣之下會隨便找東西當武器攻擊我們。」

無法否認王寺的擔憂，我們決定跟之前一樣關上門，再門好門閂。

玄關旁的辦公室就是保管散彈槍的地方。從櫃檯窗口往裡看，如同神服所說，設置在最後方的置物櫃打開，走進確認，發現櫃鎖部分整個被剪掉。鐵皮剪掉在地上。應該是從隔壁倉庫拿來用的吧。

「難道沒有更謹慎的保管規則嗎？」

聽到王寺的抱怨，師師田搖搖頭。

「鄉下地方本來就是這樣。這裡平常只有兩個人生活，難怪管理比較隨便。」

回到地下室，朱鷺野在走廊安慰坐在地上的純，神服站在房間前注視著裡面。比留子應該在調查現場。

我從入口見到她蹲在遺體前的背影。她的臉被長長的頭髮遮住看不清楚，不過檢查的動作遠遠不如以往迅速確實。她沒動手，靜靜低著頭，看這樣子就知道她也大受打擊。

「比留子。」

聽到我的叫聲，她像轉了發條般僵硬地仰起頭。

「啊……葉澤呢？」

「出去了。狀況很不穩定，以防萬一，把門門上了。」

喔。比留子轉過頭望著師師田。

「本來我不應該動手，但警方趕到現場至少還要等一天。我希望趁現在檢查。請你當證人，確認我沒有不恰當的行爲。」

「妳連這個都會？也好，拍下影片也有個交代。」

師師田的臉色不太好，但依然拿出手機開始攝影。

「現在是零點十五分。沒有明顯屍斑，判斷死後不到兩個小時。手指附著疑似色鉛筆的粉末。」

我和比留子合力稍微撐起十色的上半身。撐起脖子時，我的手觸摸到她還留有一些體溫的後頸，觸感宛如失去水分的豆腐，我幾乎想叫出聲。忍住。我能做的只有這樣了。我就是爲此當助手，不是嗎？

開在十色背後的洞比胸前更大，威力強大的破壞痕跡就好像有東西在體內炸開。神服爲了驅趕熊，槍裡應該只裝塡單發子彈，沒想到眞正的槍傷竟然這麼殘酷。

「子彈……」比留子的聲音痛苦哽咽：「子彈從胸口中央貫穿至左後背偏上方。不太像因爲斜向射擊，比較像子彈在體內跳動而改變彈道。」

確認完這件事，又將十色輕輕放回血泊。見到比留子站起來，師師田停止拍攝，用神服拿來的床單蓋住遺體。

「有沒有可能自殺呢？」

師師田含蓄地這麼主張，我不得不否定。我指著掉落在地上的散彈槍。

「手槍就罷了，把槍身這麼長的散彈槍指著自己胸口還要扣下板機，動作太不自然了，如果真要自殺，應該會由下抵著下巴吧。再說傷口周圍並沒有燙傷或火藥痕跡，槍掉落的位置離遺體也太遠了。」

都是我從推理上讀來的知識。

射擊時從槍口飛散的火藥或金屬粉沾附在身體或衣服上，這些痕跡稱之射擊殘跡，假如將散彈槍槍口抵著自己身體射擊，至少槍傷周邊會留有從槍口噴出的火焰和高溫氣體造成的燙傷和火藥痕跡，但在十色身上不見這種痕跡。也就是說，槍口距離她達數十公分遠，沒有自殺的可能。

我觀察床邊牆上的畫。畫在柔軟脆弱白牆表面上，那張畫已經破破爛爛，不過還是依稀辨識出畫中倒臥在紅色中的黑色人影。

「她怎麼也想不到畫中的人竟然是自己吧。」

王寺黯然說道。

「在她腦中出現的畫面並不是清晰影像，如果知道是自己的話……」

我說到這裡停了下來。

如果知道，又能怎麼樣呢？

假如她的預知會成真，不管怎麼樣都不可能避開不是嗎？

——沒錯，就像被詛咒一樣。

十色不是自殺的。

我們除此之外沒有其他收穫，離開十色房間，我們再次聚在食堂。神服說，發射的只有原本裝填在散彈槍中的那一發散彈塊。

「掉在現場的彈殼只有一個，應該不會有錯吧。」

地下室房間都做了隔音處理，一樓的我們聽不到槍聲。

「要是仔細管理槍枝就不會有這種事發生了。」

聽到朱鷺野的譴責，神服依然泰然自若、不改其冷靜的態度。

「槍本來都放在我家。這次無可奈何，只好放進辦公室打掃用具的置物櫃保管，也上了鎖，我沒道理要揹上殺人的責任。」

散彈槍是重要物證，但大家都一致同意這樣放著太危險，弄彎槍身，並把剩餘子彈都破壞掉。

「總之十色並不是恐嚇者，我們深深誤解她了。」

連師師田也顯得消沉。

「你們說，犯人有沒有可能是外部人士啊？藏在外面的犯人偷偷潛進來射殺她？」

王寺帶著一線希望問，但比留子馬上否定。

「送十色小姐回房間時，我們同時確認玄關和後門門戶。神服小姐不離身地帶著鑰匙。外面下雨，地面都濕了，除了莖澤留下的足跡以外沒發現其他足跡。」

「但這裡以前進行過奇怪的研究吧？說不定哪裡有密道或者祕密房間？」

匣的詭異氣氛很容易引發這種想像。不過比留子一樣搖搖頭。

「至少那間房間裡沒有任何機關。門上沒有鎖孔，不從屋內轉動旋鈕就無法開關門鎖。地下室房間為了隔音打造成密閉式，門縫裡連一張紙都插不進來。這就表示房裡的十色小姐自己開了鎖讓犯人進房。也就是說，犯人是她認識的人。」

人在先見房間的神服瞪著我們，眼神裡滿是譴責。

「你們不是一直都在一起嗎？到底誰能把槍拿走？」

我們望著彼此。巧的是，神服發現槍不見前，除了我和比留子，眾人都離席過一次。依序是莖澤、王寺、朱鷺野、師師田父子。

還有，發現槍遺失的神服自己也有機會下手。

「去廁所時有沒有人發現置物櫃有異狀？」

比留子問的時候沒人出聲。哪會那麼剛好看到置物櫃呢——我正這麼想時。

「既然這樣我就老實說了。」朱鷺野開了口：「我到廁所的時候想到那個數量減少的人偶，就到櫃檯窗口前看了一下。當時也看見置物櫃，鎖還是好的。」

這發言帶來一陣緊張。這表示散彈槍在她之後被偷，不是師師田父子就是神服。

「胡說！妳怎麼這樣信口開河。」師師田臉色大變地抗議。

「我才沒有信口開河。再說大家都看到十色小姐房間了吧？從置物櫃偷走槍枝殺了她又要弄亂成那樣，還破壞東西，短短五分鐘怎麼夠。這樣算起來我跟神服小姐都不可能下手。」

爲了驗證她的說法，我們進行簡單實驗。

用鐵皮剪剪開置物櫃櫃鎖、弄亂房間要多久？我們從其他房間蒐集剩下的備品，試著實際模擬一次。嘗試算出最短時間，由我、師師田和王寺三個男人來執行。

結果發現剪斷櫃鎖和撕裂房間棉被要花五分鐘以上。

我最先挑戰這兩項作業，共花最長八分鐘。注意到我的手法後掌握訣竅，師師田花六分鐘、王寺花六分半。實際上，這還要加上從食堂走過去的時間、跟十色說話、闖進房間裡的時間等等，朱鷺野說得沒錯，五分鐘不夠，至少要花上十分鐘。大家都同意這個結論。

查閱筆記，朱鷺野五分鐘左右就回到食堂。神服離開時，我一邊看著時鐘一邊倒數，我可以證明她不在的時間也是五分鐘左右。相對之下，男人們離席時間都超過十分鐘。莖澤和純兩人一起離席的師師田，則花十五分鐘回來。

「我跟純輪流使用單間廁所才拖延了時間。我們兩個都各自等在廁所門口，這孩子可以證明。」

「同時沒有不在場證明的兩個人互相證明也沒有意義，對吧？」

朱鷺野和師師田隔著桌子互瞪。

「妳的意思是我讓兒子當殺人犯的幫凶？胡說八道。那我不客氣了，假如妳說置物櫃沒有異狀的證詞是假的，那莖澤和王寺都可能下手。他們都離開十分鐘以上。」

師師田將箭頭指向神服。

「妳一個人或許不可能，但如果跟朱鷺野小姐串通又怎麼說呢？兩個人加起來十分鐘。朱鷺野小姐射殺十色、神服小姐弄亂房間。這總有可能了吧。」

「我跟朱鷺野小姐聯手殺害十色小姐？荒唐！」

到頭來又是互相推卸罪行。而且這次沒有人能單獨行凶，不過如果共犯存在就可能辦到，大家因此更生疑心。

王寺誇張地嘆口氣，雙手伸向大家，示意眾人冷靜下來。

「仔細想想。從剛剛的談話裡已經清楚知道，我們彼此都是第一次見面，會在這裡遇到完全出於偶然。就算有憎恨先見女士的恐嚇者，也不可能有非殺十色小姐不可的理由啊。」

我在內心否定這個說法。理由是存在的。先見跟十色有血緣關係。恐嚇者知道這件事嗎？但這個祕密，十色連莖澤都沒說，應該只有先見本人知道，而先見一步也沒有離開神服的房間。

「第一次見面又怎樣？恐嚇者可能來到這裡才有殺害十色的動機。就這麼簡單。」

師師田已經開始隨口敷衍，但比留子反對。

「這不太可能。雖然不在場證明和動機都很重要，但還得考慮更基本的問題。」

「基本問題？」

「封閉空間。」

這是幾個月前我告訴比留子的推理術語。

「現在我們身處一個封閉空間，唯一通往好見的橋斷了，無法逃走、不能求救。這才是現在最重要的一點。因爲封閉空間終究有開放的一天。」

聽到這句話的瞬間，我才發現自己忽略一件這麼重要的事。

沒錯，這很奇怪！

「犯人跟我們一樣，無法從橋的這一邊逃出去。當警察或救援從外部來的時候，知道這裡發生命案，警方會怎麼想？很明顯，**犯人就在我們當中**，一定會徹底調查所有人現狀和來歷，非常可能抓到眞凶。所以說，封閉空間最不適合犯罪。」

封閉空間不會受到任何阻礙，可說是個不用擔心目標逃走的好機會，在推理故事中有時犯人會如此獨白。但如果明知會接受警察偵訊還殺人，那簡直比衝動犯案還要愚蠢。不管凶手對先見或十色有什麼殺害動機，被封閉在這裡的期間都不應該行動，靜待下次機會才是上策。

除非跟夏天紫湛莊事件一樣，抱定同歸於盡的覺悟。

「沒錯。如果我想殺一個人，不會想在這種狀況動手。」

朱鷺野點頭贊同。

「但現在已經發生兩起犯行。何況我們把十色小姐當作先見女士毒殺未遂的嫌犯，這對犯人來說一定是求之不得的發展。可是殺了十色小姐就沒有嫁禍對象了。這麼一來完全看不出犯人的意圖。或許我們應該暫時忘記『恐嚇者』這個犯人形象。」

比留子表情嚴肅，抓起一綹髮束用力抵著嘴唇。

「有那麼奇怪嗎？」

提出異議的竟然是神服。

「在我看來，這種狀況會發生殺人事件非常理所當然。」

「怎麼會呢，神服小姐。」

王寺正不解，但神服覺得道理十分明顯。

「各位都忘了嗎？先見大人預言會有男女各兩人死亡。知道後，如果有人認爲『假如死了兩個同性的人自己就安全了』，也沒什麼好奇怪吧。」

「這——」王寺發出虛脫的嘆氣聲。

爲了躲過死亡預言而殺人。

神服認眞告訴我們，這個想法並不奇怪，這讓我們大受衝擊。

「兩個跟自己相同性別的人死了，就絕對安全了。犯人就是因此才盯上先見大人，進一步射殺了十色小姐。」

「等等，這太怪了吧？這是殺人啊？爲了預言就可以殺人？」

聽了王寺的反駁，神服依然很冷靜。

「假如像劍崎小姐所說，現在不適合行凶，那就應該將現在發生的殺人視爲『在這狀況下才產生必要性』，不是嗎？而這個必要性除了先見大人的預言還有什麼？」

「妳、妳知道自己在說什麼嗎？」

朱鷺野嘶聲抗議。

「妳這樣等於在說凶手是女的。」

沒有離開神服房間半步的先見和一直待在食堂的比留子都不可能殺了十色。也就是說，犯人就在她們兩人當中。

「不只這樣。」

神服還慢條斯理地在此停頓一會。

「我要說的是，今後至少還會有一個女性被殺。」

食堂的空氣瞬間凍結。

假如犯人想躲過先見的預言而殺了十色，那麼犯人就是女性，要達到她的目的，還得犧牲一個女性。

「眞的嗎？」純不安地仰望著父親。

「荒唐。」

師師田說話的氣勢也沒了，他深深嘆口氣。

「十色會死，我也有責任……彼此監視也沒意義了，既然還可能出現犧牲者，那只能大家各自保護好自己了。」

他說完便帶著純離開食堂。

十一

還會有一個女性被殺。

籠罩在這句不祥話語下，大家試探般地彼此對看，王寺和朱鷺野也都悄然回到自己房間。留在食堂的只有我們跟神服。

剩下的女性有四個人。比留子、先見、神服、朱鷺野。其一是犯人，還有誰會死？

但要單獨射殺十色不可能，而比留子和先見又有完美不在場證明。

這麼一來犯人應該是……

也不知道她知不知道我的想法，神服臉上露出得意的表情。

「先見大人的預言一定會成眞。這次的預言早在幾年前就公布了。」

本來一直在沉思的比留子聽到這句話後出現反應。

「在眞雁會有四個人死亡，不是今年才告訴村民的預言嗎？還是只有神服小姐更早就知道了？」

大概是無意間脫口而出，神服有點尷尬地低下頭。

「先見大人並不是固定每一年預知未來，每當在夢裡看見了什麼，她就會留下紀錄。其中如果有最近會發生在村民身上的事就會公開。我剛搬來這裡，因爲好奇曾經偷看過那本紀錄簿。這次的預言當時就已經寫在裡面。」

十色外公的研究筆記本裡確實寫過，先見可以預言到幾年後的事。

比留子請求能不能看看紀錄簿，但神服擔心偷看的事被先見知道，沒有點頭。不過她答應明天先見身體狀況允許，就讓我們再見她一次。

「那請再告訴我一件事就好。妳看到那本紀錄簿時，這次事件後還有預言嗎？」

「不，這是最新的預言。不過現在可能又增加了吧……」

說到紀錄簿，我想起十色的素描簿保管在廚房。十色說過要我們別看裡面。說不定畫了某些線索。

「確認一下比較好吧？」

我對比留子說，但她擔心地說：「如果裡面有重要線索，可能會被懷疑我們動過手腳。」拜託神服在一旁見證。

在我和神服眼前，比留子從廚房櫥櫃抽屜裡用雙手捧著素描簿兩端取出來。或許是意識到這已經成了遺物，她無比慎重。把素描簿放在櫥櫃平台上，然後從較舊的頁面開始依序翻閱。但先見毒殺未遂後並沒有新的畫，連續好幾張白紙。是我想太多了嗎？

但原本闔上素描簿的比留子不知發現什麼而再次翻開，發現最後幾頁畫了好幾張跟之前我們看過完全不同的畫。

紙上出現——我很熟悉的美麗臉孔。是比留子。

這不是預知畫，是十色靠自己力量畫下的比留子肖像。不只一張。有各種表情的她，畫了好多好多張。

——我會好好練習的。

十色的聲音在耳邊甦醒。

畫不只這些。神服驚訝地倒吸一口氣。

那是一張老婦人的臉，是先見。比跟我們見面時更柔和，但那充滿威嚴的五官及綻放堅定意志的雙眼，被如此精確地掌握特徵，真難想像她們見面的次數屈指可數。

我不懂畫，但這兩人的肖像畫比其他任何一張都有熱情，生動無比。我們提起肖像畫到晚餐間的短短時間，十色帶著什麼心情拚命動著鉛筆呢？長久以來，畫畫明明一直帶給她痛苦又讓她憎恨。

比留子無言低下頭，慢慢闔上素描簿，接著緊緊抱在胸前，像在說她絕不會放手。

離開食堂，比留子依然無語地往前，經過我房門前走向自己房間。我跟在身後送她。該對她說什麼好？

十色的死讓比留子受到沉重打擊，那是我們不能相比的。平常商量事情時總會走向我房間，她如今打算回房，一定是想一個人靜靜。

但如果犯人就在剩下的女性中，那麼神服和朱鷺野可能是共犯。也就是說，下一個最可能成為犧牲者的就是比留子。最好盡量兩個人待在一起。她無言打開門，我不能就這樣跟她道別，可是想不出這種時候該說什麼話，僅僅靜靜跟在她身後。

可惡，這下眞的變跟蹤狂了。

「嗚……」

門關上的一瞬間，我聽到她心裡那座堡壘崩塌的聲響。

我急忙想伸出手，下一個瞬間，胸口感到一股輕輕的衝擊，同時看到了她的髮旋。

她抱著素描簿靠過來，我只能輕輕用手撫著她的背。

接下來的光景，我光是回憶都覺得心酸。

她全身顫抖大叫，痛哭到像整個人崩潰了。

——明明約好了的。

自責的話語化為震動傳到我的身體。

不斷重複、不斷重複。

因爲這與生俱來的能力而譴責自己的十色，跟比留子揹負著相同宿命的十色，直到最後都沒有獲得救贖，就這樣逝去。

我不但沒能拯救十色，也來不及拯救比留子。

她哭乾眼淚時，我提議兩人一起過夜，但比留子表示防止出現更多犧牲者，她有些想法，要我回自己房間。不過她說，希望我今晚內讀完十色交給我們的研究筆記本。她既然這樣交代，我無法拒絕。我要她小心注意門戶而離開。

——先掰囉。

別離時的招呼聲，化爲一股不安，沉澱在我心頭。

第四章　消失的比留子

一

四月六日

開始研究已經兩年半。

過去我們無比愼重再三驗證，已經蒐集到充分資料，足以認定先見預知未來能力是事實。熱愛研究的岡町因爲太過興奮，聽說最近經常睡眠不足。

這也難怪。畢竟像先見這種出眾的人才，世界上再也找不到第二個。

很遺憾，其他受試者都無法留下能證實爲超能力的成果，只好中斷實驗，讓他們回故鄉或者在機關介紹下搬到新的地方生活。我的研究只要有先見就夠了。

先見在嚴格的條件下，已經預言了四十多件未來的事件，而且全都實現了。

更令人驚訝，她的預言內容並不模糊，可以一定程度指定某個地區、期間。

如果我們加上「一年後在東京銀座發生的事件」這個條件，她就會依照這個條件來祈禱，夢見符合條件的未來。當然，足以跟偶發事件區別的重大事件並不會經常發生，所以實驗時我們得相當小心、附加各種條件。

上週接獲機關聯絡的岡町興高采烈地來向我報告。兩年前先見預言的事件成眞了，聽說還是日本首樁劫機事件（爲了研究預言，我們至今依然與外部訊息隔離）。

她還預言很多遙遠未來。接下來的驗證讓我期待。

我調查了她睡眠時的腦波，發現只有在作預知夢的晚上，快速動眼期睡眠和非快速動眼期睡眠的週期會紊亂，有三到四小時會出現比非快速動眼期時更低頻的腦波。通常在非快速動眼期時作的夢照理來說應該不會留在記憶中……

關於預知夢的機制還有許多未解之謎，破解謎團的同時，我們進行下一項實驗。

她的預言有助於避開危險。

班目機關也很期待我們的研究。如果順利，這項研究將提高機關名聲，甚至爭取到國家預算。屆時研究將有更好的發展，日本的預知能力研究將引領全球。

先見深深了解這些意義，不管任何實驗指示都二話不說地服從：「可以幫上老師的忙就好。」

如果要說有什麼問題的話，那就是以往滿腦子只有研究的我，不知道該怎麼跟年紀相差將近十歲的先見相處。不、不對，這種困惑一天比一天嚴重。

在故鄉擔任巫女的先見，來到研究所前幾乎沒接觸過男性，但面對我這種二楞子卻一點都不害怕地拉近距離，實在是很不可思議的女孩。

曾經有過這麼一件事。我有事到她房間找她時，剛好有隻老鼠從床後方跑出來。我正要叫人來撲殺，但先見拚命阻止。她因爲一步也不能離開設施而感到寂寞，所以在房間裡照顧老鼠，將老鼠當成陪伴。先見一直以來都把蜘蛛、蜥蜴這些我光看就發毛的生物當朋友。先見的白色手指抓著我，要求別把老鼠的事說出去：「這是我們之間的祕密喔。」她笑著跟我勾著手指。

說來很沒用，但我不得不承認。現在即使是不做實驗的時間，我也會找理由看先見。可是除了研究之外完全不知道該聊些什麼，每次都只能唱獨角戲。

剛剛我去找岡町商量，下個月就是先見生日了，我想送她禮物但不知道該送什麼，岡町無奈回我一句：「老師，你應該多了解女人心。」

十一月十二日

又失敗了。

不、先見一點也沒有錯。**她的預言確實中了**，從這點來看我們的研究完全沒有錯。不過問題出在應用方法。**想躲避先見預言災害的實驗**，一次都沒成功過。

當她預言颱風帶來水災時，我們試圖讓當地居民避難。我們請機關說服政府，還指示避難。可是因爲氣象預兆不多，幾乎所有居民都沒有服從，結果如同預言漲潮、河川氾濫，造成十多人死亡。

她預言電車脫軌時，事先嚴密檢查車輛，確保沒有一點疏漏，卻因爲大型砂石車超速衝進平交道內這種意外的原因導致脫軌。

其他案例也運用班目機關的權力採取各種對策，不過沒有一次避開先見預言的災害或事件。

她的預言一定會成眞。**無論如何都會成真**。

昨天岡町鐵青著臉向我報告，機關的幹部們對這項研究的前景感到悲觀，考慮縮小預算規模。荒唐！先見是空前絕後的預言者。要是現在放棄，預知能力研究的歷史可能會落後好幾百年。

我不能放棄研究。

先見今天也在等我。

阿勤、阿勤。接下來我該看什麼？

每當看到先見打從心底相信我的那張笑臉，我就會因爲罪惡感而難以承受。儘管如此，我還是得讓她預言人的死亡。爲了我的研究。

先見，我心愛的先見。

妳是可能守護人類免受各種災厄的救世主。

再等一下，只要再等一下。

我一定會證明妳眞正的價值。

二

預言第二天早上。

有人敲我房門，這時還不到七點。

聽到我回應，門外傳來意料之外的人聲。

「這麼一大早眞不好意思，我是神服。」

「請、請等一下。」

我連忙把弄亂的棉被捲成一團往床鋪邊緣靠，這樣看起來應該整齊一點吧。

我開門讓她進來，神服露出罕見的慌張神色，環視我房內。

「劍崎小姐沒有來嗎？」

「比留子？怎麼了嗎？」

我急忙追問，神服遞出她右手拿的東西。

是比留子的手機。

「這個掉在浴室前的走廊上。我昨天晚上看到她用這個拍攝影片，認出這是劍崎小姐的，本來想送到她房間，但是……」

再怎麼敲門都沒反應，轉動門把，發現沒上鎖，打開了門。空蕩蕩的房內只有行李還留著。

「其他地方呢？」

「不在廁所或浴室裡。我一直以爲她一定跟葉村先生在一起……」

她話還沒說完，我連外套都來不及穿就衝出房間，一一叫醒其他人。

我在十色死時有不在場證明，大家雖然有些警戒還是開了門。

「劍崎小姐不見了？」

我說明來龍去脈，師師田看看我、再看看神服。純也悲傷地仰望著我：「姊姊一個人出去了嗎？」

「又是女性嗎？果然……」

師師田的低語讓朱鷺野氣到豎目瞪眼。

「你夠了，一大早又要這種沒意義的爭辯嗎？現在最重要的是找到劍崎小姐。」

以防萬一，我請他們讓我檢查房間，但哪裡都沒發現比留子的身影。另外我確認過臼井、莖澤住過的房間及十色房間，結果都一樣。

「該不會跟莖澤一樣出去了吧？」

神服聽了王寺這麼說就馬上否定。

「但你們也看到了，玄關的門閂從裡面……」

說到這裡她停了下來。神服眼睛直盯著玄關旁，放在櫃檯窗口前那些毛氈人偶，現在只剩裝飾著雪花結晶那一具了。

所有人都發現這件事，臉色驟變。

「又少了！」

「下一個該不會是劍崎小姐。」

如果沒從玄關出去，剩下的可能只有後門。我們一起趕往建築物後方。一看之下，昨天晚上確實上了鎖的後門，門鎖是打開的。打開後門，外面的自然光很刺眼。昨晚下了一夜的雨已經停了，太陽還沒露臉，但天空已經浮現著白雲。

「這是……」

後門有一組鞋痕穿過被雨水打濕的後院，延續向通往瀑布那條岩壁小道。地面很鬆軟，不過清楚留下鞋底圖案特殊的鞋痕。等間隔的鋸齒紋路。這是比留子的運動鞋。

「那是什麼？」

朱鷺野的聲音讓我拉高了視線，就在從後門延伸的鞋痕前方幾公尺處，旁邊掉落了一塊黑布。我小心不踩壞鞋痕，跑到黑布旁撿起來。不會有錯。

「……這是比留子的披肩。」

我雙手緊抱著這塊吸飽了雨水的披肩，追著鞋痕跑上通往瀑布的那條路。

「喂！」

我沒管師師田的制止。得快點才行。

兩旁夾著岩壁的大彎道上，我一路濺起泥水狂奔。

途中沒有遇到任何人，我就這樣來到鞋痕的終點，停下了腳步。

眼前是水量大增、轟轟傾瀉的瀑布。

「喂，劍崎小姐她——」追上我的王寺發現我視線落下的地方，沒再往下。

鞋痕消失在崖邊。徒留一隻空虛落地的運動鞋。

「該不會是跳下去了吧？」

王寺拉高聲音企圖壓過瀑布響起的水聲。

師師田也抓緊掙扎著想跑到崖邊的兒子說道。

「不可能。她爲什麼要這麼做！她不是那種會自殺的女孩。」

「可是到處都看不見她！」

我回頭看著比留子那道成爲路標的鞋痕。多虧大家也模仿我避開，鞋痕完整留下。

很明顯，沒有其他鞋痕。

「難道是沿著岩壁回來？不可能啊。」

王寺仰頭望著小道兩旁的岩壁。表面不僅沒有明顯的凹凸，更被雨淋得濕滑，不太有立足的施力點。

「就算爬得上去，也不可能跳過後院。」朱鷺野的聲音細如蚊鳴。

我跪在泥地上凝望瀑布，叫著比留子的名字。上一次是什麼時候發出這麼大的聲音？喉嚨痛得像火在燒。

但再怎麼叫都沒有回應，無情的水聲將我的吶喊一一吞噬。

我們回到後門，苦思著比留子的去向。

「鞋痕確實是她的沒錯？」

「對。落下的那隻運動鞋是比留子的，鞋底圖案一樣。大家鞋痕應該都不同。」

我回答的聲音有點發抖。朱鷺野顧慮到我的心情，提出一個可能。

「會不會是犯人穿著劍崎小姐的運動鞋走到那裡？」

師師田馬上反駁。「那她人呢？」

「這……比方說被關起來了？」

「花時間做這件事有意義嗎？不管走向瀑布的是劍崎還是犯人，那道鞋痕都只有去程沒有回程。唯一的可能就是不在這裡的她自己往那裡走過去。」

他滿不在乎的口氣讓朱鷺野聽了很生氣。

「在葉村面前這樣講話，你也太粗神經了。」

「他很冷靜，這種程度的道理早就想到了。妳知道過去在推理故事中用過多少足跡詭計嗎？」

師師田嘴裡出現的詭計兩字讓王寺有了反應。

「我在連續劇裡看過。比方說倒退踩著去程留下的鞋痕回來之類的？」

很常見的手法。如果現在有鑑識人員在場，應該馬上就能知道這鞋痕朝哪個方向、人物的體重、是不是偽裝的，但眼前這沾覆著泥水的鞋痕太過模糊，我們看不出端倪。等警察到場，這鞋痕應該消失了。

「那不太可能吧。」

身後的神服表示異議。

「不是有一隻運動鞋掉在鞋痕終點嗎？假如只穿著單隻運動鞋回來，就得單腳在泥地上跳，而且還得往後精確踩在舊鞋痕上退回來，這不太可能。」

王寺當場實際試著單腳跳了跳，但溼滑的地面讓他每跳一步就馬上黏住，落地時泥水飛濺、模糊了鞋痕。根據眼前平均步寬和方向，應該是步行走過的痕跡沒有錯。

「可惡！竟然不行！」他聲音又沉了下來，不安地啃著指甲。

我說出心裡的假設。「如果穿著兩隻運動鞋往後退回後門，最後再把運動鞋丟過去確實辦得到，但這不太可能。這裡距離運動鞋掉落的崖邊有五十公尺左右，而且岩壁中的小路還是條彎道，根本丟不到後面去。」

「看來鞋痕的主人應該是自己走到路後方，消失在瀑布池吧。」

而這個人物只可能是比留子。這時純大聲問。

「昨天不見的那個高個子哥哥呢？」

對了，莖澤也消失了……我並沒有忘記這件事。

我們從魔眼之匣後繞到正面，昨晚莖澤出去時留下的鞋痕還隱約可見。眼前是一片樹木茂密的山林。

「不知道他昨天是不是平安過了一夜？」師師田說道。

「我看很難。」

王寺說出自己昨天實際入山後的經驗。

「那裡完全像是野獸的天地，草木雜亂叢生，腳下到處都是倒下的樹木跟落葉，根本無法前進。我也是第一次知道原來沒有登山路的自然山林這麼危險。再加上是大半夜，沒有任何裝備就要進山裡，根本是瘋了。」

「好見的人只會進入熟悉的山，畢竟以前曾經有村人被熊攻擊致死。」

神服也同意，朱鷺野不耐地拉高了聲音。

「這些都無所謂，現在重要的是劍崎小姐吧。就算莖澤沒事，昨天魔眼之匣上了鎖，他也沒辦法對劍崎小姐出手吧？」

「葉村，有想到任何線索嗎？」

聽王寺這麼問，我想起昨天晚上跟比留子最後的交談。

「比留子因為十色小姐的死很消沉。對她被殺這件事覺得有責任感……早知道應該堅持待在她身邊的。」

神服平靜開口。「各位還記得我昨天晚上的話嗎？犯人為了逃過先見大人的預言、殺了跟自己同性別的人。劍崎小姐應該是對十色小姐的死覺得愧疚，才決定自我犧牲吧。」

男女各有兩人會死的預言。

十色和比留子死了，關於女性的預言就成立了，朱鷺野、神服和先見都安全了。

不是自殺而是自我犧牲。

大家似乎都接受這個說法，靜默不語。一個人除外。

「不是！姊姊還活著！」

純用他怒氣的眼睛瞪著大人，那小小的身體奮力大叫。

「你們怎麼這樣，爲什麼不更努力找！一直說那些大道理，其實你們心裡都鬆了一口氣吧！」

少年的吶喊意外說中大家的眞心話。過去數度爭論辯駁的大人們，對於這個在父親懷抱中掙扎的少年無話可說，心虛地閃躲視線。

我也無法正視純，低聲說道。

「我不願意想自我犧牲這個可能。但如果犯人一再行凶的目的是躲避先見女士的預言，那還有一個男性可能成爲目標。」

「爲什麼？犯人不是女人嗎？」

「你們想想。從十色小姐被殺時的不在場證明和犯案所需時間來想，沒有一個人可能單獨行凶不是嗎？犯人很可能是兩人一組。假如是男女兩人組，那麼男犯人的目的還沒有達成。」

「那是不是該盡快確認茲澤的安全呢？」

王寺提議，但師師田不怎麼贊成。

「就算他平安，誰知道他現在會做出什麼事。還是先確保我們自己的安全。」

我也同意他的說法。

「再忍一天。避免奇怪的嫌疑，我們最好繼續提高警戒，不要接近彼此的房間。」

最後王寺老實地點點頭。

神服已經準備好早餐，但是先見被下毒後誰都沒有用餐意願。神服表示廚房有些即食食品，數量有限，就讓大家自由取用，大家點點頭，各自回房。目送大家的背影，我將手邊比留子披肩上的泥巴盡量拍乾淨，獨自留下來的神服委婉謹慎地對我說。

「這種時候或許不該提這個，不過，跟先見大人的會面你打算怎麼辦？」

我差點忘了。但是就算只剩我一個人，該做的事還是得做。

「我現在心情有點亂，中午左右方便嗎？」

神服乾脆地答應：「我知道了。」

「先見女士現在能說話嗎？」

「身體還是不太舒服，但先見大人自己也希望見你。我猜她想問問十色小姐的事。」

「那我中午過去拜訪。看來女性已經平安了，不過神服小姐還是多小心點。」
我的提醒讓神服顯得有些驚訝，她靜靜低下頭，消失在走廊後方。
我終於剩下一個人，走向自己房間。陰暗的走廊裡只聽得到我的腳步聲。
進房間關上門那一刻，頓時覺得全身虛脫，抱著膝蓋蹲了下來。
這個瞬間，堆在床鋪邊緣的棉被像生物一樣蠕動起來。
棉被裡鑽出了一頭黑髮和一張美麗的臉。

「——怎麼樣？」

比留子睜著那對還有點紅腫的眼睛，詢問還癱坐在地的我。

三

——讓大家以爲我死了。
今天比留子一大早來到我房間，一開口就這樣提議。
我還覺得困惑，爲什麼要這麼做，比留子用那對哭得紅腫的眼睛對我說。
「現在我們已經處於一觸即發的狀態了。一開始就算知道先見的預言，也沒人覺得自己會死。大家都覺得臼井過世是意外，她被下毒也是恐嚇者出於個人怨恨下手。所以每個人一邊找犯人，卻也覺得事件與自己無關。但現在不一樣了。第一次見面的十色被殺，出現了想要躲過死亡預言這種動機，大家開始意識到自己被殺的危險。」

「大家一起面對犯人」的局面，因爲十色之死轉變爲「自己面對眼前眾人」。

「比方說師師田，他雖然大放厥辭自己不相信預言，如果小純有危險，那他也可能打著正當防衛的名義傷害別人。就算不相信預言或預知，也會爲了保身而殺人。現在大家彼此懷疑的程度，已經足以形成這種局面。下一個犧牲者出現之前，必須用行動牽制犯人才行。」

我們決定其他的說明往後再細談，我依照比留子的指示準備好一切。

之後，神服來到我房間。

她一定萬萬沒想到我堆在床邊的棉被裡藏了一個人。

「總算是完成了，雖然我緊張到聲音發抖。」

終於從緊張中解放的我不斷搓著涼透的雙手。

目前爲止大家應該沒發現我在演戲，雖然對很喜歡比留子的純感到有點愧疚。

「不要緊，我相信你的演技。我只是很想看看知道我失蹤時你悲傷的模樣。」

饒了我吧。若被比留子目睹我朝著瀑布接連大喊她名字那幕，還不如直接跳下去。

「這個，不好意思，弄髒了。」我將回收的披肩和運動鞋還給比留子。「雖然是匆忙想出來的，不過這個足跡詭計眞不賴。」

比留子裝模作樣地對我的讚美點點頭。

「這都要感謝會長大人平日悉心指導，我好歹算推理愛好會的一員。」

不知內情的人看到現場應該都很驚訝。走向瀑布的路上只見比留子的運動鞋留下鞋痕，而這隻運動鞋掉在路的盡頭，沿路沒有其他能走的地方。路兩旁夾著高聳岩壁、又是一條大大的彎道，從後門丟出運動鞋也不可能丟到那裡。這狀況再怎麼看都像是比留子自己走過去，在瀑布池前脫下運動鞋後跳下去。

但其實我們玩弄的詭計很單純。

首先，比留子在大家起床前先走向瀑布池前留下鞋痕，之後再踏著鞋痕倒退回到後門。脫下其中一隻運動鞋裹在大披肩中間、用髮圈綁好，剛好應用比留子在純面前表演的十圓硬幣消失手法。接著把那披肩從後門往前方幾公尺的鞋痕處丟去，看來就像走到一半掉在路上。這時順便將秋天人偶丟進瀑布裡。

再來就是我的工作了。

當大家發現鞋痕時，我得第一個跑過去撿起掉在地上的披肩，然後假裝追蹤鞋痕，搶在其他人之前前往瀑布，當小徑轉彎、且其他人看不見我時，從披肩中取出運動鞋，丟在這道鞋痕的盡頭。

大家眼中只看到我兩手空空從後門出來，完全不會想到我竟然還負責搬運運動鞋。

我們就這樣成功僞裝了比留子的死。

隱瞞比留子在我房間的事，我們小心注意走廊動向，小聲說話。

「現在總可以告訴我了吧？爲什麼比留子的死能牽制犯人的行動？」

比留子繼續將身體裹在棉被裡坐在床上，盤起穿著黑色緊身褲的修長雙腿。

「早上沒時間好好說明。說來話長，我依序慢慢解釋。首先，先見毒殺未遂案中用了毒，可以推測寄信給《亞特蘭提斯》編輯部的恐嚇者就在我們當中。」

爲什麼恐嚇者要將先見和預言的資訊告訴《月刊亞特蘭提斯》編輯部？還有，爲什麼要把編集部的臼井引誘到眞雁來？這些都還不得而知，但從信中內容看來，恐嚇者對先見和好見的狀況很熟悉，深信預言一定會成眞。

「但一方面恐嚇者展現出計畫性，另一方面又在封閉空間這種相當不利於犯罪的狀況下行凶。這一點是很大的矛盾。」

封閉空間內一旦出現犧牲者就表示犯人在其中。等到橋修好、警方介入調查，一定會徹底清查我們。不但被捕的危險性高，再說，早就知道會有四個人死亡這個預言存在的恐嚇者，不可能讓眞雁變成封閉空間。

比留子繼續說。

「也就是說，恐嚇者跟我們一樣，是碰巧被困在這封閉空間裡的。照常理說大可中止殺人計畫，不過這次先有了會有四人死亡的預言。恐嚇者意外地也有可能死亡。正因爲恐嚇者深信預言，所以明知有被捕的風險，還是執行了毒殺計畫。」

這麼看來除了事前準備了毒，恐嚇者的立場跟我們並沒有太大不同。

我嘗試反駁。

「那如果恐嚇者是完全不在乎這些的人呢？不管什麼封閉空間、只是想殺人，就算被抓也想殺了先見和十色？」

這時比留子舉起雙手淺笑。

「那反而更簡單啦。假如單純是個異常者，就無法預設接下來的行動並阻止。讓大家躲在房裡、萬一被襲擊就回擊的對策也沒有錯。還有，如果犯人只對先見和十色懷抱恨意，那就不用擔心有其他犧牲者，等警察來全盤調查就行了。」

原來是這樣。比留子裝死的目的是要阻止帶著明確意志繼續增加犧牲者的犯人。

「找出眞凶」則又是另外一回事了。

「不過，十色被殺有一個很大的疑點。從殺害狀況看來，不可能單獨犯案。」

在魔眼之匣密室裡發生的犯行，考量每個人待在食堂的不在場證明及弄亂命案房間至少需要十分鐘。綜合所有條件，不得不做出不可能單獨犯案的結論。

「比方說，恐嚇者本來是兩人組？這樣就能解釋先見毒殺未遂的謎團了。」

下毒跟撒紅花的人。兩者如果是不同人就說得通了。不過比留子否定這個說法。

「如果是這樣，那恐嚇者的共犯就是可能下毒的神服或十色。但你想想，沒人能證明她們沒有嫌疑。」

莖澤努力奮戰過，但最後十色仍然被視爲最可疑的嫌犯，神服免除嫌疑的原因建立在比留子提出的「紅花」理論上，不過這理論必須是十色碰巧畫了那幅預知畫才能成立，確定性都太低。如果恐嚇者是兩人組，應該能舉出對夥伴更有利的說詞才對。

「所以攻擊先見的恐嚇者是一個人。先見毒殺未遂後，想躲過死亡預言，這個人跟其他人聯手計畫殺害十色。算是倉促成軍的共犯。」

「可是軟禁十色是大家討論後順勢而爲的結果。共犯者事前應該沒有時間做這麼精密的計畫吧？」

「或許沒時間玩弄精巧詭計，但商量分工、串口供的時間應該有。比方說我們送十色小姐回房那段時間，或像這樣……」

比留子拿出手機，輸入一段文字：「把槍上指紋擦掉」。

「事先決定隱藏的地點，例如廁所等等，用紙條或手機留下訊息，就可以傳話了。」

除了我們以外，其他人確實都輪流去過廁所。要交換簡單資訊並非不可能。

「如果犯人有兩個人，那麼要靠蠻力封堵他們的行動就很困難。我才決定利用預言來阻止他們的行動。僞裝自殺目的就在這裡。」

「利用預言？」

見我滿頭問號，比留子豎起三根手指。

「假如有兩個犯人聯手，那麼犯人的性別組合就有三種，分別是兩男、一男一女、兩女。考量到躲避預言這個動機，既然已經死了十色一個女人，那麼就不可能是兩男這種組合。」

沒錯，十色死了，男人一樣躲不過預言。

「再來是兩女的組合。這種狀況因爲我僞裝自殺，加上十色已經有兩個犧牲者。所以只要我還活著這件事不曝光，就不會再發生殺人的危險。」

原來是這樣，我正覺得佩服，但比留子還沒說完。

「最後是男女各一這種組合。這時候因爲男性只有臼井一個人死亡，還可能出現另一個犧牲者。」

「喔喔，所以妳才交代我說那些話啊。」

剛剛跟大家分開時，我對師師田他們說，依照預言「還有一個男性可能成爲目標」「避免奇怪的嫌疑，我們最好繼續提高警戒，不要接近彼此的房間」。那也是比留子事先要我說的。

「聽了那個忠告，所有男人都會提高警覺，男犯人要動手殺人會更難。他或許會希望女犯人幫忙下手，但對方不太可能願意替他多揹一條殺人罪。」

畢竟女犯人因爲比留子的「死」已經達到目的。既然只是基於躲避死亡預言這個共同利益成立的共犯，吃上多餘的罪行也太荒謬。

「太厲害了，這樣一來犯人他們眞的很難動手了。」

我不禁感嘆。短短一個晚上，而且還沒完全從十色之死的打擊中平復，她就已經思考得如此周到。

不過，比留子臉上毫無高興的神情。

「疑點還有很多。如果到這裡爲止我的推理是正確的，那麼犯人他們到底什麼時候、如何形成共犯關係的？」

「大概就……找個看起來合得來的人，說服對方如果要躲過先見的死亡預言，最好一起聯手比較有利？」

比留子的食指在我面前搖了搖。

「那該怎麼向對方開口？直接提議『我不想像預言裡那樣死掉，想先讓別人犧牲，要不要跟我合作？』這樣嗎？跟一個昨天剛認識的人提？」

嗯……確實有點難開口。

對，假如無法確信對方一定會答應這個建議，就不可能說出自己的計畫。萬一賭錯可就完了。可不是一句「騙你的啦，我開玩笑的！」就能解決的事。馬上會變成別人眼中的危險人物。

比留子應該感受到我的想法，她滿意地往下說。

「沒錯，就是這樣。要結成共犯關係本身就是一種風險。想解開所有謎題或許不容易，但是『我的死』至少可以在犯人採取下一個行動前爭取一點緩衝。利用緩衝時間找出犯人、阻止犧牲的連鎖。」

但比留子好一段時間都不能出現在大家面前。我得設法找出線索才行。

「知道了。那我們該先調查什麼呢？」

「十色被殺的現場。昨天晚上我也慌了，不太記得房間的狀況，眞是丟臉。可以幫我拍照嗎？」

我用力點點頭。終於有像樣的華生工作了。

「那妳躲好喔。我回來的時候走路會大聲一點，其餘妳就當是其他人。」

「葉村。」我離開房間時，她擔心地望著我的背影說：「對不起啊，你小心點。」

雖然眼前已經形成牽制犯人行動的局面，但男性還是可能被盯上。

考慮到安全，我或許應該跟比留子一起留在房裡。

但我毫不猶豫地告訴她：「我走囉。」離開房間。

有危險也不能逃開事件。因爲我知道有人就是這樣，始終都爲了其他人而活。

時間是早上九點。還有十五個小時。

根據預言，還會有兩個人死。

先見的預言，從不失準。

四

十色房間是隔音室，構造上氣密性極高，即使走到附近也沒有聞到任何氣味。誰也不會想到裡面躺著一具被射殺的遺體。

我下意識注意周圍，躡手躡腳打開門。

房裡溢出強烈的氣味。地下室的氣溫低，那味道不是腐臭，而是血腥和肉的味道。打開燈並關上門，室內包圍在可怕的無聲中。難怪食堂沒人聽見槍聲。

室內的光景還維持在昨天。倒在——不、躺在房間左側的十色遺體和散落地面的無數雜物，床邊牆上那類似爪痕的線條刨刮著牆壁留下無數痕跡，繪出形似房間慘狀的畫。

我重新調整好無意識間加速的呼吸，走近覆上床單的十色遺體，靜靜合掌。

我想起比留子的指示。

她最先發現到房間裡到處散落雜物，但十色屍體下方什麼都沒有。這表示宛如暴風雨肆虐的房間慘狀並非十色和犯人格鬥的結果，而是犯人射殺十色後製造的狀態。

那犯人爲什麼要弄亂房間、亂撒十色的行李呢？

如同先見毒殺未遂案中我們所懷疑的，犯人可能想要隱瞞某種無法回收的線索。

我跪在地上，在不碰觸到的前提下逐一仔細檢查散落地上的物品。

比方說犯人身上的耳環或隱形眼鏡等小東西在槍擊時掉了，無法馬上找到而弄亂了房間？或者有其他理由？

「不、這反而更費事吧？」爲了掩飾自己的不安，我開始自言自語。

這時，背後傳來轉動把手的聲音。

「是！」太過驚訝，明明沒人叫我，我還是出了聲音。門縫外傳來嘶啞驚嘆聲，露出一叢泛紅頭髮。

「朱鷺野小姐？」

「喔，是你啊。」朱鷺野先露出放心的表情，接著馬上瞪著我：「你在這種地方幹什麼？」

我腦中再次確認現在比留子下落不明的設定。

「在房間裡待不住，想想不如來找找看有沒有犯人的線索。」

我彎著嘴角，假裝強顏歡笑。看來這戲演對了。

「你也不要想太多啦。」朱鷺野有點尷尬地接受了這個解釋。

「妳呢？」

進來的她手上握著一把小花束。看來想送上供花。

「剛剛摘了一些花。我知道這無濟於事，但將她放著不管太可憐了。」

憑弔死者跟找犯人一樣重要，但竟然只有她想到，我自己都覺得難爲情。

看著花的我忽然發現她兩手的變化，停下了視線。

「朱鷺野小姐，妳指甲油擦掉了嗎？」

第一天見面時，記得她雙手塗著跟服裝一樣的鮮紅指甲油，現在已經恢復正常了。

「昨天中午就這樣了，你這個偵探觀察力還有待加強呢。還有，這不是塗的指甲油、是美甲片。因爲我指甲形狀一直很怪。」

美甲片是用膠帶或膠水將指甲形狀的樹脂片黏上的假指甲。

「妳的美甲片該不會掉在哪裡了吧？」

朱鷺野立刻變臉，顯得很不高興。

「本來就鬆了，不知道什麼時候眞的掉了——幹麼一臉懷疑？你覺得我來這間房間找掉下的美甲片嗎？」

「啊，那個……對啊。」

「還承認？」朱鷺野沒好氣地說。

刻意敷衍太麻煩了。再說，想隱藏找不到的美甲片而弄亂房間好像很合理。

「甲片昨天中午就不見了，怎麼可能在十色小姐被殺時掉在這裡。你想找就儘管找吧，我不會阻止你的。」

她的態度顯得很有把握，不像說謊。朱鷺野將花放在遺體旁，雙手合十。

總之得找線索。我再次趴在地上，同時小心注意朱鷺野有沒有企圖湮滅證據的動作。地上的雜物大致分成幾類，最大型的是破掉的床單和翻倒的桌子，接著是十色的後揹包和換洗衣物，再來是盥洗用具跟文具等小東西，另外這些應該是掛在牆上的時鐘碎片吧。

「但說也奇怪。」

不喜歡沉默，靠在門上的朱鷺野開口。

「房間門鎖只能從裡面開，沒被撬開的痕跡，應該是十色小姐讓犯人進門的。」

「假裝有緊急狀況而讓她開門吧。如果把臉貼在門上隱約可以聽到聲音。」

假如轉動門把或者敲門，十色可能會靠近到能聽到門外聲音的距離。

這時，我在遺體旁發現卡在折斷時鐘指針中一個反射著光線的金屬球體。

「這是……是子彈吧。」

前端並非尖銳的形狀，狀似大拇指尖的金屬。

「這是散彈塊的彈體，單純的鉛粒。」

以前她在好見有個熟人持有獵槍，告訴過她這些知識。

「不像電影裡看到那種類似尖銳栓劑的形狀呢。」

「那種主要是來福槍的子彈，像神服小姐這樣要用來對付動物，最好用貫穿力比較低的散彈塊。」

貫穿力低這幾個字勾起了我的注意。

「用在動物上反而貫穿力低嗎？貫穿力高不是射程較長，威力也比較高嗎？」

朱鷺野連連搖頭：「不對不對。」她用左手食指戳著右手手掌。

「所謂子彈呢，是藉由高速侵入體內產生的震波帶來損傷。雖然跟彈頭材料、形狀也有關，不過所謂不容易貫穿，就表示可以在身體裡釋放出許多震波能量。如果想擊倒動物，前端圓形、貫穿力低的子彈反而傷害力比較高。你也看到十色小姐的傷了吧。」

原來十色的傷勢那麼慘不忍睹，是因爲被攻擊山豬或熊的凶器射擊。腦中掠過行凶光景，我不禁緊握起冰冷的拳頭。

這時我想起一件事，對朱鷺野說。

「能幫個忙嗎？我在房外假裝是犯人，請幫我開個門。」

「嗯，好啊。」

朱鷺野依言替走出走廊的我打開門。

「犯人騙十色小姐開了門，然後把十色小姐一推、闖進屋內。」

「對，如果沒關門一樓應該會聽到槍響。」朱鷺野點點頭。

「然後槍口對著站在牆壁前的她，開槍。十色小姐倒地。」

「從房間狀況看來應該只有這個可能。」

接著我指向牆壁。

「槍彈從她胸口穿到左後背，牆上飛濺的血跡也證實了這一點。但奇怪的是牆壁上卻完全沒有子彈貫穿的痕跡。」

十色的身後就是牆壁，貫穿的子彈一定會打到牆壁。

白色牆壁表面很脆弱，光是用色鉛筆畫畫都會刮傷，更何況是子彈痕跡，怎麼可能完全沒留下痕跡？我想像著十色站立的狀況，望向被子彈穿透的十色左背、也就是右上方。剛好在比我頭稍高的位置上，有個L字型掛鉤釘在牆上。

「本來是掛時鐘用的嗎？」

朱鷺野說得沒錯。這跟我的印象也吻合。這麼說來……

「該不會子彈命中了時鐘吧？」

如果是這樣，就可以解釋許多疑問了。

「時鐘……原來如此。」看來朱鷺野知道我在想什麼：「子彈貫穿十色小姐身體時彈道改變，剛好打中掛在牆上的時鐘，對吧？」

「不只這樣。」

我繼續說。

「子彈擊中時、或者是因爲衝擊掉到地上時，時鐘停止的狀態就意味著犯案時刻。犯人爲了掩飾而弄壞時鐘，再進一步弄亂整個房間想隱蔽這件事。」

昨天晚上十色在房間時，我和比留子以外的人在十點十五分到十二點之間分別都離開過食堂。只要從靜止時鐘查出犯案時刻，就可以知道共犯中是誰射擊了十色。犯人怕這個。

「雖然知道了弄亂房間的理由，但還是不知道犯人是誰啊。」

朱鷺野說得很不甘心。

我無法找到更多線索，也沒找到美甲片。將大致狀況拍了照片後離開十色房間。朱鷺野說要回自己房間，我跟她道別後正要走向樓梯，這時她叫住我：「等等。」

「你可能很想知道先見大人或那個機關的事，不過建議你最好提防一下神服小姐。」

「為什麼？」

「因為殺了十色小姐的是女的吧？先見大人沒離開房間，也不是我下的手，那剩下的只有神服小姐了不是嗎？再說……」

她追加的這句話讓我很意外。

「你知道那種歐石楠的花語嗎？」見我搖搖頭，朱鷺野撩起她的長髮說道。

「我們酒店的媽媽桑很愛花，經常聽她說起各種跟花相關的知識，我記得很清楚。雖然歐石楠品種很多跟顏色，但整體的主要花語是背叛、孤獨、寂寞。」

我睜大了眼睛，朱鷺野嗜虐地笑了。

「你懂了嗎？那個人仗著先見大人不知道，在整個房子裡裝飾了那種花。表面上乖順，其實誰知道她肚子裡在想什麼。」

跟朱鷺野分開後，我看了玄關旁的毛氈人偶。

今天早上僞裝比留子自殺時，我將裝飾了紅葉的秋天人偶丟進瀑布池，現在只剩下一具冬天人偶孤零零留守。雖然這不能成爲犯人不會行動的根據，還是稍微安心了些。

既然都來了，不如檢查一下保管散彈槍的置物櫃。我正要打開辦公室門，想到鑑識人員可能會調查，於是用衣服袖子裹著再輕輕轉動門把。

約三坪大小的辦公室，面向櫃檯窗口放著一張辦公桌，除此之外連書架也沒有，空空蕩蕩。房間角落就是保管散彈槍的打掃用具置物櫃。

與櫃檯窗口相對的牆壁是一扇門，打開後通往一間差不多大小的倉庫，放著油漆、亮光漆等塗料罐，還有堆著肥料袋的木架。神服在五年前搬到這裡，許多東西似乎之前就放在這裡。

我環視地板一圈，在木架下發現一個紅色小碎片，停下腳步。

「朱鷺野小姐的美甲片？」

爲什麼在這裡？她進過倉庫？該不會是偷散彈槍？但置物櫃是放在辦公室啊？

我打開眼前木架位置最低的櫃門。

裡面是學校理科教室裡常見的暗色玻璃瓶。褪色的標籤上寫著「亞砷酸」。

難道這就是先見中的毒？朱鷺野早就知道這毒的存在？
我下意識地確認周圍沒有其他人才走出倉庫，快步回到自己房間。
我並沒有認定她就是犯人。
但她如果有那個意思，剛剛也可能殺了我。
我再次強烈感受到一股寒氣竄上背脊。
被殺之前，一定要找出這樁事件的眞相。

五

二月二日

從沒想過我竟然會面臨這等窘境。
再怎麼掙扎都無法躲避先見預言的未來。
預言中也出現了名留日本史的重大事件。
墜落於H市近郊的飛機意外中，將近七十位乘客機組人員全數喪生。
I縣上空發生的客機與自衛隊機相撞、出現超過一百六十人的死者。
關於這兩件意外，我都在事前竭力運用機關的管道警告並提出因應對策。但依然無法預防。我們的對策萬無一失，但因爲現場些微失誤，或者難以理解的人爲原因，累積了一件件機率極其渺茫的不幸，最後還是出現如同預言的結果。先見的預言彷彿誰也不能違抗的神啓。

諷刺的是，先見的預言竟成爲我研究最大的障礙。

先見依然順從地依照我們的指示，個性親和，跟研究者們都保持著良好的關係。

但身爲研究負責人的我卻漸漸受到責難。開始有人認爲我應該早早認清自己的能力侷限，將研究交給其他人接手。大家會這麼說也是理所當然，因爲我明明比誰都早知道先見的預言，卻還是眼睜睜看著千人以上送命。他們說得沒錯，班目機關能找來比我更優秀的研究者。

爲了壓下這些聲音，岡町努力奔走，但我跟所員之間的對立愈來愈明顯。

我知道，是我不好。

但我依然不打算放棄研究。

我跟先見之間只有這個連結。

現在的我已經不是爲了解讀預知能力，而是爲了待在她身邊而持續研究。

爲了身爲研究者的聲譽、爲了人類的可能性，也爲了她這個女人——

我什麼都不想放棄。

只要研究順利，一切問題都能解決。

二月十五日

終於發生了大事。

原因是先見預言這個月上旬在O縣I郡會發生大量殺人事件。

但是I郡先見所說的那個地區，是個完全沒有人住的地方。這種地方會發生大量殺人實在難以置信，因此直到最後我們都沒有採取對策防止事件發生。

我一直提心弔膽，該不會這次先見的預言眞的失誤了吧？昨天接到機關高層的召喚命令，我聽到一個驚人的事實。

班目機關位於O縣的研究設施發生重大事故，出現數十位死者。

問題是，案發現場是班目機關中只有極少數人才知道的機密設施，正在進行政府交代的研究。最糟糕是政府派去的密使剛好在現場，喪命於事件中。先見預言的慘劇讓班目機關嚴重損失了政府的信用，讓兩者好不容易取得平衡的立場就此瓦解。

雖然聽到的解釋是意外，但先見的預言是大量殺人。到底發生了什麼慘劇？

二月二十日

機關終於開始將先見視爲危險人物。因爲她的能力已經無法控制。

我遭到的打壓愈來愈嚴重，岡町上個星期跟反對派所員起爭執動手。先見還是跟以前一樣，沉穩地配合研究，但所員的心已經漸漸遠離，其中還有人對我這麼說。

「假如眞的想遠離災難，最好現在就拔掉那女人的舌頭、縫住她的嘴。」

甚至還有人直接對我說。

「有你在我們很爲難。想繼續研究，就帶著那個自以爲是的女人到其他地方去。」

「他們只是嫉妒這個研究的價值。這些只會扯後腿的笨蛋！」

岡町的憤怒可能是衝著我來的。

因爲在這種狀況下，又出現了另一個問題。

先見有了孩子。我的孩子。

懷孕會對先見的能力有什麼影響還是個未知數。在她的家族中，有人生產完後就喪失了能力。說不定，我親手扼殺著這稀世罕見的預知能力。

但她懷了我的孩子顯得那麼高興，我實在說不出這些話。

畢竟連我自己也很驚訝——

我竟然如此期待孩子的誕生。

十月十六日

今天先見生了，是個健康的女孩。

研究沒有進展。

十月三十日

孩子的發育目前都非常順利。

儘管對這個只受到些許祝福的孩子感到心疼，我還是因爲跟先見產生了新的連結而覺得高興。

孩子取名叫久美，希望她永遠美麗動人。

最近機關沒有聯絡，莫非風向有變？

還是已經決定放棄，即將終止研究？

我看先見身體狀況漸漸恢復，找了個機會向她坦白研究所跟我目前的狀況，沒想到她意外開朗。

「有什麼關係？只要我們在一起，我會一直幫助你的研究。」

生產之後她就沒有再祈禱。她本人認爲，能力應該沒有受到影響。

我問她，如果離開這裡想去什麼地方，她眼睛一亮，說想到海邊。

這麼說來，先見一直住在山裡。在海潮中展開三個人的新生活好像不壞。聽到我這麼說，她蹭著孩子的臉頰笑著說：「這可是你說的喔，一定要帶我去喔。」

看她這個樣子，我心裡湧起一股莫名的不安。

今後先見還會繼續預見未來嗎？

萬一她預言了我們孩子的死？

沒有人能推翻那個結果。不管是我，或者是先見自己。

我有這份覺悟嗎？

今後跟先見預言共同生活的覺悟？

十一月三日

聽說公安已經盯上研究所。

預計幾天內就會前來搜索。這太快了。

機關下達撤退命令，但內容令我相當震驚。

上面要我只帶女兒離開，把先見留在研究所。

既然說是撤退，就表示機關不打算停止研究超能力。但沒有先見要怎麼繼續？

機關的回答讓我很驚訝。

「假如先見的家族都各自有不同的預知能力，那總有一天可以用她的孩子重啓研究。我們不需要只會帶來災難的母親。」

我終於知道他們不終止研究的理由。

他們並沒有放棄研究，甚至比我還執著。

他們打算以久美代替先見，甚至連久美的孩子也打算利用。

開什麼玩笑。我果然錯了。

人不應該關在這種封閉的盒裡，應該靠自己的腳尋找安身立命之處。

藉著這次機會脫離班目機關吧。

但該怎麼辦才好？

根據機關的計畫，爲了不讓公安發現我們撤退的跡象，要請好見居民幫忙，一次開車送幾個人到鎮上。居民應該不認得先見的長相，但如果搭車人數多於原本的計畫，我的企圖可能被發現。到時候甚至會被迫跟孩子分開。

身爲男人、身爲父親，我該怎麼做？

——一定要帶我去喔。

跟她之間的約定不斷在我腦中迴響。

十一月六日

幾經煩惱，我只能把她留下。

我盡可能留下錢給好見的居民，請他們幫忙照顧她。就算出了什麼事，只要展現預言的力量應該有辦法活下去。

唯一遺憾的是我無法遵守約定。

對不起，眞的很對不起。

六

刻意用力踩著步伐回到我房間，比留子正跪坐在床上翻閱十色的研究筆記本。剛好讀到手記最後十色勤離開好見的段落。由此可以確信，先見跟十色確實有血緣關係。

她有點睏，應該是徹夜沒睡一直在思考。

「回來了啊，幸好沒事。」

我告訴她十色房裡沒找到特別可疑的東西，牆壁和天花板上沒有子彈擊中的痕跡，還有槍彈命中時鐘等等發現，也補充了朱鷺野告訴我的散彈塊特性，以及我在倉庫發現朱鷺野的美甲片跟亞砷酸。

比留子一聽到美甲片馬上點點頭：「喔喔。」

「朱鷺野小姐的確昨天吃晚飯時已經沒有甲片了。我還以爲是洗澡時卸下來，原來是掉了一個啊。」

「別人的指甲妳看這麼仔細。」

「如果不多留心細節，女人是會受傷的。」

我忍不住確認了一下比留子的指甲。

「比留子的指甲這樣就很好看。」

「謝謝，不過如果可以，希望你平常就能說出口。」

抱歉，辦不到。

我們停止玩笑話，比留子認眞思考。

「先見中的毒是不是亞砷酸要經過檢查，不過先見說過，她喝茶那一瞬間舌頭感到一股刺激。」

「啊，對了，亞砷酸應該無色無味。」

砷在推理故事中也是數一數二的常用毒物，最爲人知的就是混入後很難被發現的特性。再說，朱鷺野沒有在茶杯裡下毒的機會。看來是我多心了？

「倉庫裡還發現了什麼其他東西嗎？」

「沒什麼特別的。」

「眞的嗎？什麼都沒有？」

她滿臉狐疑地又問一次。我說了什麼奇怪的話嗎？雖然好奇，但比留子沒再多問，換個話題。

「不過，沒想到牆壁和天花板沒發現彈痕。你竟然能發現到『沒有』，這可能是很重要的線索。不愧是神紅的華生。」

她的稱讚讓我單純覺得開心。這都要歸功於平常猜菜色的練習。

「但如果牆上那幅畫是十色畫的，她應該知道馬上就有人要來射殺她。如果你是她，這時候有人來敲門你會開嗎？」

「這──」

的確是盲點。如果十色像過去那樣預知未來畫下這幅畫，她應該比誰都更早察覺危險。要說動她開門並不容易。

──不，如果是反過來利用這一點呢？

「有沒有這個可能？犯人這樣對十色小姐說：『糟了！莖澤被葉村拿槍射殺了，我們已經制服他了，妳快過來！』」

犯人打算射殺十色，**也預測到十色會預知到這一幕**，所以刻意說出已經有人遭到射殺。十色覺得自己的預知成真，乖乖開了門。

不知爲什麼，比留子用懷疑的眼神看著我。

「你腦筋動得很快嘛，該不會你平常就習慣用這種手法……」

「我沒有！」

總之，犯人巧妙騙過十色讓她開鎖，射殺了她。

貫穿十色身體的子彈擊中掛在牆上的時鐘，停下了時間。

「不知道時鐘還掛在牆上或掉在地下。無論如何，如果被射殺的屍體旁有個壞掉的時鐘，那麼任誰都會看出鐘被子彈打中，犯案時間馬上就會暴露。」

所以犯人踩碎時鐘，避免被人看出時間，又將我們的注意力從時鐘上轉移而弄亂整個房間。藏樹於林，隱林於樹海。

我想這應該可以解釋所有現場的疑點……吧？

但比留子嘴裡說出的話卻讓我大受衝擊。

「不過，你這推理錯在一個最根本之處。」

「錯了？錯在哪裡？」

「時鐘被子彈打中而停止這個部分。就算時鐘停在犯案時間，犯人只需要轉動時針就行了啊。」

她點出的問題很單純，我抱著頭。爲什麼沒發現這個道理？

犯人根本沒必要那麼執著於踩碎時鐘。因此這無法構成弄亂房間的理由。

比留子似乎想安慰我。

「不過牆壁和天花板上沒有彈痕確實是事實，子彈打在時鐘上應該沒有錯。問題在於，明明只需要搬動指針，犯人還特地摔碎時鐘一定有什麼的理由……可是現在你該找先見了吧？」

正在確認時間的比留子臉上掠過一絲陰鬱。是不是想起研究筆記本最後十色勤跟先見的結局呢？

十色勤帶著孩子逃離了班目機關。

被心愛的人背叛，還被迫跟剛生下的孩子分開，可以想見先見會有什麼心情。不管在故鄉或在班目機關的研究所，從來只在這些特殊環境生活過的先見，如今已完全不懂得如何在外面的世界生存，繼續在匣中度日。

就這樣，絕世罕有的預言者先見，承受著好見居民的畏懼疏遠，在這魔窟生活半世紀，差點被某個人所殺。這種人生未免太悲慘了。

我想起朱鷺野告訴我的花語。

背叛、孤獨、寂寞。

歐石楠的花語就是先見人生的寫照。

研究筆記本上的內容還有她跟十色的關係等等，我有許多事想跟先見確認，但看來這席談話並不會讓人太愉快。

「對了，這上面還有一件讓我在意的事。」

比留子翻開來的這頁我昨天也看過了。

「前面部分寫的這些受試者名字。通靈術的宮野藤次郎、探測術的北上春，還有下一個槐寛吉，你知道這個字怎麼念嗎？」

我搖搖頭，這個部分我很快就掃過去，沒有細讀。

「這念作『懷』。」

不愧是文學院，漢字真強。

不過……懷？好像在哪裡聽過？腦子裡重現一個稚嫩的聲音。

爸爸說他本來跟爺爺一樣姓「懷」，結婚後變成師師田。

不會吧？這種少見發音的姓，沒那麼容易遇到。

「師師田父親的姓也這麼念。」

「而且師師田先生離婚後也沒有改回原本的姓，說不定是想隱瞞什麼。」

在我們面前一直堅決否定超能力的師師田。假如他的親人也參與了班目機關的研究，那麼他到這裡來眞的是出於偶然嗎？

七

時間將近正午，我弄了些食堂裡準備的即食食品，回房跟比留子分著吃。

接著我到神服房間見先見。這次神服陪在一旁。

昨晚先見差點被毒殺，但聽說之後她身體狀況很穩定，不過那張布滿皺紋的臉上寫滿疲倦。先見仰躺著，微微傾斜著脖子，發出乾澀嘶啞的聲音。

「眞難爲你了。」

應該是從神服口中聽說比留子死了。我老實低下頭。

「我這個老太婆得救，但那些孩子們年紀輕輕卻這樣走了。」

或許是想到那兩個人，先見聲音裡有著前所未有的哀切。

「先見女士，我們親眼目睹很多次十色小姐畫出未來事件的光景。她跟您一樣，都是有預知能力的人吧？」

端坐在先見身邊的神服靜靜側耳傾聽。

經過幾十秒的沉默。

「……嗯。」她終於肯定。「她的母親是過去我和研究人員十色勤生下的孩子，那孩子是我的外孫女。」

神服似乎第一次知道先見有過孩子，瞪大了眼睛。

「不過您將近半世紀跟家人分開生活，您跟那位研究者……跟十色勤有聯絡嗎？」

聽了我的問題，先見無力搖搖頭。

「孩子生下沒多久，他就離開這裡了，我已經死心，放棄見到孩子的念頭。但隨著年紀愈來愈大，我愈想知道他們在哪裡又過得怎麼樣。」

當時神服還沒搬來好見，先見沒有其他能依靠的人，於是她用機關留下來的錢拜託某個村民找人。

「那個人就是朱鷺野小姐她父親。在我看來他跟其他村民格格不入，好像總是很缺錢，其他人對我的委託都害怕得不敢答應，唯獨他很感興趣。」

「朱鷺野小姐也因爲她爸爸揮霍的毛病吃了很多苦頭。」神服也同意。

先見委託朱鷺野父親的工作，是找個可靠的偵探事務所調查十色勤下落，算是幫忙居中溝通。本來有心理準備調查很花時間，沒想到十色勤所在地很快就查出來了。

「大概是透過熟人，本來就知道班目機關解體的消息。他還用本名生活。在新天地跟其他女人結了婚，分開時還是嬰兒的女兒已經找了個上門女婿。」

不知是幸還是不幸，女兒並沒有展現出預知能力。

不過先見家族中原本就有強烈隔代遺傳的傾向。她進一步要求更詳細的調查，果然，外孫女十色眞理繪在小學發生過不可思議的事件，先見自此確認，預知能力確實會遺傳。

「您也知道了十色小姐的預知能力？」

「我衷心希望她不要步上我的後塵。」

相隔兩地的先見儘管擔心，卻沒有表明自己才是眞正外婆的身分，過了幾年。

「記得那是奉子來這裡過了兩年左右的事。」

「您是說朱鷺野小姐父親過世的時候吧？」

神服接過先見的話繼續說明。

「那一年先見大人預言有人會在盂蘭盆節期間被熊攻擊而死。村民當然都很害怕預言，盂蘭盆節期間避免外出、也沒去掃墓。不過朱鷺野小姐的父親一個人去掃墓，後來被熊攻擊身亡。」

我聽了覺得奇怪。

「他爲什麼輕忽預言呢？他應該相信先見女士的預言吧？」

「不知道。那個時候已經沒再委託他幫忙聯絡，並沒有跟他見面。」

「村民之間盛傳，可能是他女兒朱鷺野秋子小姐故意沒將先見大人的預言告訴他。剛剛也說過，他在好見地區格格不入，都是朱鷺野小姐代替他跟村民往來。」

相依爲命生活的她，因爲父親亂花錢吃盡苦頭。父親死後朱鷺野藉此機會離開好見，展開新生活。那是她刻意製造的機會嗎？

「我年輕時很怨恨帶著女兒離開的阿勤……但現在我可以了解他的想法。我的力量會爲很多人帶來不幸。人根本不希望知道未來，就算是謊言，也期待看到希望，誰會想看到絕對不可能顛覆的預言呢……」

「不是這樣的！」神服激動地說：「就算預言內容跟死亡有關，一定也有像我一樣得救的人。」

「奉子這樣的人是少數，現在的時代已經不再需要預言者了。不過……」

她那猶如枯木般的手指似乎已經失去力氣，緊抓著棉被。

「儘管如此，當時的我雖然知道被拋棄，還是相信阿勤。不、應該說我想要相信他。如果承認他拋棄我，那我們的關係就眞的結束了，我在這匣中不斷等待。」

「先見女士……」我只覺得心裡有無限哀傷。

「但是說好要來接我，他終究沒實現約定。昨天從那孩子口中聽說阿勤已經過世，我一下子失去了所有氣力。」

這裡也有一個因爲特殊能力而揹負著不幸的人。

大概是在她身上看到十色的身影，我不再覺得先見可怕。

「先見女士，關於今後的事，您知道些什麼嗎？」

先見沒有搖頭，只是無力闔上眼。

「我最近都沒能好好祈禱，再說，我對未來也沒什麼興趣了。」

談話告一段落，我拜託神服讓我檢查房間構造。她果然板起臉不太高興，我老實說出自己的意圖。

十色昨晚被射殺時，神服房門從食堂可以看得一清二楚，我們知道先見從來沒有離開過房間，神服也只有最後五分鐘走出房間，不可能有時間單獨行凶殺害十色。

不過，要是這房間裡其實有條祕密通道，能避開來自食堂的耳目外出，那就另當別論了。這表示她們倆人有充裕的時間殺害十色。爲了證明兩人的清白，必須排除有祕密通道存在的可能。

神服顯得不太服氣，但終究以不驚擾到臥床的先見爲條件答應了。

檢查女性的房間讓我很緊張，不過平時都住在好見的神服似乎很少睡在這裡，幾乎沒有她的私人物品，我很快就確認這裡沒有任何通道。

我順便獲得許可檢查了先見房間，跟神服一起離開她房間。

先見房間還是昨天晚上她倒地時的狀態，鮮明留下一片混亂光景。其中特別引人注意的就是散落在榻榻米各處的小紅花和葉子。但這些並非從傾倒的花瓶散落出來，而是我們踩過走廊上歐石楠後帶進房裡的。

神服在入口輕聲嘆氣，或許是想到之後打掃很麻煩。

跟神服房間一樣，我開始尋找有沒有密道，但是她在背後直盯著也覺得尷尬，我試著找話題攀談。

「神服小姐是從親戚口中聽說先見女士才從東京搬來吧？有什麼特殊原因嗎？」

她頻頻望著走廊，很擔心單獨留在房間裡的先見。

「跟朱鷺野小姐一樣。」

什麼意思？

「在東京工作時不僅工作繁忙，又遇到個性跟我很合不來的上司，我身心俱疲，找不到活下去的意義。」

她從小跟父母親感情不睦，也回不了老家。就在這樣的日子中，很少聯絡的叔父捎來一個不可思議的消息，要她某幾天期間不要接近某個地區。那是神服假日經常會外出購物的地區。雖然不懂叔父這些話，但神服心裡有些發毛，打消了出門的念頭。

下一個假日，那條街上發生了隨機殺人事件。嫌犯將大型車輛超速開上人行道，一一撞飛行人。犧牲者中也有神服討厭的上司。

「我實在不覺得這是單純的巧合，我追問叔父，當時爲什麼會通知我。他告訴我，是以前住在好見時的鄰居提醒他的。」

她又問得更仔細，聽說當地有一位預言必定成眞的先見大人。叔父擔心住在預言地區附近的姪女被捲入意外，特地通知她。

「多虧了先見大人的預言，我才倖免於難，而且我煩惱的根源上司也死了。你能了解我多感謝先見大人嗎？」

之後，感情不好的父母親相繼因病猝逝，她拿到高額保險金。發自內心敬慕先見的神服藉此機會辭去工作搬來好見。

「您認爲，朱鷺野小姐心裡也因爲父親的死而高興，是嗎？」

「那當然。唯一的親人那樣走了，她在葬禮上一滴眼淚都沒掉，當時好見的人都在背後議論紛紛。」

「這、這樣啊。」我模糊其詞。在我看來朱鷺野應該眞心畏懼先見。

又或者——她是出於偶發的歹念沒告知父親預言，本來只打算稍微嚇嚇他，沒想到父親外出後眞的如同預言被熊殺了。她現在可能還被罪惡感折磨。這或許就是她離開好見的理由。

神服毅然地說。「先見大人的預言無情決定了某些人的死。但是，有些人的死會帶來其他人的救贖或幸福，也是不容否認的事實。」

我還在猶豫，不知如何回應神服的主張，這時剛好檢查完壁櫥，我一邊審視榻榻米一邊往房間後面移動，在小五斗櫃後、榻榻米邊框跟牆壁間微小的隙縫發現一些白色東西。我輕輕拉出來一看，是一張像包藥紙般的薄紙。摺得很小的這張紙中包著東西。

「這是？」

裡面是暗褐色的顆粒。說是粉末，更像是混合了粗砂糖跟沙子的不均勻集合體。

我讓神服看了，她皺起眉頭表示不知道。從先見房間發現的神祕物質。第一個聯想到的當然是先見被下的毒。

「我想跟先見女士確認一下。」

神服先點點頭：「好。」接著問。

「我是不是迴避一下比較好？」

「啊？」

「假如這就是犯人使用的毒物，問題就在於是誰藏的。平常出入這個房間的我也是嫌犯。詢問的時候，我總不能在一旁監聽。」

我很感謝她主動提議，也有點意外。本來以爲她一定會反對讓我跟先見兩個人獨處。但詢問的結果徒勞無功。先見堅稱她沒印象，斷定藏這東西的房間後方平時連神服都不會進去。到底是誰，又是什麼時候藏的？

我拿著這神祕的物質，離開了先見房間。

八

回房途中在廁所前撞見了師師田父子。在人人都有生命危險的現在，師師田片刻都不讓兒子離開他的視線範圍。

幸好之前的事件中，我都有明確的不在場證明，加上大家以為同行的比留子喪命，對我沒那麼警戒，師師田推著純的背進廁所：「好，快進去啊。」我聽到廁間門關上的聲音，有一點時間可以跟他說話。

「方便問您一些事嗎？」

師師田沒好氣地回：「還在玩偵探遊戲嗎？對你來說，我也該被提防。」

這的確是必須考慮的可能。糟糕，我怎麼把自己當成是負責「調查」的人了。我得告誡自己，掉以輕心往往會成為致命關鍵。

「不好意思，接下來我會小心提防你。」

「你這樣說我聽起來心情又有點複雜……你想問什麼？」

我淺淺吸了一口氣。假如被師師田攻擊，希望人在我房間的比留子可以聽到聲音。

「在班目機關接受研究的受試者中，有個叫槐寬吉的人。」

師師田的表情明顯僵硬起來。

「我聽小純說了，師師田先生父親的姓好像也是同樣發音，這是巧合嗎？」

他恨恨地瞪著廁所，長嘆了一口氣。

「我太大意，還是該認命接受自己的壞運氣呢？眞是萬萬沒想到會從兒子口中說出那些話。或者該歸功於你身為偵探的天性帶來好運？」

「所以說？」

「槐寬吉確實是我父親。不過只是戶籍上的父親，我們早就斷絕往來，但是我母親的喪禮總不能不露臉。」

聽他的口氣，應該已經很長時間沒跟老家來往。

「離婚之後還用前妻的姓，也是因為這個原因嗎？」

「那小子到底說了多少。」師師田搔搔下顎長出來的鬍子：「話先說在前頭，我跟我前妻現在還經常會見面。我們只是兩個人個性都太強，沒辦法一起生活。」

啊，我好像可以想像師師田家。與其看著兩個不願意妥協的大人在日常生活中不斷磨擦爭執，保持距離對純來說或許是比較好的選擇。

「先不說這個。在我出生之前，我父親確實參與過那個叫什麼班目機關的計畫，但那傢伙才不是什麼超能力者，只是個詐欺師。」

稱呼自己親生父親為「那傢伙」，師師田愈說愈激動。

「那傢伙在外面吹牛自己可以讀到物體上的記憶，就是俗稱的接觸感應能力，到處騙人詐財。他還從遺物上讀取死者訊息，假裝是靈媒，在我出生後照樣行騙。」

「那確實是詐欺嗎？」可能他真的有超能力。

「當然是！」師師田大聲咆哮：「他跟委託人見面前總是會事先蒐集對方大量的個人資訊，硬記在腦子裡。我跟你們說過如何驗證超能力的話題吧。比方說熱讀、巴納姆效應……全都是那傢伙用過的技巧。從我懂事以來就看到他一天到晚只會搞這些把戲，怎麼會不想跟他斷絕關係？」

「關於寬吉先生行騙詐欺的事，你母親怎麼看？」

「她是那傢伙的助手！」

師師田沒有受到兩親影響，上高中後就離家。他會對如此激烈否定超能力，或這麼重視邏輯性，看來都是對家人的反抗吧。

「我沒從他口中聽說過班目機關，不過喝醉的親戚說溜嘴。他們受到錢的引誘參加了研究，但沒想到研究遠比想像中嚴格。起初他使盡花招敷衍過去，最後漸漸無計可施，被判定失去資格丟了出來。雖然那個組織本身也很可疑，但終究沒被這詐欺師騙倒，挺值得喝采。」

之後寬吉回到故鄉，繼續重操舊業幹些近似詐欺的勾當。

假如相信他這番話，那麼槐寬吉跟這次事件看來並沒太大關係。

「這是家門之恥，請不要在我兒子前提起。畢竟他現在心情特別低落。」

因爲比留子走了。我覺得心裡有些難受。

「我也還沒有放棄希望。不過他眞的特別喜歡比留子呢。」

師師田含糊其辭地說。

「說他喜歡劍崎，其實是他還執著於過去的回憶吧。」

「什麼意思？」

「以前我家附近住著一個跟劍崎很像的女孩。大概是高中生，她很疼純，經常陪他玩。但在純約五歲時死於一場肇事逃亡的車禍。純因此消沉了好一陣子。」

他遙望遠方百感交集地說。

「劍崎跟她長得眞的很像，剛見到時我很驚訝。對純來說，這等於是第二次……」

師師田這時改口道歉：「沒什麼，抱歉。」硬轉了個話題。

「對了，我昨天洗澡，回房間後想起手表忘在脫衣處，折回去拿，剛好王寺在換衣服。那時我看到了他背後的紋身。」

「紋身……刺青嗎？」

昨晚聊到性別話題時，他堅持不脫夾克的原因是這個嗎？穿著襯衫或許看不見背後，但可能連脖子等明顯地方都有吧。形象清潔爽朗的王寺讓我有點難以想像刺青的樣子，不過現在有人當作一種時尚，應該沒什麼好奇怪的。可是沒想到師師田卻繼續用曖昧的語氣說。

「看起來很大，好像是五芒星還是蛇之類、驅魔象徵的組合。感覺不太搭調。我更好奇王寺他自己企圖隱瞞這件事……」

說到這裡，純一邊擦著手走出來。他看著我，有點遲疑，但還是抬起頭告訴我。

「哥哥，至少要救救比留子姊姊喔。」

「純，走了。」

父親牽著年幼勇士的手，回到地下室。

欺騙這孩子讓我感到一絲罪惡感，不過比留子還好好活著。就算是爲了他——

這個瞬間，一個想法掠過我腦中，所有的聲音都消失。

——至少要救救比留子姊姊。

如果要讓比留子在女性成員中確實活下來，該怎麼辦？

問題來了。

九

回到房間，比留子還躺在床上閉著眼睛。

一定是因爲從昨天晚上起一直動腦幾乎沒睡。我很想告訴她在先見房間找到紙包，但現在還是先讓她休息一下好。我小心不晃動床，輕輕坐在她旁邊。

到目前爲止的調查，增加了些關於這次事件的線索。

過去曾經在魔眼之匣接受超能力實驗的受試者先見跟研究者十色勤有了孩子。不過十色勤因爲公安進逼，留下先見，自己帶著孩子離開這裡。先見在魔眼之匣生活，隨著時間流逝，跟好見居民的關係日益惡化，她靠著預言的力量守住自己的優勢。

她透過朱鷺野父親聘請偵探調查十色勤，得知他的下落還有自己外孫女眞理繪誕生一事。眞理繪也具備將未來光景描繪成畫的預知能力。朱鷺野父親死於意外，不過當地居民沒有人從他口中聽說過這個祕密。

到了今年，《月刊亞特蘭提斯》編輯部收到一封揭露先見存在的信，誘導記者在她預言的這一天來到好見。這麼一想，不得不認爲對先見下毒的是與好見有關的人。可是就算犯案目的是躲過死亡預言，第一個目標就是先見，想必有其理由。

「……再怎麼揣測動機也沒有用吧。」

到頭來都是我的想像。光憑想像出來的動機，不能鎖定犯人。

唯一有力的線索，就是十色房裡的時鐘。

貫穿十色身體的子彈確實命中了時鐘，犯人既然特地花工夫弄亂房間，可見時鐘上一定留有特定出犯人的重要證據。可是就像比留子所說，假如時針停在犯案時間，那只要動動手指一撥就了事。

其他還有什麼指出犯人的線索呢？比方說時鐘上沾了犯人的血液或體液？或者十色在時鐘上留下了死亡訊息？十色胸部被射穿，假設射中心臟，只要沒傷到大腦，還能動幾十秒，我以前看過這種說法。

——不可能。

現場跡象顯示十色被射擊後並沒有移動。十色幾乎是當場死亡。

另外，犯人的血液或體液不太可能飛濺到掛在牆上的時鐘。

如果說時鐘留有證據，只可能是時間。

我像平常一樣想問比留子意見，低頭一看，剛好對上她仰躺著望向這裡的大眼睛，不禁嚇得往後仰。

「妳、妳醒了？」

「本來就醒著。不然萬一有人來，不就被發現我還活著。」

「妳最好睡一下。預言的期限還有今天整天，趁能休息多休息一下吧。」

「不要緊，反正我平常睡得夠多。」

嘴上這樣逞強，但比留子還是在床上滾，沒打算起身，一直盯著我看。

「……妳這樣我不能專心。」

「不然借你玩我頭髮。」

這樣更不能專心好嗎！

再繼續下去只會一直被她尋開心，我向她報告新資訊。

我讓她看了在先見房間發現的可疑紙包，比留子很感興趣地探出身子。

「這是什麼呢？看起來像熬製的東西，也像水分蒸發後的結晶。」

說著，我看她拿起些微分量在拇指和食指之間搓著，確認感觸。

「嗯……」

沒想到下一步她半張著嘴，眼看著那剛碰完的手指即將接觸到下唇的粘膜。

「喂！危險！」

不顧我的緊張，比留子用手帕擦擦嘴唇，冷靜地說。

「有一點刺激。我想應該是先見中的毒沒錯。」

「妳這樣也太危險了吧。」

「喝下不少的先見都得救了，這麼一點點不要緊的。」

比起這個，比留子重啓話題。

「犯案用的毒藏在房間深處，這代表什麼意義。這跟趁先見不注意在茶杯裡下毒又不一樣了。我們跟十色這樣只隔著書桌說話的人是不可能辦到的。」

能夠藏毒的必須是不被先見發現進入房間的人，但先見證實過，神服不曾進到房間後面。

比留子凝重地低聲沉吟。

「也就是說，能夠藏毒的人只有先見。」

服毒的先見自己藏毒？

「妳是說，不是毒殺未遂而是自殺未遂？這太奇怪了吧。」

我隨口舉出幾個馬上想到的矛盾。

「如果是自殺，何必特地把用過的毒物藏起來。加進茶杯直接放在書桌就行了啊？」

「如果先見出於某些原因想隱瞞自己自殺未遂呢？她希望自己死後不要被發現是自殺，所以把毒藏起來。」

比留子說話的口氣極其平靜，就像在描述將棋對局後的感想。她應該是藉著反對我的意見來整理自己思路。而我也自然而然接續著她的論點說。

「假如是隱瞞自殺，那把毒藏在房間裡就沒道理了。大可到浴室或廁所沖掉，或者埋在後院等，有太多更適合的處理方法了吧？」

先見雖然身體虛弱，但並非完全不能動。上廁所、洗臉的體力應該還有。再說，如果先見是自殺，那就無法說明撒在房間前的紅花了。她沒必要特地到後院撿花回來。

「我覺得藏毒的應該就是下毒的犯人沒錯。先見沒事時或許沒人能接近五斗櫃，不過先見被送到神服房間後，人人都有機會進去吧。」

「為什麼要特地藏在房間裡？」

「當然是讓人以為先見是自殺的。」

這次輪到比留子反駁。

「這更奇怪了。我們把先見送出房間是做完一連串應急措施後。當時犯人應該已經知道先見保住一命的可能性很高。之後還要假裝先見是自殺的，這樣太不合理了。因爲先見一定不會承認啊。」

我無話可說。

對犯人來說，進先見房間時也有被其他人撞見的風險。看來還是我剛剛所說，丟進廁所或外面處理掉比較合理。

明知道徒勞無功，我還是試著抵抗到最後。

「那有沒有可能是趁著應急措施時的混亂藏起來的？犯人當時覺得先見獲救的可能性一半一半，賭了沒救的那一邊，把毒藏起來。」

「假如進行應急措施的神服是犯人，那就有這個可能。但是藏毒的地方在房間深處吧？神服一直陪在先見身邊，當時我也在旁邊。大家都在房間外看著，如果有可疑舉動，一定有人發現。」

討論完一番沒有結論，我們兩個都沉默了下來。

不管是先見想隱藏自殺未遂，或者是犯人想僞裝成先見自殺未遂，把毒藏在她房間都沒有道理。

先把毒物的問題擱在一邊，我繼續報告其他事。

與被留在魔眼之匣的先見之間未能完成的約定、十色跟先見的血緣、人生因預言而改變的神服和朱鷺野，以及師師田和王寺不為人知的一面。

聽完，比留子沉思一陣子，只說了聲：「這樣啊。」

「時鐘的事妳想到什麼了嗎？」

「還沒有。不過，如果弄壞時鐘是隱瞞證據，那就表示時鐘上留有無法簡單消除的痕跡。比方說，考慮到子彈打中了鐘，說不定鐘面上留有槍孔。」

鐘面的槍孔？

聽到這句話的瞬間，我腦中閃過一個點子。

「對了！還有這個可能！」

「葉村？」

我拆下旁邊的枕頭套站起來。

「我再去一次十色小姐房間，馬上回來。」

約十分鐘，我回到房間。

見到我從枕頭套裡取出的東西，比留子彎起嘴角覺得有趣。

「你把這個拿來了啊。」

「這個」是指大大小小共裂成八片左右的時鐘鐘面。

從犯案現場拿走證物本來是大忌，但我不想在十色遺體旁做這些事，也不放心比留子長時間一個人待著。

我把床單鋪在床上，將碎片一個一個擺上去解釋。

「從照片上看不出來，不過這個時鐘除了鐘面碎裂，時針也折壞了。長針甚至折成三段，損壞得很徹底。不過剛剛聽了妳那麼說，我知道原因在哪裡了。」

原來如此。比留子也哼一聲表示了解。

我拿起大塊碎片，開始拼接斷面。這個仿唱片的時髦鐘面除了十二與六外沒有刻上其他數字，乍看很難分辨是哪個部分的碎片。只能用拼圖的技巧耐心組合。

「貫穿十色小姐身體的子彈命中了時鐘，鐘面上可能有彈孔、或者顯示子彈撞擊的明顯痕跡。光是這樣對犯人來說還構不成威脅。不過子彈卻破壞了鐘面前的某個東西。那就是——分針。」

子彈擊彎了分針之後打在鐘面上。

一開始犯人可能沒想到這件事的意義。但仔細想想，**那痕跡就顯示著分針現在指向的位置，也就是犯案時間**。

組合鐘面碎片後如果知道子彈撞擊位置，至少可以特定出共犯中負責執行殺害十色的犯人是誰。

那天晚上我們紀錄了每個人沒有不在場證明的時間。

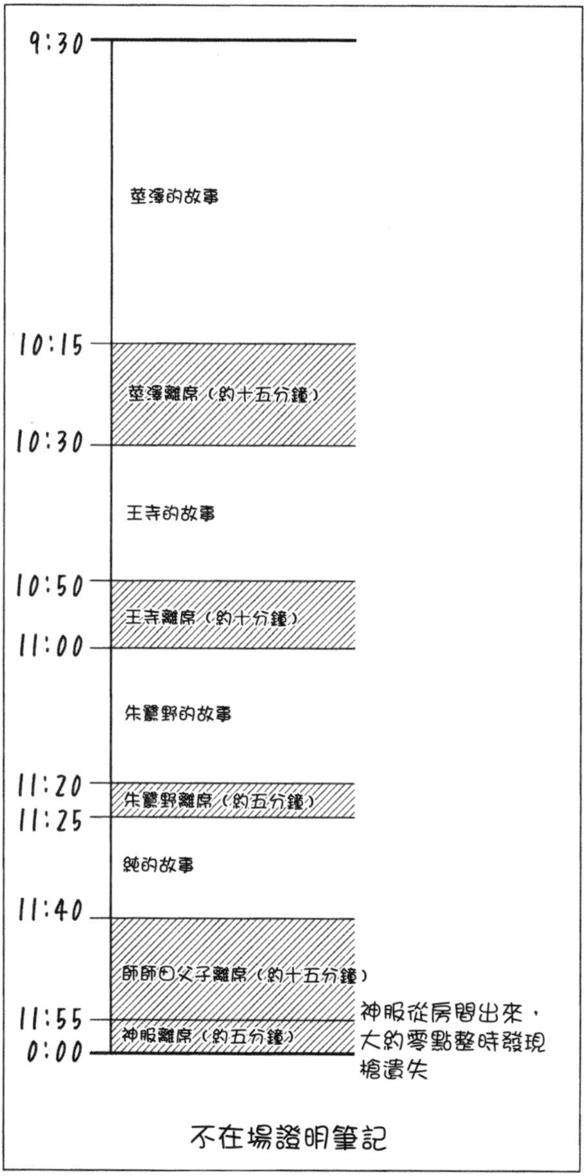
9:30
莖澤的故事
10:15
莖澤離席（約十五分鐘）
10:30
王寺的故事
10:50
王寺離席（約十分鐘）
11:00
朱鷺野的故事
11:20
朱鷺野離席（約五分鐘）
11:25
純的故事
11:40
師師田父子離席（約十五分鐘）
11:55
神服離席（約五分鐘）
0:00
神服從房間出來，大約零點整時發現槍遺失
不在場證明筆記

莖澤是十點十五分起大約十五分。

王寺在十點五十分起離席約十分鐘。

朱鷺野在十一點二十分離開座位，但五分鐘左右就回來了。

十一點四十分左右師師田父子一起去了廁所，大約有十五分鐘左右不在。

他們一回來，緊接著神服去廁所，約五分鐘後在上午零點左右回到食堂。

先見從來沒有離開過神服房間。

「就算折壞的是時針——比較短的指針，也可以知道大概時間。因爲時針每小時大約會動三〇度。不過考慮到子彈直徑，最好擊中的是分針。」

鐘面碎成八片。幸好鐘面黃銅製，邊緣還保持尖銳形狀沒有碎得太厲害，不消多少時間就復元了。

可是。

「——爲什麼。」

我怔怔地低喃。恢復成圓形的鐘面上沒有任何子彈撞擊的痕跡。

比留子盯著我手邊的鐘。

「散彈塊的貫穿力比較低對吧？」

沒有貫穿鐘面而彈開了嗎？可是既然沒有子彈撞擊痕跡，就無法特定出犯案時刻，

犯人並沒有必要特地花工夫弄壞時鐘。

我的推理錯了。難道犯人弄壞時鐘的理由另有其他？

時間已經是下午三點。還剩下九個小時。

大概是比留子僞裝自殺奏效，今天早上到現在爲止並沒有多出其他犧牲者。

犯人大概已經達到目的，或者正在等待下次動手的機會？

＋

走廊忽然傳出女人尖叫聲。

我跟比留子互看了一眼，我先探頭到門外。

不知爲什麼，走廊上一片漆黑。什麼時候關燈的？

從房間外洩的燈光中，我見到左邊走廊出現一個小跑步的白色影子。好像有人披著雪白罩衣，跟地下室舊實驗室裡擺的那套白裝束很像。人影從頭罩著類似頭巾的東西，看不見臉。

白裝束人好像察覺到我的視線，高舉右手作勢威嚇，握著一把看似長槍的東西。

「住手！」我下意識地出聲，立刻掩上門警戒。

不過對方快速轉身發出啪答啪答踩著水的腳步聲經過廁所前。我急忙衝出房間，見到對方轉身的衣襬，看來正走下走廊右邊那道樓梯。

「怎麼了？」房裡傳來比留子的聲音。

「有個可疑的傢伙逃到地下室去了。妳待在這裡。」

我不知道電燈開關的位置，用手機的燈光照著走到樓梯，我知道剛剛那啪答啪答腳步聲怎麼來了。廁所前的走廊爲了吸漏雨的水滴鋪上抹布，潮濕的足跡從那裡延伸。白裝束在黑暗中踩到這塊抹布。足跡看來不是穿鞋也不是赤腳，是襪子的形狀。

階梯鋪著綠色地毯，來到這裡幾乎看不清楚足跡。下樓途中，在轉彎的樓梯平台發現丟在那裡的白裝束和頭巾。

看了不太舒服。就像重現比留子僞裝自殺一樣。我忽然有這種感覺，撿起了衣物，但裡面什麼也沒有包。

下到地下室，這裡點著昏暗的燈光。樓梯綠色地毯消失的位置又再次出現足跡，雖然模糊，不過一直延伸到轉角對面——朱鷺野的房間。

這時樓上傳來一個女性的聲音。

「是葉村先生嗎？」

從樓上探出頭來的是神服。一看，一樓透出光線。應該是她開的燈。

「沒事吧？剛剛我房間前有個可疑的人。」

一開始聽到的尖叫聲是神服嗎？她說之後就躲進房間，聽到我的聲音才循聲而來。

「我也看到了，一個穿著白裝束的人逃到這裡。」

我正要前往朱鷺野房間，神服勸我。

「對方有武器，最好叫其他人一起。」

「但朱鷺野小姐有危險。」

「你忘了嗎？已經有兩個女人犧牲，她不會死的。」

我頓時語塞。實際上比留子還活著，死亡預言對女性還有效。

走道前安安靜靜一點聲響都沒有，維持著詭譎的沉默。白裝束有沒有跟朱鷺野接觸？還是正在埋伏等待我們？

這麼說來還是依照神服所說，跟師師田他們求助才是上策。

我們小心注意沒錯過白裝束，走向左邊師師田的房間。房間都做了隔音措施，我們用力敲門，我跟神服輪流呼叫，師師田狐疑地探出頭。他果然沒聽到屋外騷動。

「什麼事？」

我告訴他見到可疑人影逃往地下室，師師田繃緊了臉對純說。

「你在這裡等。」

純鐵青著臉點點頭。

接著我們去王寺的房間，大概對我有戒心，起初遲遲不開門，等到我們三個人一起說話，他終於開了門。

爲求保險，我們從最前面的房間一間一間確認沒有其他人藏在房裡、一邊前進。

轉彎時，走廊上那道足跡果然通往朱鷺野房間。我們四個人間的空氣頓時緊繃。

我們先看看臼井的房間和兩間舊實驗室，裡面都沒有人。

「朱鷺野小姐。」

用力敲門也沒有回應。我試著轉動把手，門沒鎖，開了一道縫。

房間裡沒有開燈，只有暖爐亮著微弱的光線。

「慢慢來、慢一點。」師師田壓低聲音說道。

擔心屋內有奇襲，我們一點一點地推開門。

我幾乎聽到大家乾嚥著口水的聲音。

床鋪前伸出的兩隻腳映入眼簾。

「這怎麼可能……」神服喃喃的同時，師師田粗壯的手臂從門縫插進來打開電燈。

光線照亮我們不得不面對的現實，朱鷺野驚訝地睜大雙眼，仰躺在地，身邊放著長槍狀的木棒。這確實是跟白裝束和頭巾一起放在標示「實驗室2」房間的舊實驗用具之一。

她的衣服整齊，但左腳的襪子脫了一半。就像在換穿過程中倒下。

襪子底被水沾溼，已經變色了。用過的拖鞋整齊擺在床邊。

「怎麼了？朱鷺野小——」

我試著搖晃她身體，但發現她視線已經失焦，摸了摸她的脖子。

身體還沒有僵硬，還留有體溫，不過已經摸不到脈博。

「死了。」

聽到我這麼低聲說，三人口中紛紛發出驚訝的聲音。

「被殺了嗎？」「怎麼可能，女人不是已經安全了嗎？」

看來比留子的僞裝並沒有成功，大受打擊的我環望室內一圈。

房裡除了朱鷺野沒有別人。沒人像比留子那樣躲在棉被裡，看起來也不像自殺。她爲什麼會死？

我蹲在屍體旁邊，發現朱鷺野頭附近的地板有些深色污漬。是乾掉的血跡。檢查朱鷺野的後頭部，有血即將凝固的小傷痕。

神服提出疑問。「後頭部被毆打了嗎？」

「不，如果是那樣她應該會往前倒才對。應該是倒地時撞到的。」

我請神服大致確認過她全身，但沒發現其他可能致死的傷。聽到這個結果，師師田沉重點頭。

「應該是跌倒撞到頭的意外死亡吧。」

「那穿白裝束的人就是朱鷺野小姐嗎？」王寺聲音乾澀。

只有這個可能了。我比白裝束晚十秒左右下地下室。神服緊跟在我背後出現，人在地下室的只有師師田父子跟王寺。短短十秒內，師師田他們要跑到最後面這間房，推倒朱鷺野再回自己房間，這是絕對不可能的。

「用來隱瞞身分的服裝跟凶器，看來她本來打算攻擊別人，可是實行計畫前卻被葉村他們發現，逃回自己房間，想把物證長槍藏起來。因爲太過匆忙，靠著暖爐的亮光脫襪子時不小心失去平衡跌倒。大概是這樣吧。」

師師田結論，但神服顯得不以爲然。

「已經有兩個女人犧牲了。朱鷺野小姐不可能再攻擊其他人。」

「現實中殺人犯的想法，怎麼可能用一般邏輯來說明。」

師師田乾脆地丟下這句話，離開房間。

朱鷺野是殺人犯？這樣一來有太多無法解釋的疑點了。

我轉動著空白的腦袋自問，忽然聽到師師田喊了一聲：「喂！」

走過去一看，他房門開著。

「純不見了！」

「什麼！」

師師田狠狠咬牙。

「那傢伙去找劍崎了。他今天從早就一直記掛著這件事。」

少年大概覺得現在正是離開嚴格父親身邊的好機會，跑到外面了。

我們急忙上樓走向玄關，原本插上的門閂已經拔出來，玄關門開著，從此可以看到一點一點小小的鞋痕消失在茂密的山中。

王寺聲音裡帶著危機感。

「不妙，那可不是一個小孩子能隨便亂走的地方。」

「而且還可能被野獸攻擊。」

王寺追著鞋痕往前跑，我正要跟上去，發現有人戳了我的背。轉過頭發現比留子在走廊上對我招手。我靠過去，小心不被其他人發現。

「剛剛小純上了一樓，怎麼了嗎？」

我快速交代剛剛追著奇怪的白裝束人影，結果發現朱鷺野死了；還有純好像跑到外面等等。知道他去找自己後，比留子顯得坐立不安。

「我也去找！」

「可是……」

「如果小純是找我，那責任在我身上。我想大家一起行動比較好。如果還有其他犯人，那重要的證據應該還留在地下室，還沒處理掉。」

我雖然不知道什麼是重要的證據，總之我們追在王寺他們身後進了山。純進的那座山如同王寺所說到處都是雜樹雜草，走個幾步，臉上和手上就多好幾道傷。個子比我們小的純或許好走一些。現在雨剛停卻起了霧，可能很快就會迷失方向。要是不快點找到純，連我們都要遇難。

我在比留子身前拚命開路，終於見到前面三個人的背影。

就在這時候，山裡迴盪起一聲令人瑟縮的慘叫。是孩子的聲音。

「純！」

此時的師師田簡直像山豬一樣猛衝向發出聲音的方向。他在過了一個小樹叢的地方停下來。王寺、神服，還有終於趕上的我們，也都因為眼前難以令人置信的光景而失語。

眼前躺著一句屍體，腹部被殘忍撕裂，到處都是啃咬的痕跡。

應該是被熊襲擊。

師師田抱緊哭叫的純，低喃著那具屍體的名字。

「莖澤……」

十一

發現莖澤屍體的同時，比留子也出現在眼前，大家驚愕連連。

我們說明偽裝自殺一事並道歉，今天早上純相當消沉，師師田大發雷霆地譴責我們。不過純本人卻因為跟比留子重逢，稍微從目睹莖澤屍體的打擊中平復，師師田這才勉強息怒。

「先見大人的預言果然沒有錯。」神服聽來鬆了一口氣。知道朱鷺野並不是第三個女性犧牲者，她似乎很樂見比留子生還。

從莖澤全身留下的傷痕跟周圍足跡判斷，應該是受到熊襲擊。面對目睹十色之死，打擊太大而自己葬送了短暫人生的莖澤，我心裡只有深深悲哀。受到特殊能力擺布的十色，跟希望帶給她支持的莖澤，兩人的關係就像比留子和我的鏡像。

雖然很想替他弄乾淨身上的雨水、泥水、跟血水，但神服制止我們。她說熊對於一度到手的食物獵物相當執著，很可能回頭來找並攻擊我們。我們萬不得已地留下遺體撤退。

總之，這麼一來男性有臼井和莖澤，女性有十色和朱鷺野死亡，已經符合先見的預言人數。

已經沒有在這封閉空間裡殺人的理由。再來等明天一到，好見居民就會通知警方橋斷吧。他們或許不會承認自己縱火燒橋，但無所謂了。

玄關旁的櫃檯窗口只剩一具冬天人偶。犯人大概沒料想到莖澤的死。

一股徒勞感湧上來。我們倖存了。沒有什麼比生命更重要。但我們終究無法顛覆死亡預言。這到底是勝利，還是敗北？

比留子依然不改凝重表情，一回到魔眼之匣，她立刻走向朱鷺野房間。其他人自然而然跟在她身後。

神服取來一塊覆蓋朱鷺野遺體的床單，但比留子阻止了她。

「能不能讓我檢查一下？」

跟十色那時一樣，我們請師師田拍攝影片存證，進了室內。

比留子輕輕闔上遺體的眼皮，撥開她染紅的頭髮檢查頭部，注意到她後頭部的傷。

「傷口周圍的血快凝固了。葉村，你看到的時候也是這樣？」

「對，就是這樣。」

「地上乾掉的血跡也是？」

我再度點頭，這時從走廊看著我們的王寺有點遲疑地問。

「我在連續劇裡常看到，但人眞會撞到頭就死嗎？看起來出血沒有很嚴重啊？」

「頭部外傷的死因並不是出血，更重要的是對腦的損傷。即使外表沒有傷，大腦也可能撞到頭蓋骨而受傷。或是硬腦膜下血腫，血積在頭蓋骨內側壓迫到大腦。」

床鋪上放著朱鷺野的私人物品、外套和皮夾。這時她似乎發現了什麼，拿起外套。

「你不要介意啊。」

她對著我道歉，因爲知道我對接觸遺物的心理障礙。

比留子仔細翻找外套口袋，然後疊得整整齊齊再次放下外套。

「沒看到手機。」

這就奇怪了。之前我們看過朱鷺野把玩手機好多次。

「掉在什麼地方了嗎？」

她既沒有肯定也不否定我的問題，沉思一會，詢問站在門外的神服。

「我想確認一下發現朱鷺野小姐遺體時的狀況。大概情形我聽說了，穿著白裝束的人影確實下到地下室來，對嗎？」

「我看到白裝束時叫了一聲並關上房門，沒看到她逃走的瞬間。之後我聽見葉村先生大叫『住手』，又走出走廊。」

我親眼目睹白裝束走下階梯。

只把衣服丟在階梯，但人往反方向逃，這絕對不可能發生。

「所以並不能確定白裝束的眞實身分就是朱鷺野小姐嗎？」

「走廊上的燈關著，臉也蓋著頭巾。再說，我一心只注意到對方手上有長槍。」

我跟神服一樣。仔細想想，那白裝束好像刻意駝著背隱藏體型。就算不是朱鷺野而是神服或小個子男性王寺，還是體格健壯但身高不高的師師田，都很難分辨。

「來到地下室，我們跟王寺先生還有師師田先生一起行動，沒有人逃到樓上。」

這次神服說得很肯定。我們去王寺和師師田房間，還有檢查其他房間時都不斷注意著走廊，不可能有人乘隙逃走。

比留子沿著開始乾掉的足跡走上樓，低聲說道。

「當時我因爲擔心葉村，從房間門縫裡一直注意走廊，神服小姐確實跟在葉村身後馬上下樓。上樓的只有小純一個人。」

來到一樓廁所前，比留子凝視著潮濕的抹布。

白裝束身影消失於樓梯到我前往地下室之間頂多十秒。王寺和師師田不可能在這短短十秒內脫掉白裝束和頭巾下樓，衝到最後方朱鷺野房間放下長槍再回到自己房間。

「一踩到，就會留下痕跡。」

比留子直盯著抹布低語。

「想想也是理所當然，不過就是這麼一回事啊。」

我還沒聽懂她這番話的意思，在我想開口之前，她抬起頭。

「我知道現在提出這個要求，各位聽了可能很不舒服，但能不能讓我看看師師田先生和王寺先生的房間？」

「妳懷疑我們？短短幾秒要去朱鷺野小姐的房間再回來根本不可能啊。」

王寺一臉無奈，但師師田反而自信地說。

「如果看了妳能滿意那就看吧。身爲男人的我們沒有殺她的理由。」

我們一起前往王寺房間。這個房間臨時整理成住房，跟其他房間不同，沒有床鋪，棉被直接鋪在地上；不知源頭在哪裡，漏水很嚴重，嚴重剝落的壁紙四角用圖釘固定。

比留子翻動棉被，仔細檢查房間各個角落。

接著我們移動到師師田房間。如同之前用餐時聊到的話題，書桌上放著純從舊實驗室帶回來的一公尺見方通靈板，上面除了超自然風格的圖案，還排滿了密密麻麻的平假名、字母。

純在門外盯著集中注意力持續檢查的比留子。他的表情有著遠比剛剛更平靜的喜悅。腦中突然掠過可怕想像。不可能被盯上的朱鷺野爲什麼會死？

大家都認爲比留子消失後，女性犧牲者的人數已滿。

但我們沒發現比留子的屍體。

假如還有誰相信一縷的希望，或許會這樣想吧。

——假如先見的預言眞的會實現。

——在發現比留子屍體之前先殺了其他女性，可能比留子就會平安回來。

在我心裡湧現不安的同時，檢查完的比留子低下頭：「謝謝。」

大家無不心想，這下子她該滿意了。

但接下來她的話，包括我在內，所有人都懷疑起自己的耳朵。

「能不能請大家三個小時後在食堂集合？我會在那裡公布犯人的眞實身分。」

現場留下一片困惑。等大家離開，我向比留子確認。

「妳知道誰是眞凶了？兩個都知道了？也知道是誰對先見下毒？」

「根據十色的命案現場和朱鷺野遺體狀況，已經可以特定出兩個犯人，也能解釋兩人聯手犯案的經過。」

「妳也知道毒物藏在先見房間的理由？」

「嗯。」

雖然這麼回答，但比留子並沒有往下說。她不打算告訴我。

我有種揪心的懊悔，但我知道原因都在自己身上。

「我還不配當華生嗎？」

比留子閉上眼，整理著思緒，慢慢深呼吸後搖搖頭。

「不是這樣的。」

「那是爲什麼？」

「因爲這不是推理小說的解決篇，所以不需要華生。」

不是解決篇？

我摸不透她的意思，比留子愼重宣稱。

「我跟犯人的殊死戰即將開始。這是名副其實賭上彼此人生的一場戰爭。我希望你在一旁看著這場結局。」

第五章　面對凶器

一

確認約定的三個小時已過，比留子跟我一起前往食堂，除了純，所有人都已經到齊。師師田讓純留在房間裡。他認爲接下來如果要告發犯人，內容不適合讓孩子聽到。先見跟之前一樣，還躺在神服房裡。

王寺和神服坐在距離入口較遠的桌子後方主位，王寺對面是師師田，比留子要我坐在他旁邊。比留子自己一個人站在一人主持的上座。

大家臉上都出現明顯疲態，比留子說了聲：「讓各位久等了。」空氣頓時緊繃。

「讓大家等三個小時，是因爲我花了一點時間調查魔眼之匣內確實沒有密道或捷徑等機關。這裡過去曾是班目機關的研究所，這一點必須徹底查清楚。結果沒有，沒有找到任何機關。啊，還有——」

比留子在此暫停，走向廚房。我們的視線追著她，見到她從流理臺旁的抽屜拿出一件東西，不禁倒吸一口氣。

「等等，劍崎小姐！危險！妳在想什麼？」難怪王寺緊張到變臉。

比留子拿著家用菜刀、小菜刀，還有廚房剪刀回到桌前。

我們嚇到想起身，她阻止了我們：「請坐下。」她將家用菜刀放在師師田面前，並且把小菜刀和廚房剪刀放在王寺和神服面前。

「這是？」神服滿臉不解。

「這是解謎需要的道具。」

師師田先發制人地對微笑的比留子說。「我很好奇妳會如何推理，不過明天警察很可能會來。經過科學搜查後不消多少時間就可以找出眞相。但妳現在要玩偵探家家酒，我實在不認爲是明智決定。」

比留子點點頭。

「師師田先生說得沒錯，揭開眞相的目的原本是不要製造下一個被害人。但這次已經如同先見女士的預言，各有男女兩人犧牲。但我還要在各位面前指出犯人，大家或許覺得這舉動很荒唐無謂。但是……」

比留子雙手撐著桌子，帶著挑釁意味環視眾人。

「這一連串的事件很明顯跟我們平常聽說的犯行有著不同性質。姑且不管先見女士和十色小姐她們兩人的預知能力是不是眞的存在，**懼怕她們能力的心情以及信仰心，確實左右著這次事件**。」

她們的能力並不會直接殺人，卻會因爲自然現象或人爲而導致有人死亡。從這一層意義來看，這跟一般的殺人事件沒有兩樣。

問題在於預知能力的存在對我們的理性和思考帶來什麼影響。

「封閉空間和預知能力。這種組合產生的恐懼跟精神上的壓迫，我想外來的警察不見得能完全理解。這幾天以來控制著我們的奇妙邏輯，只要一離開這裡，就會像幻影一樣消失——所以我才覺得應該趁現在用我的方法讓事件落幕。趁著這狹小的世界崩塌瓦解之前。」

比留子是認眞的。

原本她並不會因爲追求眞相、憎恨犯罪這種理由而推理。她解謎是爲了自己的生存。站在這個意義上，這次危險已經遠離比留子，她卻依然要說出她的推理**指出犯人**。

「這兩天發生許多事件，不過臼井先生喪命的土石流和莖澤遭到熊的襲擊並不是人爲導致，我在這裡想將焦點只放在犯人策畫的犯罪上。爲了方便，以下我會分別稱之——

「一、先見毒殺未遂案。

「二、十色他殺案。

「三、朱鷺野他殺案。」

「等等。」王寺打斷她。「朱鷺野『他殺』？朱鷺野小姐的狀況只可能是跌倒吧？」

「沒錯，她的死因是撞擊到後頭部。但觀察朱鷺野小姐的房間，我認爲她的死很可能牽涉到第三者。」

「我看起來並沒有特別奇怪的地方啊？」

其他兩人聽了神服這句話也紛紛點頭。

「假設朱鷺野小姐就是白裝束人影，她逃回自己房間。不過大家趕到時，她房門並未上鎖對吧？照理來說，她應該會想多爭取點時間來收拾長槍或整理自己，不鎖門太不自然了。」

的確，就算是爭取時間，進房應該會馬上鎖門。沒有鎖門，就表示最後離開房間的是除了朱鷺野以外的別人。

「當時朱鷺野小姐的遺體還有溫度。當然暖爐還開著也有影響，不過通常屍體體溫在死後每隔一小時就會下降一度，屍體上還沒有出現屍斑跟死後僵硬等等，都可以判斷她死後還沒有經過太久。

「但是，地板上頭撞到時**沾附的血跡在大家趕到時卻已經乾了**。雖然大家還逐一確認過其他房間，但到達朱鷺野小姐房間應該要不了多久。血乾得太快。也就是說，朱鷺野小姐**在發生這場騷動前就已經死了**，她很可能是被飾演白裝束的犯人嫁禍。」

「妳是說她也是被害人，真正的犯人就在我們當中？我愈聽愈糊塗了。」

師師田的沉吟說出了大家的心境。

「那麼我們整理一下這三樁事件的大前提吧。」

我們很可能都是第一次見到彼此。封閉空間不利於犯罪，但犯人依然下手殺人。行凶目的可能跟害怕先見會有男女各兩人死亡的預言有關。比留子確認這幾點後，開始驗證各起事件。

「我想跳過第一件先見毒殺未遂案，先看看第二件十色他殺案。這個事件的重點在於剪斷置物櫃的鎖，再進十色小姐房間，接著射殺她後弄亂房間這個過程需要十分鐘。不過當時離開食堂十分鐘以上的除了死去的莖澤，只有王寺先生和師師田先生父子。」

神服和先見不在食堂，但神服的房門就在食堂眼前。她要是出入我們一定會發現，過程中房門並沒有打開過。神服從房間出來是發現散彈槍遺失的時候，她只有那五分鐘沒有不在場證明。

「不過師師田先生和小純證實彼此輪流上廁所，朱鷺野小姐也證明王寺先生回來之後置物櫃的鎖還沒壞。除非有人說謊，否則他們都不可能下手。」

比留子說到這裡，我也補充自己的意見。

「假如有共犯，那麼可能分工負責射殺十色小姐跟弄亂房間。換句話說，只離開食堂五分鐘的朱鷺野小姐和神服小姐也可能犯案。另外，也可能是十色小姐自己偷走散彈槍的。」

師師田不耐煩地說。

「這樣說起來犯人的組合不就沒完沒了了嗎？我們又怎麼可能知道誰在說謊。」

「可以，我們可以從無數組合中找出唯一的可能。」

比留子的斷定讓眾人一陣嘩然。

怎麼辦到？

「十色他殺案的犯案現場有一個難解的疑點。貫穿十色小姐身體的子彈，並沒有在背後牆壁上任何一處留下痕跡。」

天花板和牆壁表面很脆弱，不可能不留下痕跡。比留子解釋，這就表示子彈命中牆壁上唯一掛著的時鐘。

「時鐘中彈壞掉了。假如犯人弄亂房間是掩飾這件事，那就說得通了。重要的是，犯人應該想要趕快回食堂。如果離開太久，身在食堂的我們會起疑，可能會有人過來看。但犯人特地花時間掩飾，一定是因為留有對犯人而言相當致命的證據。那麼，留在時鐘上的證據是什麼呢？」

「當然是時間。」神服立刻回答：「因為子彈打中讓時鐘停下來了吧。」

「不對。」師師田馬上反駁：「時鐘停了，只要把指針撥成不同時間就行了。運氣好，說不定還可以嫁禍給那個時間沒有不在場證明的其他人。沒必要特意摔碎時鐘。」

「師師田先生說得沒錯。葉村發現連時鐘的指針都被折斷、弄得一片散亂，提出了另一種推理。子彈可能先擊斷了分針，再打中鐘面留下痕跡。」

王寺佩服地點點頭。

「原來如此，子彈痕跡就是射殺那一瞬間分針所指的位置。這麼一來犯人確實不得不破壞時鐘。」

「可是，當我們重組起破碎的鐘面，卻發現上面完全沒有子彈撞擊的痕跡。」

比留子的告白讓三人之間流過一陣沉默。

「那剛剛這些話不都是白說嗎？」神服的聲音聽來有些冷淡。

我總覺得有些不好意思。

不過比留子搖搖頭：「沒有這回事。」

「**鐘面上沒有留下任何痕跡**，這就是最重要的證據。**穿過十色小姐背後的子彈，沒有打中牆壁、天花板，或者鐘面**。在這個狀況下，時鐘上卻留有對犯人來說不能不放著不管、顯示了犯案時刻的線索。滿足這些條件的狀況只有一個。」

比留子從口袋裡取出手帕，讓我們看了裡面包起來的東西。

「那就是子彈命中了**剛好重疊的長針和短針，同時擊斷了這兩根針**。」

手帕上放著折成兩段的短針和折成三段的長針。兩根針都在**距離根部完全相同的長度**有一處彎折。

「裝填在散彈槍裡的是**貫穿力較低**的散彈塊。貫穿了十色小姐身體，力道已經減少許多，擊碎兩根黃銅製指針後被鐘面彈回。仔細看看指針，肉眼也能看到彎折處的凹陷。經過鑑識，指針的斷面應該可以檢測出子彈的金屬成分。」

對犯人來說是噩夢般的巧合。**兩根時鐘指針竟然在一模一樣的位置折斷**，這種狀況實在太不自然。但只帶走折斷的指針反而引人注目。

隱藏指針折斷就得破壞整個時鐘，而只破壞時鐘也不太自然，因此得弄亂整個房間。最後的現場就是這樣形成的。

也就是說，犯案時間是兩根指針重疊的時刻。

我一邊回想一邊說出昨晚大家的行動。

「一開始莖澤離開座位是十點十五分，最後神服小姐發現散彈槍遺失剛好是零點。在這當中兩根指針會重疊的可能有十點多、十一點多，還有零點，剛好三次……」

「不是的。」「不對！」

師師田幾乎跟比留子同時大叫。

「長針花一小時繞行時鐘一圈的期間，短針也會些微前進！所以兩根針重疊要花超過一小時。**時針剛好零點會重疊，所以十一點多時兩根針並不會重疊！**」

「沒錯。指針重疊的時間是十點五十四分左右跟零點。零點剛好是神服小姐發現散彈槍遺失的時間，不可能在這個瞬間開槍。所以十色小姐被射殺的時間是十點五十四分。」

比留子的聲音無情斬裂現場凝結的空氣。

「這個時間沒有不在場證明的——王寺先生，只有你一個人。」

二

「——喂、妳等等。」

王寺嘴裡出現的竟然是一陣好整以暇的苦笑。

「你們不是說過嗎？犯案現場殘留的證據無法分辨是眞的、還是犯人刻意準備的假證據。那時鐘還有指針也可能是陷害我而動的手腳啊。」

沒錯。證據是否經過捏造，沒有經過精密科學驗證無法辨別。不過比留子看來一點都不倉皇。

「如果只有時鐘指針折斷那或許可以捏造。但最重要的是現場狀況。**子彈在十色小姐體內改變軌道，而沾附了血跡的牆壁和天花板上卻沒有任何彈痕**。這要怎麼捏造？讓十色小姐躺著再射擊？

「這不可能。這麼一來地板上會留有彈痕，而且牆壁上應該不會有血跡飛濺。

「或是牆上的血跡是犯人弄上去的，其實是在其他地方射殺？

「這也不可能。沒有其他地方看到血跡。

「要不把時鐘抵在十色小姐背中再射擊？

「這更不可能。子彈在體內改變軌道後穿透到左後背這一點並無法事前預測。

「在體內改變軌道的子彈擊中時鐘指針，要仰賴這種奇跡般的機率捏造出現場，這是絕不可能的。」

比留子的聲音繼續冷靜襲來。

「假如是王寺先生射殺了十色小姐，那另一個共犯就自動揭曉了。如果是他偷了散彈槍，那之後朱鷺野小姐說她看到置物櫃時沒有異狀就很奇怪。朱鷺野小姐這句話是替他提供不在場證明說的謊。共犯就是王寺先生和朱鷺野小姐兩人。」

「朱鷺野小姐她……」我覺得喉嚨乾澀：「雖然是共犯，卻被王寺先生嫁禍？」

「妳不要胡說八道了。」

王寺用力敲著桌子，表現得很訝異。小菜刀一彈，發出尖銳的聲音。

「我怎麼可能飾演白裝束。你們想想，葉村他們追著持槍的白裝束人影，馬上就來到地下室了不是嗎？但你們來的時候我在房間裡，長槍在朱鷺野小姐身邊，走廊上的足跡也一直延續到朱鷺野小姐的房間啊。」

可是比留子一派從容。

「其實我對『怎麼殺人』。Howdunit沒什麼興趣。總之犯人確實是用了某種方法殺了人，這一點並不會改變。但我也推測到了一二，還是簡單說明一下。

「葉村看到白裝束的人物下了階梯馬上追在後面。那個人在一樓踩過濕抹布，所以潮濕的足跡一路延續到朱鷺野小姐房間。該注意的是，沒有任何人真的看到白裝束的人物真的走向朱鷺野小姐房間。我們只是根據足跡和掉在房間裡的長槍來推測而已。如果能夠僞裝這兩件事，就可以推翻你的不在場證明。」

足跡和長槍是僞裝的？我思考著她這番話的意思。

「我們到地下前，長槍已經在朱鷺野小姐的房間嗎？」

「對，在王寺先生穿上白裝束前，朱鷺野小姐已經死在房裡。王寺先生穿上朱鷺野小姐的濕襪子，從下了樓梯的地方開始製造前往朱鷺野小姐房間的足跡，把『眞正』長槍放在朱鷺野小姐身邊。接著讓她只穿上一半襪子，就像換穿到一半一樣。接著，假扮成白裝束的他拿著『假』長槍出現在神服小姐和葉村面前，這次他故意讓自己襪子踩上濕抹布，留下足跡逃走。關掉走廊的燈除了要掩飾長相，也是避免被看出長槍是『假的』。」

原來一樓和地下的足跡是在完全不同時間製造出來的。

我聽到白裝束人影發出潮濕的腳步聲逃跑，一心以為地下留有的足跡是剛剛出現。隔著鋪了地毯的階梯，一樓和地下室的足跡稍微不同也不太容易發現。

王寺只需要在階梯中間脫掉白裝束，進入地下室前脫掉襪子回到自己房間。這些確實能夠在我們下到地下的幾秒內完成。如果當時檢查所有人的襪子或許會發現這個伎倆，但我腦筋實在沒轉那麼快。

不過光是這些解釋還不太足夠。

「我們看到的那把『假』長槍怎麼回事？那個長度的東西就算要折起來隱藏也很佔地方。我並沒有看到王寺先生拿過類似的東西，檢查他房間時也沒找到啊。」

這時推理通師師田插了嘴。

「不需要是眞正的長槍啊。凶器消失的詭計最常聽見的就是使用冰塊。比方說把浴巾凍成棒狀，在被發現之前利用暖爐加熱融化呢？」

「這推理很有趣，但冰箱昨天白天起就故障了。」比留子乾脆駁回。

「不需要這麼費事。大家都見過手中突然出現拐杖的那種魔術吧？其實那只是把捲了好幾層像捲尺一樣的薄金屬片拉開成棒狀而已。是人人都買得到的魔術道具。」

「誰會這麼剛好帶著這種東西在身上？」

師師田不以爲然。除了剛參加完喪禮的他們，正在跑山的王寺不太可能隨身攜帶魔術道具。比留子不以爲意地繼續。

「既然已經是現成魔術商品，也可能用身邊的其他東西代用。比方說——王寺先生房間的壁紙因爲漏水而剝落了對吧。」

那個大小的壁紙，捲成筒狀看起來確實有點像長槍。

但王寺馬上提出異議。

「等等，要這麼說的話，師師田先生一樣可疑。師師田先生房間桌上不是放著一張寫滿了文字的奇怪紙張嗎？」

是純帶回來的通靈板嗎？那張紙的大小有一公尺見方，足以僞裝成長槍。不過比留子馬上推翻他的反駁。

「要僞裝成長槍必須卷得很細才行。**捲起來的紙張沒有那麼快恢復平整**。假如用的是通靈板，那我們檢查房間時，紙張兩邊應該還翹起來。要避免紙張翹起就必須牢牢固定住，比方說，**用圖釘固定住四個角落等等**。」

捲起來的海報或者月曆就算反捲弄平，還是會留下奇怪的捲度、很難恢復平坦。師師田房間的通靈板平整攤開在桌上，完全察覺不出捲過的痕跡。

證實王寺犯案的間接證據算是齊全了，不過比留子沒有中斷，她往下說。

「這樣一來，相信各位都了解朱鷺野可能是他殺。不過朱鷺野他殺這件事應該注意的並非Howdunit，而是Whydunit，『爲什麼要殺害朱鷺野小姐』。」

神服點點頭。「我們都以爲劍崎小姐死了，應該沒必要再殺其他女性。」

「沒錯！」王寺獲得援軍般亢奮起來：「我沒有動機！不管是朱鷺野小姐或十色小姐，身爲男人的我爲什麼要殺她們？」

說得很有道理。

這個推理的大前提是**相信先見預言的人物為了躲過死亡預言**，儘管在封閉空間中還是動手殺了人。身爲男人的王寺殺害女人十色、甚至殺掉超過預言人數的第三個女性，等於完全顚覆這個大前提。

「姑且不說住在好見的朱鷺野小姐和神服小姐，外來的王寺會懼怕先見女士的預言到動手殺人，這一點我實在不以爲然。」

聽了師師田的意見，比留子點點頭。

「您說的道理我懂。王寺先生只是碰巧來到好見被困在這裡的外人，之前並不知道先見女士的預言。如果他是犯人，那麼先見毒殺未遂案、十色他殺案、朱鷺野他殺案，這每一樁案子的動機都會成謎。接下來，我想最好按照我們來到魔眼之匣後的事件依序說明，這樣比較容易了解。」

三

事情追溯到第一天，我們踏入魔眼之匣時。

「獲得允許跟先見女士面談的我們，首次在那時候知道她是預言者。當時王寺先生心裡可能還充滿懷疑吧。」

就算聽了先見男女各兩人會死的預言，應該還是無法相信。

「但隔天早上，臼井先生死於土石流，狀況開始改變。不僅如同預言有人死亡，我們又知道十色小姐數度畫出預知意外的畫。先見女士的預言和十色小姐的畫，所有人應該都加深了對這兩種預知能力的體認。」

「但不可能這樣就殺人啊！」

王寺忿忿打斷比留子滔滔不絕的陳述。

師師田也提出保守的意見。

「如果動機只是因爲害怕預言，那應該是朱鷺野小姐的動機比較強吧？」

「沒錯，確實不太可能因爲臼井先生的死就相信預言，更不可能因此下定決心要動手殺人。如果是我一定會猶豫，會想要繼續觀察之後預言是不是還會成眞。不過，**會想避開不吉利的事物行動**，也是很正常的想法吧？」

新年參拜時抽到的籤詩，電視節目上播放的占星運勢，就算沒有發自內心相信，也難免會下意識地爲求保險，依照這些指示或忠告行事。人人都可能有這樣的舉動。

「但這跟死亡預言又有什麼關聯呢？」我問。

「王寺先生想避開的不是先見女士的預言，而是十色小姐圖畫的預知。」

「圖畫？妳是說毒殺未遂的——」

比留子搖搖頭否認。

「那之前十色小姐還畫了一張，就是**你差點一氧化碳中毒的時候**。」

我忍不住叫出聲來。摸不著頭緒的師師田表示疑惑。

「我有聽說差點一氧化碳中毒，因爲通氣孔堵塞發生了意外吧？」

「十色小姐也預知了那場意外。畫中暖爐旁有個倒下的人影跟看似小動物的影子，葉村房間出現一模一樣的狀況。不過奇怪的是，葉村說前一天晚上房裡並沒有發現老鼠屍體。」

老鼠屍體已經乾癟，不可能是一天之內關在房裡而死。我們一直不知道爲什麼出現老鼠屍體。

比留子直直盯著王寺對他說。

「如果說老鼠的屍體，**是要將十色小姐預知的光景推給別人，故意丟進去呢？**」

把十色預知的未來推給別人。

原來我不知不覺中差點被殺？

「**假如說畫裡出現的狀況會發生在某個人的身上，那麼只要讓其他人接近畫中狀況就行了**。這是非常別出心裁的想法，反過來利用十色小姐的預知能力。既然意外發生時旁邊有小動物，那只要把老鼠屍體丟給別人就行了。這對自己沒有半點損害，又能看清楚十色小姐和先見女士的預知到底是不是眞本事。小純昨天白天在倉庫發現的老鼠屍體不見，就是證據。那是王寺先生丟到葉村房間的吧？」

十色說她是離開房間後畫畫。剛好經過走廊的王寺很可能偷見到那幅畫。他爲了躲開畫中的未來，開始尋找可以把老鼠屍體推給誰。這時他來到我房間，發現我剛好在睡覺。就算我醒著，畢竟我之前剛借過內衣給他，隨便都能找到適當的藉口。

結果我如同畫中的預言差點送命，而王寺平安無事。

王寺因此更相信十色的預知能力，同時著迷於這種方便手法。畢竟這麼一來根本不需要髒了自己的手就能把死亡命運推給其他人。

「不、不是的……我沒有。」

王寺額頭上浮現斗大的汗珠。

比留子彷彿沒有聽見他的聲音，用那冷靜到近乎冷酷的聲音說。

「先見毒殺未遂案時你也採取了一樣的行動。在房間睡過頭比較晚到食堂的你，從門縫見到十色小姐畫的圖。畫中是紅花旁有人被毒死。當然，你身上沒有毒，所以跟葉村那時一樣決定把紅花推給別人來保護自己的安全。於是你將目標鎖定在待在自己房間的先見女士，從後院拿了花來撒在房間前。」

其實晚餐前神服已經在先見房間裡插了紅花，王寺不這麼做一樣會符合畫中條件，但他並不知道這一點。

「等一等，那到底誰是對先見大人下毒的恐嚇者？王寺先生和朱鷺野小姐應該都沒有下毒的機會。」

神服說得沒錯。假如王寺和朱鷺野都無法下毒，就不能說明先見毒殺未遂案。

這時比留子從口袋裡拿出用手帕包著的薄紙，放在桌子。

「解謎的關鍵在這裡。這應該就是先見女士被下的毒，藏在案發房間深處。」

師師田好奇地盯著那留在薄紙上的暗褐色顆粒，沉吟道。

「不像精製過的藥品。可能是犯人自己萃取自植物或生物的毒來調配的藥。」

「先見女士說她沒有印象，她在房間的期間也沒有人接近過藏藥物之處。也就是說，藏毒的時間在我們將倒下的先見女士扶出房間之後。犯人爲什麼要這麼做呢？」

接著，比留子說出白天我們討論過的內容。

假如先見想要隱瞞自己自殺，那應該會在房外處理掉毒物；如果另有犯人，在先見急救處置結束後還要僞裝成自殺就太奇怪了。再怎麼樣都還有將毒物沖到廁所或丟到外面等更適合的處分方法。

「關於這個矛盾，我這麼想。這個人物爲了隱瞞自殺的事實想要把毒物處理掉，但因爲不得已的原因只好藏在房間裡，**因為她沒辦法離開房間**。」

眾人紛紛發出驚嘆聲。

「妳是說，藏毒的就是先見女士？」

「怎麼可能。先見大人雖然身體不適，但還能在建築物裡走動。」

比留子對神服的反駁點點頭。

「我也看過她慢慢走路的樣子。但那是不行的。仔細想想，要處理多餘毒物的時間點，當然是在茶杯裡下了毒後。昨天晚上十色小姐在食堂快畫完圖時，先見女士自己在茶杯裡放了毒。不過準備的毒量太多，沒能全部溶進茶中。如果茶杯裡發現大量未溶解的殘渣，之後可能會被看穿是自殺。沒辦法，她正想走出房間處理毒物，這時門前卻已經撒了一大片紅花。」

我腦中幾個碎片漸漸拼湊起來。

目擊到十色的畫後撒下紅花的是王寺。先見並不知道這件事，面對眼前這一大片紅花，她心中想必滿是困惑。

「爲了隱瞞自殺，必須把毒物處理掉，她得離開房間。但歐石楠一踩就會扁掉，到處四散的細碎花朵還會粘在腳底。面對歐石楠撒滿了整個門口，身體虛弱的先見女士不可能跳過這片花。」

當然可以先將歐石楠挪到一邊，不過這樣也無法把散落在附近的小花清乾淨。畢竟先見並不知道是誰，又出於什麼目的撒下這些花。

萬一這個人正確記得歐石楠擺放的位置呢？如果被發現歐石楠位置變動，不就知道先見被毒死前離開過房間？假如先見發現門口散亂的歐石楠卻沒有到食堂來告訴大家，大家一定會覺得奇怪。

「先見女士心裡一定很混亂。無論用什麼方法，只要移動了歐石楠花就會留下她外出過的證據。她還在猶豫不決時，眼看著食堂似乎起了一番騷動。先見女士只好將毒物藏在房間深處，喝下茶杯裡的東西。」

下毒的人跟撒花的人，兩者並非共犯，他們的意圖和行動只是碰巧影響彼此，才會形成如此不可思議的毒殺現場。

「不過她爲什麼要自殺？」

回答師師田疑問的是神服。

「是爲了……爲了十色小姐吧？」

「沒有錯。其實十色小姐是先見女士的親外孫，爲了拯救外孫十色小姐避開死亡預言，先見女士打算自己成爲第一個犧牲者吧。」

我想起第一天到先見房間時，一聽到十色的名字時先見臉上的波動。她一定沒想到，自己的外孫女竟然會來到即將有四個人死亡的地方。

「那爲什麼要隱藏自殺呢？她明明知道這會讓大家更生疑心啊。」

師師田偏頭不解，比留子告訴他。

「十色小姐雖然已經察覺到兩人有血緣關係，但先見女士出於某個原因，直到最後都企圖隱瞞。她大概不希望被知道自己是爲了外孫女而這麼做。」

先見企圖爲了剛見面的外孫女犧牲，但最後事與願違。

「我們再把話題拉回王寺先生身上吧。」

比留子丟出一句聽似冰冷的話，再次把討論帶回主線。

「總之，先見女士如同十色小姐畫中描繪，確實中毒倒地。這讓王寺先生更加深信十色小姐的預知能力，同時讓他十分煩惱。因爲他不知道接下來十色小姐會在什麼時候、畫出什麼樣的畫。」

一個不小心，自己可能陷入跟十色畫中一樣的狀況。他開始發現十色的畫就像一把雙面刃，能拿來利用，也可能爲自己帶來禍事。

爲了躲避死亡預言，王寺終於下定決心，要弄髒自己的手。

「不過在封閉空間裡殺人，幾乎不可能逃過警方的調查。這時候，你找到了一個最適合的共犯，那就是朱鷺野小姐。」

我發問：「她確實從最初就很怕先見女士的預言，但會這麼簡單接受共犯提議嗎？」

「不能隨便提議，沒有人會像粗糙連續劇一樣自言自語：『要是那傢伙死了該多好啊』。那還有其他方法嗎？可以將對方捲入犯罪又無法拒絕的方法？」

「——恐嚇！」

經過比留子仔細誘導，師師田說出答案。

「沒錯。王寺先生威脅朱鷺野小姐幫助他殺人。」

「怎麼可能。」好一陣子沒開口的王寺粗聲否認：「我們可是第一次見面。我手裡哪有足以威脅她的好把柄。」

沒想到比留子倒是乾脆承認這一點。

「是的，其實王寺先生自以為掌握到的把柄也是出於誤解。」

「妳是指什麼？」師師田催促她趕快說。

「王寺先生誤以爲對先見女士下毒的犯人是朱鷺野小姐。」

這個瞬間，王寺眼中出現了明顯的驚慌。

「剛剛說到辦公室後方倉庫的老鼠屍體不見了。葉村在那裡發現了朱鷺野小姐的美甲片。她可能是在找逃脫能用到的道具時掉的吧。問題是，美甲片附近放著用來當滅鼠劑的亞砷酸。」

不確定王寺是目擊到朱鷺野人在倉庫，或是跟我們一樣發現美甲片。起初王寺應該沒放在心上。但當先見中毒倒地時，**王寺開始覺得應該是朱鷺野放了亞砷酸**。

從先見出現的症狀來看毒物不太可能是亞砷酸，再說朱鷺野沒有機會下毒，但這些都是後來才知道。

「照顧先見女士時大家都分頭行動，你應該是當時接近朱鷺野小姐並威脅她。『要是不希望我將妳下毒的事說出去，就乖乖配合我的計畫』。朱鷺野小姐當然聽得一頭霧水。本來打算威脅她，卻反過來被朱鷺野小姐知道你的殺人計畫，讓對方抓住把柄。」

「眞愚蠢……」

神服用帶著憐憫的視線看著他。王寺只是用他混濁的眼睛盯著桌上的小菜刀，不斷搖頭：「不、不對。」

「這對朱鷺野小姐來說也是求之不得的好機會。她深深相信先見女士的預言，很擔心自己可能會死。對她來說，王寺先生提出的共犯計畫簡直是天上掉下來的好機會。」

他們最在意的，就是恐嚇者——企圖毒殺先見者的眞實身分。

恐嚇者下一個目標可能是自己。這麼一來，最需要提防的就是有機會下毒的我、比留子、十色，還有神服。其中特別該小心不知何時會畫出什麼畫的十色。趁著我們照顧先見的期間，兩人利用短短時間商量了將十色送回她房間隔離等殺害十色的計畫。

但有一件事我還是覺得奇怪。

「他們針對單獨一個人留在房中的十色小姐，這一點我可以理解。但十色小姐應該是身爲女性的朱鷺野小姐想除去的目標。爲什麼王寺先生要答應這對自己一點好處都沒有的殺人計畫呢？」

「這就是兩人計畫的狡猾之處。」

比留子點點頭。

「他們不只是單純合作，還挑選了講究的手段。

「那就是——交換殺人。」

四

交換殺人。

兩個各自有想除去對象的人物，交換目標以達到目的。只要是推理迷都一定曾在小說裡讀過這種橋段。

比方說這裡有A太和B子兩個素昧平生的人。

A太想殺害妻子、B子想殺掉丈夫。

但是自己下手從動機這條線來說馬上會被警察懷疑。某一天，偶然相識的兩人在談話當中知道了彼此都有想要殺害的對象，決定交換目標。

A太殺害B子的丈夫、B子殺害A太的妻子。在警察眼中，被害人和犯人沒有關聯，再怎麼調查動機都查不出可能的殺人犯。只要A太、B子在對方殺害目標時確保自己的不在場證明，就萬無一失了。

「等一下。交換殺人的好處在於被害人和犯人沒有關聯，所以不會被視爲嫌犯。像我們這樣所有人都有嫌疑，就沒什麼意義了吧？」

既然所有人都是嫌犯，那交換目標就沒有意義了。聽完我的想法，比留子搖搖頭：

「沒有這回事。」

「對王寺先生他們來說，最擔心的就是我們發現預言跟殺人的關聯性，開始提防同性的人物。十色小姐死後還得殺掉兩個人，這會讓他們連接近目標都很困難。」

實際上在十色被殺後，神服也發現了這種動機，我們開始對同性的接近產生警戒。

但王寺他們反過來利用這種反應。

「**如果是躲避預言而殺人，就不會以異性為對象**。讓我們有這種想法不但可以免除自己的嫌疑，還可以削弱對異性的警戒心，打造方便下手殺第三、第四個人的局面。交換殺人的目的就在這裡。另外你也打算跟朱鷺野小姐做出對彼此有利的證詞，藉此提高躲過警方搜查的可能。」

神服懊悔地抿著唇。

「所以王寺先生他們早就預想到我的想法了。」

「這不是神服小姐的錯，畢竟我也有一樣的想法。」

在一旁聽著這番交鋒的師師田低聲說道：「原來如此。」

「一具一具減少毛氈人偶數量也是這個目的？刻意暗示跟預言的關係，讓大家提防同性？」

「不！人偶跟我沒有關係！」

一直低下頭的王寺抬起臉來。端整的五官此時已經扭曲，差點就要哭出來。

「交換殺人？這太奇怪了吧？男人的目標只有一個人，卻得殺兩個女人。交換目標表示我得殺了兩個女人。這種對自己不利的契約怎麼可能成立？如果要聯手，至少也要等彼此的目標都各剩下一個人啊。我不可能殺了十色小姐的。」

「等到目標各剩下男女一個人，就太晚了。」

比留子說得很肯定。

「假設十色小姐跟臼井先生一樣死於意外，之後才計畫要交換殺人。如果目標爲男女各一人，就表示王寺先生殺了一個女性，朱鷺野小姐的目的就已經達成，她不需要弄髒自己的手也能存活。對她來說爲了王寺先生下手殺人不是很蠢嗎？假如目標剩下男女各一個人，對先下手執行的一方顯然不利。很可能幫對方殺了人卻遭到背叛。」

必須要在幫對方殺人後，對方還沒能達成目的的狀況下聯手。王寺就算殺了十色，朱鷺野還得讓另一個女人死了才能保命，依然需要王寺幫忙，無法背叛他。

「那為什麼需要殺掉朱鷺野小姐呢？在我們看來劍崎小姐『死了』之後女性犧牲者已經湊齊兩人了啊。」

沒錯，朱鷺野的死確實沒道理。王寺是因為相信先見的預言才動手殺人。他不可能殺了多餘的人來打破預言。

「殺害朱鷺野應該是超出計畫的衝動行為吧。」

比留子的語氣依然十分堅定。

「跟剛剛的道理一樣。王寺先生殺了十色小姐，接下來應該輪到朱鷺野小姐殺掉一個男人。但實際執行前，**我卻死了**。在他們預料外湊齊了兩個女性犧牲者，**朱鷺野小姐不需要髒了自己的手就達到目的**。那麼，朱鷺野小姐還會願意幫忙殺人嗎？」

在封閉空間這個大前提下，如果可以，犯人盡可能不希望殺人。

在十色他殺案中朱鷺野幫忙做了假證詞，但並沒有直接對誰下過手。殺人罪和偽證罪天差地遠，她當然會變得消極且不願意幫忙。

「而王寺先生還有另一個煩惱。那就是莖澤失蹤、生死未卜。假如他已經死了，那就表示男性犧牲者已經湊滿，假如他還活著，就必須趁早殺了其他男人。最糟的情況就是在王寺先生殺了其他男人之後發現莖澤已經死亡。這就表示先見女士的預言失準，一切都是無謂的罪行。」

就這樣，時間在進退兩難中一分一秒過去，王寺想必煩惱到快發瘋。

但他再度面臨到下一個窘境。

「我想朱鷺野小姐應該單方面地表示想解除共犯關係吧。這對幫忙殺了十色的王寺先生來說是難以原諒的背叛。正因爲有交換條件，他才甘冒風險射殺十色小姐，而朱鷺野小姐竟然可以什麼都不做就保住一命，這讓他非常無法接受。他們可能在朱鷺野小姐房間有過一番激烈爭吵，結果朱鷺野小姐倒地時撞到了頭。」

「就算是這樣。」

王寺伸出右手用力在臉前揮著，似乎想要揮除比留子的追究。

「那我大可把朱鷺野小姐的遺體放著不管。她確實跌倒致死，根本分不出意外還他殺。我有什麼理由刻意穿著白裝束出現在你們面前，做出風險這麼高的行動？」

如同王寺所說，他很可能當場被我們抓個正著，搬弄這短短幾秒攸關命運的詭計，這行爲太危險了。

「因爲當時朱鷺野小姐還沒有斷氣。她並沒有當場死亡，只是失去意識。」

朱鷺野失去了意識。

這對王寺而言可說是走投無路的絕境。

因爲**失去意識的人之後還會清醒**。

原本就打算解除共犯關係的朱鷺野，爭吵後受了傷。一旦意識清醒，她一定會在盛怒中暴露王寺的罪行。

「你必須設法封住朱鷺野小姐的口，又不能殺了她。理由就如同你剛剛所說，因爲女性犧牲者的人數已滿。這時你想到的方法是在所有人面前製造出朱鷺野小姐就是犯人的局面。這就是你爲什麼甘冒風險也要穿上白裝束的原因。」

只要讓我們覺得朱鷺野正在籌畫下一次犯案，就算朱鷺野恢復意識後暴露王寺的罪行，也可以反駁這是她想「藉此脫罪」。要讓朱鷺野活命又能主張王寺的清白，就必須在所有人面前將朱鷺野塑造爲犯人，而且**要在昏倒的朱鷺野恢復意識前完成一切**。

這就是他承擔風險飾演白裝束的Whydunit。

王寺反駁的聲音已經漸漸無力。

「這全都是妳的想像。有什麼證據可以證明朱鷺野小姐只是失去意識。」

「有，朱鷺野小姐後頭部的傷還有生體反應。」

比留子出示手機裡的一張照片。照片上顯示傷口附近的血呈現快要凝固的狀態。

「生體反應是指皮下出血、化膿等，還活著的人體會發生的反應。她後頭部的傷口周圍血液**快要凝固**。這顯示傷口並非乾掉凝結，而是爲了止血正在結痂的反應。假如她當場死亡，那麼傷口的血液就不會凝固。也就是說，朱鷺野小姐**撞到頭後只是暫時失去意識，還存活了一段時間**。

「你確認朱鷺野小姐還有呼吸，急忙去舊實驗室尋找可用的道具，開始扮演白裝束。不過大概是因爲腦受的傷，或者時間經過之後血腫造成壓迫，總之，朱鷺野小姐最後並沒有恢復意識，就這樣死了。血液凝固的反應也在這時結束。」

傷口狀態逐漸揭露了這不可思議狀況的眞相。

「當我們確認朱鷺野小姐已死時，你應該很慌張吧。明明是躲過預言才動手殺人，沒想到竟然有多於預言人數的第三個女人死掉。」

「不是！」

「朱鷺野小姐的手機也是你藏的吧？既然是共同揹負殺人罪行的關係，想必你們之間應該交換過某種形式的契約。你們兩人都沒有帶任何筆記，大概是錄在手機裡？你還沒有時間消除檔案，但直接破壞掉整隻手機又太不自然。所以你直接帶走手機。」

「不對、不是、我沒有！」王寺站起來狂吼。

糟了。走投無路的他現在已經失去理智。王寺布滿血絲的眼睛盯著桌子，眼前有一把閃著凶光的小菜刀。

「別碰！」

儘管我大聲制止，王寺還是反射性地抓起那把小菜刀站起身。

師師田和神服立刻往後退。

「你不要衝動！」

「還想加重自己的罪嗎？」

王寺沒管兩人的勸阻，將刀尖指向比留子。我想制止他，但座位離得太遠。在我撲上去前，他的刀子就會刺中比留子。

「光憑這薄弱的證據就想定我的罪？偵探家家酒玩夠了。現在妳高興了嗎？」

王寺陷入混亂。他一旦拿起凶器，再說什麼藉口都不管用了啊。

比留子依然面不改色，臉上甚至浮現出笑容。

「非常滿意。**因為從現在開始，才是我最後的證明。**」

比留子美麗凄絕的魄力，不只是王寺，也震懾住現場眾人。

比留子一步又一步縮短跟王寺的距離。

「別動！」伸出刀子的王寺聲音顫抖，而比留子已經來到他伸手可及的距離。

「比留子。」我企圖阻止，但她用視線制止了我。

「妳以爲我不敢動手嗎？」

「對，絕對不會。**因為你就是犯人。**」

比留子忽然低頭靠近，像盯著那把刺向她的刀刃。

「我一開始就說了，引發這次事件的犯人深信且害怕先見女士的預言，所以不惜殺人也想躲過預言。**現在如你所願，先見女士的死亡預言成真了。即使如此你還要殺人嗎？你要親手顛覆預言嗎？即使這會讓你不惜染手犯罪的一切都付諸流水？**」

這就是比留子的勝負。

殺人動機——躲開死亡預言的Whydunit，外面的警察無法理解。只會被紀錄成異常人的異常犯行。因此必須在今天、在先見預言還有效的期間內證明才行。

所以比留子才把王寺的精神狀態逼到這個地步，讓他手持凶器。

正因為是犯人，所以絕對不會背叛預言。

假如王寺殺了比留子，她成了第五個犧牲者，那就證明先見的預言是無稽之談。動手的瞬間，他陷入煩惱和恐懼而殺人的一切就完全失去了意義。

這是一場將相信預言的犯人、將預言當作盾牌的追擊，前所未見的審判。

「啊啊……」

刀子從王寺手上掉下。

望著哐啷一聲落地上的刀，王寺彷彿耗盡力氣，雙膝跪地。

「——我沒有錯。我依照約定殺了十色小姐，但她卻用那種看髒東西的眼睛對我說：『我一定要獲得幸福才行』。妳能相信嗎？其實我也、我也是……」

在我們捆起他身體的期間，他就像囈語般不斷重複。

「是那個女人的詛咒。她故意陷害我、讓我跟護身符分開。到底爲什麼……」

五

之後，不管問王寺什麼他都只是抖個不停，根本無法對話。

我跟師師田等人合力一起將王寺綁在一樓我房間的床上，回到食堂後終於鬆口氣。留在房間的純也被帶到食堂，但他趴在桌上睡著了。

喝著神服剛泡好的茶潤潤喉，大家沉默不語。就連剛剛像台機器一樣展現精準推理的比留子，現在也兩眼失神、視線呆滯。

這也難怪。我們雖然倖存，但完全沒有想高舉雙手慶賀的心情。

我們都知道變身為殺人犯前的王寺。那個享受騎車跑山、態度親切，想借用汽油的王寺。如果不是在這個時間來到這個地方，或許他一輩子都不需要殺人。

不只是他。朱鷺野終於在好見之外的地方找到微小的幸福，十色終於開始面對自己的能力過新生活。而死於意外的臼井和莖澤，要用運氣不好來總結他們的最後也未免太悲慘。

大家沉浸在陰鬱心情，眼看還有三十分鐘，就要進入新的一天了，就在這時。

神服突然提起王寺最後那句話。

「他剛剛說的那個女人跟護身符，到底是什麼意思呢？」

「犯下這麼縝密的計畫犯行，最後那些話確實很奇怪。」

師師田看著留在桌上的小菜刀嘟囔道。

「劍崎，妳有什麼想法嗎？」

被點名的比留子偏著頭陷入苦思。

「我不知道王寺先生身上發生了什麼事，頂多只能拼湊片斷資訊來想像。我畢竟不是什麼無所不知的名偵探。」

「現在還謙虛什麼，就讓我們聽聽妳的『推理』吧。」

連神服都幫忙倒滿了茶、催促她開口，比留子不再推辭。

「王寺先生剛剛說到『女人的詛咒』。先見女士的預言確實有點詛咒的味道，但沒有人會這樣稱呼。說到詛咒，馬上會聯想到像幽靈那類超自然現象，而在這幾天大家的對話中，確實出現過類似的話題。」

既然是超自然現象話題，很可能跟莖澤或臼井有關。我追溯著記憶想到一個可能。

「該不會是《亞特蘭提斯》的報導嗎？關於**那些真正的題材**？」

我記得曾經說到當男人開車經過三首隧道這個靈異景點，就會被燒死的女人幽靈詛咒，前去試膽的四個年輕人一一送命。

這時比留子口中說出了驚人的事實。

「我想那應該是事實吧。臼井先生說已經有三個年輕人死亡，但還有一個人下落不明？假如那個人就是王寺先生？」

這大膽的假設連丟出話題的師師田都不禁苦笑。

「這想像力未免太跳躍了。」

但比留子話還沒說完。

「王寺先生可能平常護身符總不離身，身體還有看似驅魔用的刺青。或許因爲某些理由極度恐懼災禍的降臨。**但這次王寺先生的護身符跟貴重物品一起留在機車裡了。**」

王寺確實這麼說過。

——糟透了。我的護身符放在機車上的皮夾裡，早知道就該帶在身上的。

「妳說他因爲沒有護身符，所以相信死亡預言？」神服愼重地問。

「雖然不知道是不是多虧護身符，但實際去過三首隧道的其他人都接二連三死了，只有王寺先生一個人還活著。他相信護身符的效果，打從心裡依賴也並不奇怪。」

我腦中再次響起王寺悲痛的聲音。

——信則靈啦。

「不只這樣。你們想想，在三首隧道怪談中還出現了血手印和燒死這些令人印象深刻的象徵。」

這些都跟那個化爲幽靈的女人之死有關。

「臼井先生說，那群年輕人中有一個死於娑可安湖恐攻事件，另一個死於大阪的大樓火災，都跟血手印還有燒死這些象徵有關。吃早餐時聽到這個的王寺先生心裡一定很害怕。因爲先見女士接連預言了兩個朋友死亡的事件。」

再加上，**王寺因為木橋燒毀，無法取回他向來依賴的護身符**。

這次該不會輪到自己陷入跟其他人一樣的下場吧？他很可能陷入了這種恐懼。

對了，朱鷺野半夜巧遇王寺時曾經取笑他嚇到腿軟。朱鷺野的頭髮和衣服都是紅色，**那天晚上剛洗完澡應該把頭髮放下來**。在王寺眼裡就像撞見宛如在燃燒的陌生紅衣女郎，怎麼可能不慘叫。

「累積了諸多不祥的條件，我想昨天吃早餐時，王寺先生心裡一定飽受恐懼折磨。最後一根稻草就是臼井先生之死。」

「這下他終於不得不相信先見大人的預言了。」

神服似乎終於了解，不過比留子搖搖頭。

「不，臼井先生之死證明的並非先見女士的預言，而是三首隧道的詛咒。」

「證明了詛咒？什麼意思？」

師師田訝異地問，比留子又回顧了一次臼井的發言。

「各位還記得嗎？早餐時說到三首隧道怪談的臼井先生，打算給我們看採訪時拍的照片。」

「那照片怎麼了？」

「這表示臼井先生也去過三首隧道，當然，是自己開車去的。」

我們這才發現，王寺此時知道，**受到隧道詛咒的臼井也死了**。

王寺當時確實問過我。

你覺得呢？臼井先生的去世真的只是單純的巧合嗎？還是——

我一心以爲接下來的台詞應該是「被誰殺的」，但我錯了。王寺眞正沒說完的是這句話——還是死於三首隧道的詛咒？

「比起先見女士的預言，王寺先生或許更害怕隧道的詛咒。護身符不在手邊更讓他害怕迫近身邊的死亡。而先見女士預言去過三首隧道的人死亡的事件。因爲他同時害怕三首隧道的詛咒和先見女士的預言，才會深信只有讓別人犧牲才能讓自己擺脫眼前的局面——我的猜測大概就是這樣了。但眞相如何，也只有他本人才知道。」

我想起王寺的最後一句話。

是那個女人的詛咒。她故意陷害我、讓我跟護身符分開。到底爲什麼……

食堂時鐘的兩根指針重疊。時間過了零點，新的一天來臨。

同時，被預言擺布的十一月最後兩天也結束了，我們迎接著十二月到來。

在這之後的未來，沒有任何預言。

終章　偵探的預言

十二月的早晨來臨。

太陽隱在群山後不見身影，不過天一亮神服就說要去看看木橋，走出魔眼之匣。預言的期限已過，說不定會有好奇我們狀況的居民過來。

比留子邀我一起前往先見休息的神服房間。

她看來不打算告訴我爲什麼拜訪先見。見到我們來，先見從棉被中起身，深深對我們低下頭。她還沒能從十色之死帶來的打擊中平復，身體依然不太好。

「聽奉子說，你們抓到犯人了？」

但比留子臉上一點都看不出開心或放心，她搖搖頭。

「都已經如同預言出現四個死者了。找到犯人也不知道有沒有意義。」

「這也沒辦法。沒人能推翻預言，妳不需要放在心上。」

「對您來說也是遺憾的結果呢。」

這讓先見表情沉了下來。最後甚至沒能跟外孫十色好好說幾句話就天人永別了。

「現在我很後悔。早知道應該不顧恥辱承認我是她外婆。眞是太可憐了，那孩子還那麼年輕就——」

「啊，我不是這個意思。」

比留子打斷先見的話，就像雙方對戰時猛然抽出刀刃般，她丟出下一句話。

「我說的遺憾，**是指您沒能成功自殺這件事。**」

先見確實沒能犧牲自己、拯救十色。

但她是怎麼了？這說話的方式不像平時的比留子，甚至有些失禮。

「沒辦法代替那孩子犧牲的確讓我懊悔萬分。可是……」

「犧牲？那可不對，您只是維護自己的名譽打算自殺。因爲沒能如願，現在才這麼無精打采吧？」

原本霸氣全失的先見眼中，似乎有短短一瞬重新燃起光芒。

「妳到底在說什麼？」

「犯下殺人罪的是王寺先生，之後不再有人犧牲。從現在開始，只是我自己任性的發洩，希望多多少少告慰十色小姐在天之靈。」

比留子的眼神跟昨天晚上望向王寺一樣，沒有一絲寬容。

「——妳說名譽是嗎？」

先見的囁嚅聲很小，但還是確實傳到我耳中。

「爲什麼死了可以維護我的名譽呢？」

「**因為從今天開始，您沒有留下任何預言**。您這幾年來身體狀況急遽惡化，卻沒有接受任何正式治療，也不清楚正確的病情。**假如就這樣生病下去、不再有新預言就病死，那會如何**？好見的人或許會覺得您是個連自己的死都無法預知的詐欺師吧？所以爲了維護自己身爲預言者的名譽，**只能讓自己死於最後的預言中**。」

先見馬上出言反駁。

「祈禱對我現在的身體的確負擔很大，不過如果我想預言的話……」

比留子毫不留情地打斷她。

「不，妳本來就沒有預知能力。**因為妳並不是天禰先見。**」

我懷疑起自己的耳朵。

不是先見？那眼前這個老婦人到底是誰？

「比留子，這是怎麼回事……？」

「我開始懷疑妳，是十色小姐借給我們的研究筆記本內容，跟妳告訴我們的故事有出入。」

比留子跟先見——不、跟這老婦人瞪視著彼此。

「十色勤知道研究所已經被公安盯上，開始籌畫帶著剛出生的女兒逃走。當時他決定留下先見，可是關於以前跟她的約定，他這麼寫的：『一定要帶我去』。」

十色勤最後還爲了無法實現跟先見之間的約定而道歉。

「但昨天這個人卻是這麼說的：

「『但是說好要來接我，他終究沒實現約定。』

「應該是因爲她不知道我們讀了十色小姐的研究筆記本，所以不小心說出眞心話了吧。『帶我去』和『來接我』，乍看意思差不多的兩句話，我聽了卻覺得不太對勁，當時我心想，**該不會其實根本是兩個不同的約定吧？**

「十色勤很可能跟女兒一起把先見也『帶走』了。不過他還得瞞過好見居民跟公安的眼光，於是，他留下一個女人當先見替身。在十色勤將先見母女藏在安全地方爲止，這個女人必須瞞過周圍，而十色勤答應，總有一天會來『接她』。這就是他們的約定。」

但他沒有遵守這個約定。

十色勤和先見還有女兒一起開啓新人生，就這樣消失蹤影。

被留下來當作替身的，就是現在我們眼前的老婦人。

「那麼妳是誰呢？跟十色勤之間有深厚互信，又很可能對他有感情的人，妳應該就是『岡町』吧？」

岡町。研究筆記本中寫到這是十色勤的助手。

這麼說來，筆記中從來沒有稱呼岡町爲「他」。這個從大學時代就一直默默支持十色勤研究的助手，最後被拔擢爲先見的替身。

「我從前天開始懷疑妳的來歷。在十色勤的研究筆記本中紀錄過先見在房間飼養老鼠的小故事，還有她從以前就一直將蜘蛛和蜥蜴當朋友等等。但前天吃早餐時當朱鷺野小姐抱怨因爲老鼠睡不好，神服小姐卻回答在妳房間**用過滅鼠劑**。」

明明是同一個人物，反應卻大相徑庭。

理由很簡單。因爲飼養老鼠這件事是**先見和十色勤兩人的祕密**，所以岡町無法模仿她的行爲。這麼一來其他紀錄也可以有不同的解釋。

十色勤找岡町商量先見生日禮物時，岡町回答：「老師，你應該多了解女人心。」這句話指的不是禮物，而是**針對十色勤沒發現岡町心意，竟然跟她討論起其他女人的遲鈍所說的吧**？

另外，當研究陷入瓶頸，在所內遭遇反對時，其中一個所員曾經說。

「如果想繼續研究，就帶著那個自以爲是的女人到其他地方去吧。」

我一直以爲那個自以爲是的女人是指先見。但先見不是一直都「跟以前一樣，以沉穩的態度配合研究」嗎？**跟其他所員起爭執的其實是助手岡町**。

「有意思。但是妳有證據嗎？」

老婦人冷靜問，而比留子並沒有退縮。

「警察一查，就馬上能知道十色小姐跟妳之間有沒有血緣關係。」

「但就算我不是先見，過去我一一說中的預言又怎麼解釋？班目機關離開後我也持續預言好幾件好見和這個世界上發生的事。」

「這很簡單。妳參與過先見的實驗，妳只是把先見說過的預言都一一紀錄下來，然後在大家面前公開。」

這紀錄就是神服偷看的紀錄簿吧。研究筆記本裡也有這樣一段記載。

「我盡可能留下錢給好見的居民，請他們幫忙照顧她。就算出了什麼事，只要展現預言的力量應該有辦法活下去吧。」

十色勤深知岡町個性激烈、自尊心也高。他或許已經料想到她跟好見居民總有一天關係會惡化。這麼說來，眞正的先見早在大約五十年前就預言了現在的事件。她擁有遠遠超乎我們想像的驚人能力。

但近年來預言的庫存終於見底。對於用預言者先見的身分抑制住好見居民反彈的老婦人來說，事態十分嚴重。假如今後她再也無法做出預言，而好見發生了災害或意外那怎麼辦？居民們一定會認爲先見喪失了能力。屆時老婦人的優勢將會瓦解、落入窘境。或者有一天她死了，過去的預言也可能被當作謊言。

「岡町？是嗎？」

老婦人忽然嗤嗤笑了起來。

「**我當然記得岡町小姐**。她從阿勤在大學進行研究時，就比誰都支持他。當時女性從事研究工作很受輕視，但是她的優秀足以凌駕旁人的輕視。如果沒有她的幫助，或許阿勤的研究就不會獲得班目機關的青睞。」

比留子臉上也浮現了贊同的笑容。

「身爲十色勤的夥伴，岡町小姐想必很有自信，但天禰先見這個女人出現，她不僅僅是單純的受試者，更位居研究核心位置，這是不是重重傷了岡町小姐的自尊呢？」

「當然啊。而且我跟阿勤漸漸發展爲親密的男女關係，**我在岡町小姐眼裡一定相當可恨吧。」**

「應該也曾經想殺了先見吧。」

「或許吧。但是要進行研究不能沒有我的能力。她只能咬牙強忍。光是想就覺得腦袋的血管快要爆裂。」

兩人之間帶著假笑的一來一往，就像神經毒素一樣揪緊我的心臟。還不如大聲嘶吼、互相扭打，旁觀的我還輕鬆些。

但比留子繼續用她鋼鐵般的意志說。

「我不知道十色勤跟妳約定什麼時候來接妳，但就算再晚，幾年後妳應該也發現他已經背棄承諾。可是如果接受這件事，就等於向先見認輸。不管是身爲十色勤夥伴、或者身爲一個女人。所以妳才會繼續扮演先見。」

昨天眼前這個老婦人曾經對我說。

「當時的我雖然知道自己被拋棄，還是相信阿勤。不、應該說我想要相信他。因爲如果承認他拋棄我，那我們的關係就眞的結束了。」

那應該是岡町的眞心話吧。

假如老實承認被十色勤背叛，還有到其他地方重新展開人生的機會。但是不想承認落敗的她待在這裡，不知不覺就過了數十寒暑。

「年華漸漸老去的妳，決心尋找十色勤和先見的下落，妳藉由朱鷺野小姐父親之手雇用偵探。結果知道他們建立了幸福的家庭，還生了外孫女。

「妳心裡一定很恨吧。妳因爲當先見的替身而虛擲人生，現在還過著孤獨生活，而始作俑者的他們竟然悠悠哉哉過著幸福快樂的日子。但妳又無法對住在遠處的他們報仇。眼看只能這樣結束人生。」

既然如此，不如把班目機關和先見的事都抖出來，她或許查過各電視台和出版社的聯絡方式吧。可能就是在這時候知道了《月刊亞特蘭提斯》這本雜誌。但是不行。如果說出先見的眞相，那麼連自己是假貨這件事都會被好見居民知道。過去以預言爲盾君臨居民之上的她，累積了幾十年身爲預言者的權威將一夕消失，淪爲單純的騙子，這也是一大屈辱。

「要破壞十色勤和先見他們平穩的人生，又要守護自己的威嚴。這兩件事似乎無法兼顧。但是妳終於靈光乍現。只要扮演先見讓媒體相關人等親眼看到預言成眞的一幕，就能同時達到兩個目的。」

突然丟出預言給報紙或電視台，對方應該也不會當回事。所以她寫了語帶恐嚇的信給超自然現象雜誌的編輯部。利用僅剩的幾個預言，精準說出大阪大樓火災和婆可安湖恐攻事件。當他們注意到預言後再搭配「眞雁有四人死亡」的預言引誘記者來到魔眼之匣，讓他們親眼目睹預言的實現。

當然，其中一個犧牲者就是自己。如果能把記者也捲進來，或許可以有大篇幅的報導。這麼一來不但可以守住自己身爲預言者的權威，同時事件獲得盛大報導，總有一天先見和班目機關的名聲會傳遍全日本，一定也會傳入住在遠地的先見耳中。

——妳以爲自己可以隱姓埋名平靜生活下去嗎？

——不，先見的傳承會伴隨著恐懼，一直留在人們的記憶中。

讓先見心裡留下悔恨的爪痕，這就是老婦人的計畫。

雖然不知道除了自己之外會有哪三個人犧牲，但預言一定會成眞。重要的是讓無關居民離開好見避難，好確保自己或記者都不會倖存。她備好了毒，接下來只需要靜待時機來臨。

「但是最後的最後發生了奇蹟。先見的外孫女十色小姐也來了。」

一開始她不明白十色來訪的目的，應該相當困惑。但是隔天當大家外出尋找逃脫路徑時，十色悄悄來找她，當時她才知道十色誤以爲自己是親生外婆。於是，她緊急在復仇計畫裡追加了新項目。殺了先見最愛的外孫女，作爲對她的復仇。

老婦人沉默不語，臉上掛著意味深長的笑意，安靜聽著比留子的話。

我腦中馬上想起女性成員的臉。

「預言中的犧牲者有男女各兩人。如果她決心自殺，那剩下的女性犧牲者還有一個人。十色小姐死亡的機率只有四分之一。這樣的賭注不會太危險嗎？」

比留子點點頭回答我的問題。

「所以她又想了將十色小姐逼入絕境的其他方法。」

「其他方法？」

「**她企圖讓我們之間互相殘殺**。不是靜靜等待其他人死，而是**慫恿我們動手殺人**。像臼井那樣死於意外，只會出現被害人，不過**如果是殺人，就會有加害者跟被害人，同時毀了兩個人的人生**。」

比起單純意外死亡，會有成倍的人生因此破滅。十色被捲入的機率就更高了。

「但是要怎麼樣才能引誘大家互相殘殺呢？」

如果聚集在魔眼之匣的人都相信死亡預言，我還可以理解。但實際上也有像師師田這種否定派，跟神服這種早已看破命運的人。很難期待馬上就會輕易進入互相殘殺的局面。

「所以才要拿走毛氈人偶。」

「那不是王寺拿走的嗎？」

「你想想看。第二個事件——先見毒殺未遂案時，根據莖澤的說法，人偶在晚餐前就不見了。但**當時王寺根本還不知道先見中毒**，知道這件事的只有下毒的人物，也就是先見自己。」

剛剛王寺否認他拿走毛氈人偶，看來不是在說謊。

「十色小姐悄悄來見面之後，這個人想到了接下來的計畫。每當有人死掉就拿掉一具人偶，那麼發現的人一定會這麼想：『人偶總共有四具，跟預言中的死者人數一樣。有人想湊齊四個死者』。」

有人刻意減少人偶。發現這件事，我們開始想到殺人動機可能是爲躲避預言，開始猜疑彼此。原來這一切都是老婦人故意誘導的結果。

「爲了將十色小姐逼入絕境，妳又對她設下了一個圈套。妳自己服毒、卻把嫌疑推到十色小姐身上。**讓十色小姐被大家懷疑是殺人犯、受到孤立**。」

十色的能力是可以預知身邊即將發生的異狀，畫成圖畫。

假如被她畫下的異狀一定發生，那接下來即將發生的異狀十色也能預知到。

老婦人跟王寺運用的手法不同，她企圖逆轉這種預知能力。像十色這種人看在不相信超能力的一般人眼中有多古怪，老婦人再清楚不過。

所以**為了在十色不可能知道的狀況中製造出異狀**，老婦人拒絕吃晚飯，在自己房間服毒。老婦人完全相信十色的預知能力。因爲十色就是先見的外孫。老婦人理應比誰都清楚，她的預知能力貨真價實。

她的企圖成功了，十色畫下她不可能知道的現場狀況，被視爲嫌犯軟禁起來。就算當時警察在場，也不可能相信什麼預知能力的說法。

「所以妳拿走第二具人偶其實比莖澤發現的時間還要早更多，應該是在跟十色小姐面談結束後吧。如果要讓大家認爲『是假扮超能力者的十色小姐下毒』，那麼面談之後人偶沒有減少就太奇怪了。因爲十色小姐根本不知道妳什麼時候喝下毒。」

於是，一切正如老婦人的算盤，藉由人偶比擬和十色預知能力，加強大家的疑心和恐懼，刺激王寺和朱鷺野這些畏懼預言的人動手行凶。第一個犧牲的就是十色。

對老婦人來說，是求之不得的發展。

「非常精采的推理，但其中有一個嚴重的矛盾。」

老婦人的聲音沉穩，聽不出身體有任何不適。

「假如要復仇，我大可親手殺了十色小姐不是嗎？不需要『讓她有嫌疑』或『讓其他人殺了她』這樣大費周章，殺了她再自殺，這不是最確實的方法嗎？」

的確。她有機會跟十色兩個人單獨說話，確實可能動手。

「這樣就沒有意義了。」

比留子冰冷反駁。

「如果由妳下手，就只是單純的殺人。這樣不行。先見奪走了妳心儀的人，妳被當成先見的替身丟下來，一輩子都困在先見的預言中，而在這段期間先見自己卻拋棄了身爲預言者的過去、建立起幸福家庭。正因如此，**妳才想要用先見自己的預言來毀了先見**

的幸福！妳想讓她後悔自己做出的預言！妳想從根否定先見擁有特別力量的人生！」

比留子激烈地一語道破，老婦人毫不在意地笑著。

「就算妳說的是眞的吧，我能有什麼罪？我只不過是拿走人偶、自己服毒而已。其他的事都是別人幹的。」

「——或許。」

比留子收回氣勢，恢復冷靜。

「神服小姐說過，預言本身並不會傷害人。而是心中有愧的人會把預言當眞，鋌而走險。這次當眞的就是王寺先生和朱鷺野小姐。」

「確實很像奉子會有的想法。」老婦人彎起嘴角：「但如果沒有預言，他們根本不會動手犯罪。這就是一種詛咒。幾十年份的詛咒一口氣降臨到那個家族身上。不過已經不再有預言，一切都結束了。」

老婦人——岡町終於承認自己不是預言者。

詛咒。難道先見的預言和十色的畫都是詛咒，將人們導向不安的愚蠢行徑？就跟比留子具備會吸引事件的體質一樣。

我無法原諒岡町。但不管原因是預言或是人性的脆弱，她都沒有直接傷人。

現在先見的預言已經用完，好見居民再也不需要受她擺布。

岡町別開視線，示意話題已經結束。不過——

「還沒有完。」

比留子的聲音將她的視線拉回。

「從現在開始，我就是新的預言者。」

「什麼意思？」

比留子突如其來的話讓岡町臉上出現些微動搖。

「我不是說過了，現在只是我在任性發洩。如果不否定妳說十色小姐的能力是種詛咒，我怎麼有臉見死去的她。」

比留子抬高端坐的身體，挑釁地靠近岡町的臉。

「就算沒有特殊的能力，一樣有辦法預言。妳死守身為預言者的權威到最後，打算配合先見的預言自殺，但沒能如願而活下來。妳現在應該很苦惱吧？被搬離自己房間，神服小姐又二十四小時貼身守在旁邊，連想再次自殺都辦不到。」

神服或許認為自己在保護一心崇拜的老婦人不受犯人攻擊，但對她本人來說，卻剝奪她再度嘗試自殺的機會。

「雖然成功達到對先見復仇的目的，但還留有如何維持妳自己權威的問題。繼續這樣下去，妳將無法預言自己的死，死後會被居民烙上騙子的名號。妳的自尊能允許這樣的狀況發生嗎？要閃避這種狀況的方法只有一個——那就是預言自己的死，然後依照預言喪命。**妳會死於妳自己的預言。**」

老婦人的白髮倒豎，就像慘遭雷擊。

她張大到極限的眼睛就像一顆混濁的玻璃珠。

但比留子繼續不留情追擊。

「另外，妳想藉由《亞特蘭提斯》將這次事件傳遍日本，打響自己預言者名聲的計畫絕對會失敗。妳或許不知道，現在班目機關的資訊已經徹底被封殺了。我不知道是不是公安在背後操弄，但一旦知道跟班目機關有關，這次的事件就會葬送在黑暗中，不可能讓一般市民知道。不久的將來，妳將會在這偏僻土地悄悄結束自己的人生，世人也會忘記曾經有這麼一個預言者存在——這就是我的預言。」

「住嘴……」

老婦人太過激動，喘到全身顫抖，她忿忿吐出自己的怨恨。

「住嘴、住嘴。妳怎麼可能知道我到今天爲止……忍受了多少屈辱。」

「妳本來可以選擇其他的路。」

她強而有力地打斷老婦的咒怨。

「妳的人生開始走向歧路，確實出於十色勤的背叛。他給妳帶來的傷害絕對無法原諒。但妳知道他背叛時，大可丟掉預言者這張外皮，走出另一種人生。可是妳不願意承認失敗或敗北，繼續高舉預言，僞裝自己。選擇了這條路的——是妳。這不是預言也不是詛咒。」

老婦人張開嘴，似乎想反駁什麼，但忽然開始咳嗽。

現在的她看起來不是什麼詭異的預言者，只是身形嬌小的老人。

比留子低頭看了一會，轉過身對我說：「走吧。」離開房間。

關上的門另一端，不斷傳出咳嗽聲。

神服還沒回來，我們想知道外面的樣子，離開魔眼之匣。

我注意著走在稍後方的比留子。

剛剛跟老婦人——岡町對決之後，瀰漫著一股難以開口的氣氛。

腦中正這麼想，反而是她先對我說話。

「葉村。」

我轉過頭。

「對不起，我果然還是無法當你的福爾摩斯。」

啊？我停下腳步，比留子從我身邊經過。她沒有再多說明。我急忙追在後面，一邊心想。我的福爾摩斯。她指像明智學長那樣嗎？

比留子確實跟嚮往偵探的明智學長不同，她解謎是要從降臨在自己身上的災難中存活。但也因爲如此，這次不是好不容易克服難關嗎？

這時我突然發現比留子提議的僞裝自殺，那確實是封住犯人行動的妙招。

但為什麼自殺的角色要由比留子扮演呢？

當時已經死的是臼井和十色。還有男女各一人都可能死亡，大可讓具備優異推理能力的比留子自由行動，我來假裝自殺。

——不、不對。這個前提是殺害十色的是朱鷺野。

冷靜整理一下。

臼井死於意外。爲了躲過預言，王寺還得殺了一個男人，朱鷺野得殺了兩個女人，這是他們之間不成文的配額。

首先設想聯手的他們沒有交換目標，依照原本目的由朱鷺野殺了十色的情況吧。

假如我「自殺」，就有兩個男犧牲者，王寺可以不髒了自己的手達成目的。朱鷺野還得再殺一個人，但原本她的配額就是兩個人，並沒有揹負多餘的罪行，跟王寺之間不會起爭執。

就算比留子「自殺」，也只是交換立場。十色和比留子——湊齊兩個女犧牲者後，朱鷺野已經達成目的，王寺依照配額找上剩下的男性。也不會發生爭執。

但他們想擾亂我們的判斷而交換殺人，王寺殺了女性十色。這會帶來什麼結果呢？

這時候只要我「自殺」就不再有問題。湊齊兩個男犧牲者，王寺達到目的，再來只要朱鷺野找上一個女性，彼此各揹一條殺人罪，不會起爭執。

兩人正因為比留子「自殺」才會起糾紛。十色跟比留子兩個女性死了，朱鷺野還沒髒了手就達成目的，相對的，**替她殺了十色**的王寺卻得比原訂計畫再多殺一個人，成爲不合理的局面。

這就是不由我而由比留子僞裝自殺的必然。

在進行交換殺人的狀況下，這可以導致共犯關係瓦解。

我盯著走在幾步前，配合步伐搖擺著的比留子那一頭黑髮。

十色被殺那天晚上，在自己房間泣不成聲的比留子。

她徹夜流淚，同時設想犯人各種可能行動，擬定出進逼他們的計畫。而爲了進一步提高促使犯人關係瓦解的可能，她選擇不是我，而由她來僞裝自殺。也就是說，她有意誘導共犯機制破滅。

這——這並不是比留子向來的方法，具備了明顯的攻擊性。

爲什麼要這麼做。她對十色的死這麼憤怒嗎？

笨蛋！

不對。

是為了我啊！

如果依照預言，除了臼井之外還有一個男人會死。

假如預言是眞的，爲了絕對不讓我死，**她做出讓犯人可能會死的選擇**！

她有意地將放著我和犯人生命的天秤，搖向我這邊！

在食堂時也是。比留子和我故意在指定時間過後才進入食堂。那應該是確認大家的座位，想讓我跟王寺座位盡量分開。她的計畫是在精神上追逼王寺，讓他拿起小菜刀。當時如果我就在附近，可能會撲向王寺而受傷。

還有一件事。當時我知道已經來不及出手幫忙，對著王寺大叫「別碰！」結果那句話扣動了板機，王寺伸手拿刀。這應該是比留子計畫中的一部分。假如我當時沒有大叫，王寺很可能不會採取相同行動。這可不行。

我終於知道，她爲什麼說這不是解決篇而是殊死戰。我該扮演的角色不是助手，而是從安全圈範圍朝犯人按下決鬥板機的狙擊手。

比留子計算好一切之後進入食堂。

她很清楚這跟我的福爾摩斯——明智學長的目標，追求眞相的偵探形象完全不同。

路的前方出現往這裡跑來的神服。她大叫著說對岸已經有人前來救援。師師田父子在她身後，純對我們揮著雙手。

我走在比留子身後想。她選擇了一條不當我福爾摩斯的路。

只要我想待在她身邊，她就會像這樣保護我。

不，不能繼續這樣下去。

就算她不是我的福爾摩斯。

我還是得當她的華生。

這次的事件雖然讓我們得以了解過去班目機關進行過的部分研究，但很遺憾，還無法獲得現在活動的相關資訊，一路追尋的線索就此中斷。

不過當時我們完全無法預料到，幾個月後，竟然再次牽扯到十色勤筆記本中提及事件的後續發展——先見預言過極祕研究設施中的那椿大量殺人事件。

解說

如果你能看透——《魔眼之匣殺人事件》解說

路那

本格推理的新星今村昌弘

今村昌弘的《屍人莊殺人事件》（下簡稱《屍人莊》）在二〇一七年獲得鮎川哲也獎。這是以日本本格推理作家鮎川哲也爲名的紀念獎項，因此選出的都是超級本格、甚至可能「太過本格」的作品。這樣的作品，在現今繁花盛開的閱讀市場上，對大眾而言的吸引力似乎也日趨下降——翻開歷年鮎川哲也獎的作品，會發現有中譯版本的小說數量也是十分稀少，正是這類小說叫好卻往往不叫座的證明。

然而，事情在二〇一八年迎來了相當不同的變化。《屍人莊》在年度票選中，連續拿到「這本推理小說眞厲害！」、「週刊文春推理小說 Best 10」、「本格推理小說 Best 10」等排行榜第一名與「書店大獎」的第三名。這是怎麼一回事？好奇的群眾紛紛前往圍觀。隨後，評價日益高漲，很快地便傳出電影化的訊息，邀集了神木隆之介、濱邊美波以及中村倫也演出。

從鮎川哲也獎到排行榜的獎項，再到迅速地外譯、漫畫化與電影化，可看出本作既叫好又叫座，才得以同時獲得評審、專業讀者與一般讀者一致的好評。「出道作即熱賣作」的今村昌弘，也因此成了日本本格推理作家群中最新一顆閃耀的星星——這不禁讓人好奇起《屍人莊》是怎麼樣的一部作品。

因此，當獨步出版社於二〇一九年引進本作時，我立刻手快腳快的火速讀完。於我而言，《屍人莊》中，最亮眼的便是今村混搭類型元素的功力，以及借力使力地，把這樣的類型元素混搭做成詭計——至於是什麼樣的類型元素混搭，又是如何「以類型元素做為詭計」？歡迎還沒讀過《屍人莊》的大家趕緊去翻閱囉！

在《屍人莊》爆紅之後，讀者大眾難免對今村昌弘的下一部作品感到好奇——他還會端出什麼樣的作品？能像《屍人莊》一樣令人耳目一新嗎？

順理成章的《魔眼之匣殺人事件》，與時代記憶的往復迴旋

二〇一九年出版的《魔眼之匣殺人事件》（下簡稱《魔眼》）給了我們答案。延續著《屍人莊》略帶輕小說風格的設定，《魔眼》的鋪陳與節奏和《屍人莊》可說一脈相傳——「照燒鯖魚才是本格推理」的標題，極易勾起「咖哩烏龍麵才不是本格推理」的記憶。然而世易時移，葉村讓與明智學長的鬥嘴橋段已是只剩追憶，那不禁讓人有些惆

悵。故事的發展，因而顯得順理成章：明智學長到底爲何而死？班目機關是什麼樣的神祕機構？透過私家偵探的追查，葉村與劍崎比留子來到了偏僻之地「眞雁」，準備探訪據稱與班目機關有關、住在「魔眼之匣」裡的「先見大人」。抵達眞雁的劍崎與葉村，不那麼令人意外地碰到意料之外的同伴們後，再度遭遇了暴風雨山莊的場景：懼怕先見大人準確預言的好見居民們，將通往眞雁的吊橋燒毀。於是這群不速之客被迫暫居在「魔眼之匣」中，等待「十一月的最後兩天，眞雁會有男女各兩人、總共四人死亡」這個恐怖預言的實踐。

這可說是再典型不過的本格推理了。對於以《屍人莊》的類型元素詭計技驚四作的今村昌弘而言，似乎顯得有那麼些平凡。然而仔細檢視《魔眼》中所提到的「靈能現象」主題，卻同樣能看到大眾文化涓滴滲入的痕跡——那便是在明治時期與一九七〇年代日本兩度爆發的超能力者熱潮。《魔眼》中所提及的「千里眼事件」，號稱擁有超能力的主角，是熊本出身的御船千鶴子與香川出身的長尾郁子，而京都帝大與東京帝大的教授則分別是木下廣次與福來有吉。御船千鶴子遠觀千里與透視不應透視之物的能力，引起了木下廣次與福來有吉的興趣。他們發表實驗後，使得以長尾郁子爲首的超能力者一個個浮出檯面。不幸的是，福來有吉的超能力試驗，在方法上可謂破綻甚多。因此這些超能力者的能力是眞是假，成了當時再熱門不過的話題。不幸的是，這場讓日本全國上下都陷入了超能力熱潮之中的風波，最後以御船千鶴子服毒自殺、長尾郁子急性肺炎身亡、福來有吉失去教授地位收場。

然而此事並未澆熄大眾對超能力的興趣與熱情。在「千里眼事件」結束後大約七〇年後，在美蘇冷戰的背景下，美國情報局（CIA）開啓了後來被稱爲「星門計畫」（Stargate Project）的計畫。這個計畫，同樣是以尋找擁有千里眼的超能力者爲主。這個在一九七二年開啓的計畫，歷經多次變更與轉手，到了一九九五年時才全然終結。一九七四年，宣稱自己曾參與多項此類計畫的魔術師尤里・蓋勒（Uri Geller），在當時日本熱門的綜藝節目中多次現身。蓋勒當時表演了如今看來簡直像是笑話的「彎曲湯匙」能力，然而他的表演卻大獲成功，引爆了又一波的超能力熱潮。《魔眼》中提及班目機關大量尋覓超能力者的時點落在「大約五十年前」，即日本再度出現超能力者熱潮的時期，應並非偶然。小說中眞假預言者的悲喜劇，於是成了時代記憶的往復迴旋。

推理元素的拆解重組，與別具魅力的女性偵探

同樣往復迴旋的，還有小說中推理元素的拆解與重組。今村對經典詭計改頭換面的能力，在《屍人莊》已得到充分的證明。在《魔眼》裡，他還能玩出什麼樣式來呢？於我而言，最亮眼的是葉村指出的「封閉空間不適合犯案說」。在警方終究會到來的現代，密閉空間對於謀殺確然是相當不利的。這樣的想法並非今村的獨創，在許多密室相

關的本格推理中都能找到類似的觀點，然而今村的解法依然可稱獨闢蹊徑——**在逐步開始應驗的預言陰影籠罩之下，正是因為身處密閉空間，才有了殺人的理由**。坦白說，在新本格興起後，透過交換原有因果而成立的犯案邏輯或詭計著實不在少數，然而能與閱讀大眾的「常識」結合起來而不顯突兀的，卻遠遠沒有那麼多。而對於推理迷而言，更有意思的，或許是他藉由這個存在著預言者的世界，重新使用了經典然而卻頗難使用的經典詭計：交換殺人。

所謂的交換殺人，指的是兩名凶手彼此互換謀殺對象，在毫無動機的情況下，藉此躲避偵探與警方的追緝。使用「交換殺人」手法的作品，其看點大約可分爲追查者如何在毫無動機的表面下找出眞相，以及凶手們彼此之間如何確保對方不背叛自己的鉤心鬥角。《魔眼》在漂亮地達成了這兩項要素以外，更讓「交換」成爲整個故事的核心之所在——讀到最後，才發現被交換的不只有凶手與被害者，更有超能力者與普通人。

今村重新改造經典的功力不止於此。還記得比留子假死的段落嗎？搭上兩人一直念茲在茲的「你是不是我的華生／福爾摩斯」問題之後再來閱讀，會發現那可眞是一場精采絕倫的致敬。由於這個橋段和故事本身融合得太好了，今村特別讓葉村做的瀑布失足夢，反倒成了略爲畫蛇添足的存在。相對來說，比留子延續新本格以降一貫的「名偵探的苦惱」主題，在今村含蓄地刻畫下，則使她成爲了男作家筆下少數令人喜愛的女偵探。

在書末，今村預告了劍崎與葉村這對終於（單方面地）確認了偵探與助手關係的拍檔接下來會涉入的事件。他將會帶給我們什麼樣的巧思呢？眞是令人引頸期盼啊！

作者簡介

路那

臺大臺文所博士候選人、「疑案辦」副主編、臺灣推理作家協會成員。熱愛謎團但拙於推理，最大的幸福是躲在故事裡，希望終生不會失去閱讀的熱情。合著有《圖解台灣史》、《現代日本的形成：空間與時間穿越的旅程》。

E FICTION 41／魔眼之匣殺人事件

原著書名／魔眼の匣の殺人
作　者／今村昌弘
原出版者／東京創元社
翻　譯／詹慕如
責任編輯／詹凱婷
校稿協力／鍾雨璇
業務・行銷／陳紫晴・徐慧芬
編輯總監／劉麗真
事業群總經理／謝至平
榮譽社長／詹宏志
發 行 人／何飛鵬
出 版 社／獨步文化
城邦文化事業股份有限公司
115台北市南港區昆陽街16號4樓
電話：(02) 2500-7696　傳眞：(02) 2500-1951
發　行／英屬蓋曼群島商家庭傳媒股份有限公司
城邦分公司
115台北市南港區昆陽街16號8樓
網址／www.cite.com.tw
讀者服務專線／(02) 2500-7718；2500-7719
服務時間／週一至週五：09：30～12：00　13：30～17：00
24小時傳眞服務／(02) 2500-1900；2500-1991
讀者服務信箱E-mail／service@readingclub.com.tw
劃撥帳號／19863813
戶名／書虫股份有限公司
香港發行所／城邦（香港）出版集團有限公司
香港九龍土瓜灣土瓜灣道86號順聯工業大廈6樓A室
電話／(852) 2508-6231　傳眞／(852) 2578-9337
E-mail／hkcite@biznetvigator.com
馬新發行所／城邦（馬新）出版集團
Cite (M) Sdn Bhd
41, Jalan Radin Anum, Bandar Baru Seri Petaling,
57000 Kuala Lumpur, Malaysia.
Tel: (603) 90563833
Fax:(603) 90576622
email:services@cite.my
封面設計／高偉哲
插　畫／夜汽車
排　版／游淑萍
印　刷／中原造像股份有限公司
●2020年7月初版
●2024年7月22日初版8刷
售價450元
MAGAN NO HAKO NO SATSUJIN
by Masahiro Imamura

Originally published in Japan by TOKYO SOGENSHA CO., LTD., Tokyo.
Chinese (in complex character only) translation rights arranged with TOKYO SOGENSHA CO., LTD., Japan through THE SAKAI AGENCY.
 ISBN 978-957-9447-75-1

國家圖書館出版品預行編目資料

魔眼之匣殺人事件／今村昌弘著；詹慕如譯. –初版. – 台北市：獨步文化，城邦文化出版：家庭傳媒城邦分公司發行，民109.07
面　；公分. --（E fiction ; 41）
譯自：魔眼の匣の殺人
ISBN 978-957-9447-75-1（平裝）

861.57　　109007642

獨步文化
APEX PRESS

廣　告　回　函
北區郵政管理登記證
台北廣字第000791號
郵資已付，免貼郵票

115台北市南港區昆陽街16號8樓

英屬蓋曼群島商家庭傳媒股份有限公司
城邦分公司

請沿虛線對摺，謝謝！

獨步文化
APEX PRESS

書號：1UR041　　**書名**：魔眼之匣殺人事件　　**編碼**：

請於此處用膠水黏貼

獨步文化 APEXPRESS

讀者回函卡

謝謝您購買我們出版的書籍！

請費心填寫此回函卡，我們將不定期寄上城邦集團最新的出版訊息。

姓名：______________________　　性別：□男　□女

生日：西元__________年__________月__________日

地址：____

聯絡電話：____________________　傳真：________________

E-mail：____

學歷：□1.小學 □2.國中 □3.高中 □4.大專 □5.研究所以上

職業：□1.學生 □2.軍公教 □3.服務 □4.金融 □5.製造 □6.資訊

□7.傳播 □8.自由業 □9.農漁牧 □10.家管 □11.退休

□12.其他 ________________________________

您從何種方式得知本書消息？

□1.書店 □2.網路 □3.報紙 □4.雜誌 □5.廣播 □6.電視

□7.親友推薦 □8.其他 ________________________

您通常以何種方式購書？

□1.書店 □2.網路 □3.傳真訂購 □4.郵局劃撥 □5.其他

您喜歡閱讀哪些類別的書籍？

□1.財經商業 □2.自然科學 □3.歷史 □4.法律 □5.文學

□6.休閒旅遊 □7.小說 □8.人物傳記 □9.生活、勵志 □10.其他

對我們的建議：________________________________

____

____

為提供訂購、行銷、客戶管理或其他合於營業登記項目或章程所定業務需要之目的，家庭傳媒集團（即英屬蓋曼群島商家庭傳媒股份有限公司城邦分公司、城邦文化事業股份有限公司、書虫股份有限公司、墨刻出版股份有限公司、城邦原創股份有限公司），於本集團之營運期間及地區內，將以mail、傳真、電話、簡訊、郵寄或其他公告方式利用您提供之資料（資料類別：C001、C002、C003、C011等）。利用對象除本集團外，亦可能包括相關服務的協力機構。如您有依個資法第三條或其他需服務之處，得洽詢本公司服務信箱cite_apexpress@cite.com.tw請求協助。相關資料不提供亦不影響您的權益。

□我已詳讀權利義務之相關條款，並同意遵守。

請於此處用膠水黏貼